MOEWIG
SCIENCE FICTION

Edmund Cooper

STIEFKINDER DER SONNE

Herausgegeben und mit einem Nachwort
von Hans Joachim Alpers

MOEWIG
Deutsche Erstausgabe

Titel der Originalausgabe: All Fool's Day
Aus dem Englischen von Wolfgang Crass

Umschlagillustration: Agentur Thomas Schlück
Umschlagentwurf und -gestaltung: Franz Wöllzenmüller, München
Redaktion: Hans Joachim Alpers
Verkaufspreis inkl. gesetzl. Mehrwertsteuer
Auslieferung in Österreich:
Pressegroßvertrieb Salzburg, Niederalm 300, A-5081 Anif
Printed in Germany 1981
Druck und Bindung: Mohndruck Graphische Betriebe GmbH, Gütersloh
ISBN 3-8118-3524-6

In jüngerer Zeit gibt es Anzeichen dafür, daß sich in der wissenschaftlichen Literatur zu den verschiedensten Tätigkeitsfeldern eine neue und besonders bizarre Möglichkeit abzeichnet – gibt es vielleicht die vage Hoffnung, daß der Geist des Menschen von den sich ändernden Bedingungen im Weltraum beeinflußt wird?

Diese Geschichte hat viele Anfänge, aber keine Erklärung und keine vorhersehbare Zukunft . . .

Das letzte Glied dieser Kette erschien am 16. November 1963 in der wissenschaftlichen Zeitschrift *Nature,* in der von den Professoren H. Friedman, R. O. Becker und C. H. Bachman aus New York von ihren Versuchen berichtet wird, Faktoren herauszufinden, die zu Selbstmorden und Aufnahmen in psychiatrischen Kliniken in Verbindung stehen. Sie untersuchten 28 642 Aufnahmen in acht psychiatrischen Krankenhäusern im Staat New York zwischen 1957 und 1961 und fanden eine signifikante Relation zu magnetischen Stürmen.

SIR BERNARD LOVELL
(Sunday Times, London, 16. März 1964)

Dr. Marcel Poumailloux, Repräsentant der französischen Medizinischen Gesellschaft, sagte, daß er im Verlauf von zwei Jahren 1500 Fälle von Herzkrankheiten untersucht habe und dabei zu der Erkenntnis gekommen sei, daß ‚Herzanfälle' direkt nach Perioden verstärkter Sonnentätigkeit zuzunehmen scheinen.

Er brachte die Häufigkeit von Herzanfällen mit Daten in Verbindung, die ihm von Astronomen geliefert worden waren, und fand dabei offenbar eine Verbindung zu ‚kosmischen Strahlenstürmen' heraus.

PETER FAIRLEY
(Evening Standard, London, 21. Juli 1964)

Vorbemerkung des Autors

Die Sonne liefert die Wärme, ohne die Leben auf der Erde nicht existieren könnte. Sie spendet und erhält das Leben; wären wir jedoch vor ihrer zornigen Energie nicht geschützt, so könnte sie sehr schnell todbringend wirken. Die Sonne ist nämlich ein gigantischer atomarer Ofen, in dessen Innerem Temperaturen von 13 Millionen Grad Celsius herrschen. Sie verzehrt sich dabei selbst und verbraucht von ihrer Substanz in der Sekunde vier Millionen Tonnen. Dabei werden unvorstellbare Massen von Strahlung frei. Wir sind vor der vollen Macht ihrer Energie durch die Atmosphäre und die Magnetosphäre geschützt, wo in dem Van-Allen-Gürtel solare Partikel aufgefangen werden.

Die leiseste Veränderung im Energieausstoß der Sonne oder in der Fähigkeit der Magnetosphäre, uns vor gefährlicher Strahlung zu schützen, würde unvorhersehbare Wirkungen haben.

Stiefkinder der Sonne ist Science Fiction und behandelt die möglichen Effekte einer solchen Veränderung. Die Geschichte setzt im Jahr 1985 ein; sie könnte jedoch ebensogut 1991 oder zu irgendeinem Zeitpunkt in der Zukunft beginnen. Die Menschheit nämlich kann gegen die Wirkung der Sonne niemals immun sein.

1

7. Juli 1985. Zwei Uhr dreißig morgens. Warme Luft, die klaren Teile des Himmels sind mit Sternen besetzt, und die Themse windet sich lautlos durch Londons gedämpfte Geräusche wie eine schwarzsilberne Schlange.

Zwei Uhr dreißig morgens. Leise flüstert ein Auto, wie Autos das in den feuchten Stunden der Dunkelheit zu tun pflegen. Ein Auto, darin ein Mann und eine Frau, unterwegs von Kingston nach Chelsea. Ein Mann und eine Frau, unterwegs vom Wohlstand zum Wohlstand. Ein Mann mit dem Wanst voller Elend und Einsamkeit und den kostbaren letzten Resten seiner Selbstachtung – mit Vollgas unterwegs zu einem schallgedämpften Niemandsland mit einem echten Picasso und den neuesten skandinavischen Möbeln . . .

Matthew Greville, siebenundzwanzig Jahre alt, Ex-Mensch und Werbefachmann in dieser Stadt, war betrunken gewesen, und jetzt war er nüchtern. Dann und wann sah er beim Fahren seine Frau Pauline an und fragte sich, ob solche Nüchternheit ansteckend sein könnte. Offensichtlich nicht.

Wo fing die Nüchternheit an, und wo hörte der Rausch auf? Vielleicht fing sie vor acht Meilen mit der Katze an. Die Katze war schwarz, fett und alt, und außerdem war sie – wie Pauline mit ruhiger Sicherheit bemerkte – offensichtlich von Todessehnsucht erfüllt. Sie war über die Straße gehuscht, als sei sie ein wildes Tier auf der Jagd nach Sex, Ratten oder möglicherweise nichts Handgreiflicherem als Visionen.

Einen Augenblick lang hatte Greville die Wahl gehabt, hätte bremsen und ein hastiges Gebet zu dem Katzengott senden können. Er hatte die Zeit dazu gehabt, und er wollte auf die Bremse treten. Merkwürdigerweise jedoch war er dazu nicht in der Lage gewesen.

Die Katze verschwand unter dem Auto. Es gab einen kurzen Schlag. Endlich gelang es Greville, seinen Fuß zu bewegen. Das Auto quietschte vorwurfsvoll und kam zum Stillstand.

„Wozu soll das gut sein, wenn ich fragen darf?“ sagte Pauline sanft.

„Ich habe eine Katze überfahren.“

„Na und?“

„Ich sollte besser nachsehen, ob das arme Vieh tot ist.“

„Es gibt zu viele Katzen“, bemerkte Pauline. „Ist das denn so wichtig? Ich bin ziemlich müde.“

„Es gibt zu viele Katzen“, stimmte er zu, „aber komischerweise ist es wichtig, und ich bin auch ziemlich müde.“

„Jetzt werde bloß nicht rührselig, Liebling. Es war so eine nette Party. Mir steht der Sinn nicht nach selbstmörderischen Katzen.“

Plötzlich war Greville angewidert – von sich selbst. „Dauert nur eine Minute.“

Er stieg aus dem Auto und warf die Tür hinter sich zu.

Er fand die Katze nach ungefähr dreißig Yards. Sie war nicht tot. Sie war an den Straßenrand gerollt. Ihr Rückgrat war entsetzlich verdreht, aber es war kein Blut zu sehen.

„Stirb, bitte stirb“, murmelte Greville. Er schämte sich, kniete sich hin und streichelte den Kopf der Katze. Sie schüttelte sich ein wenig und drückte ihren Kopf gegen seine Hand, die sie voll Blut schmierte. Sie schien für seine Aufmerksamkeit rührend dankbar zu sein.

„Mieze, bitte, *bitte* stirb“, flehte er sie an.

Die Katze jedoch hing hartnäckig am Leben. Dann kam der Schmerz und brachte dünne, blubbernde Schreie mit sich.

Greville konnte es nicht mehr länger aushalten. Er schob seine Hand unter das Tier und hob es plötzlich hoch. Es gab noch einen letzten Schmerzensschrei, bevor er mit der Kante seiner anderen Hand mit der ganzen Kraft, die ihm zur Verfügung stand, zuschlug. Die Wucht seines Schlags riß ihm die Katze aus der Hand und beförderte sie wieder in den Rinnstein. Ihr Genick aber war gebrochen, und nach ein paar Zuckungen war sie still.

Er stand noch einige Augenblicke zitternd da. Dann ging er zum Auto zurück.

„Ich nehme an, du hast das Tier gefunden?“ sagte Pauline kalt.

„Sie war ziemlich übel zugerichtet. Ich – ich mußte sie umbringen.“

„Mußtest du das! Na, so was! Dann rühr mich um Himmels willen nicht an, bis du gebadet hast ... Du mußt wegen jedem Dreck eine Show abziehen, nicht wahr, Liebling?“

Er sagte nichts. Er setzte sich in den Fahrersitz und drehte den Zündschlüssel herum. Nach ein paar Minuten stellte er überrascht fest, daß er mit weniger als vierzig Meilen in der Stunde auf der Straße entlangkroch. Aber das kam vielleicht daher, weil er allmählich nüchtern wurde.

Oder weil er ertrank ...

Man nimmt von Leuten, die ertrinken, normalerweise an, daß ihr Leben noch einmal an ihnen vorüberzieht. Daher, so folgerte Greville, ertrank er wohl. Die Erinnerungen nämlich stürmten auf ihn ein.

Das Leben (war es wirklich ein Leben?) begann mit Pauline. Vor fünf Jahren, als sie mit einem ihrer hohen Absätze in einem Metallrost am Strand hängengeblieben war. Es war ein Tag im Spätherbst. Er rettete ihren Schuh und besaß die Kühnheit, ihr heiße und köstlich aromatische Maronen zu kaufen. Sie unterhielten sich. Er brachte sie zu ihrer überraschend bequemen Wohnung zurück, die sie am Notting Hill Gate mit zwei anderen Frauen teilte.

Es gab weitere Treffen. Regelmäßige Treffen. Sie arbeitete in der Werbung und war voller Ehrgeiz. Er arbeitete bei einer Ölgesellschaft und war voller Frustration. Sie waren beide der Meinung, daß er talentiert sei.

Greville war der Meinung, er könne Gedichte schreiben, und er war sogar bereit, sich der Prostitution des Romanschreibens hinzugeben. Pauline war der Meinung, daß er Reklametexte schreiben könne. Erstklassige Werbetexte für erstklassige Werbung. Sprüche, um Führungskräfte zu verführen.

Bevor er wußte, was geschah, hatte er eine Stelle mit dem doppelten Lohn und der halben Arbeitszeit. Der große und ruhmreiche Umhang des Werbefachmanns legte sich angenehm um seine Schultern. Er dachte immer noch, das habe mit seinem Talent zu tun. Erst viel später – nachdem sie geheiratet hatten – entdeckte er, daß es mehr etwas mit Paulines Talent zu tun hatte.

Ihres war eindrucksvoller. Es bestand aus einem legeren Umgangston mit Chefs und Klienten, einer Vorliebe für Schlafzimmer, einem Körper, an dem irgendwie ein Zettel mit einer schriftlichen Garantie befestigt zu sein schien, und aus einem Gehirn wie ein Elektronenrechner.

Greville kam schnell nach oben, und das Komische dabei war, daß er zwei Jahre lang nicht wußte, wer ihm dafür die Leiter hielt.

Er entdeckte das auf die allergewöhnlichste Weise – rein zufällig, als er von einer Konferenz in Paris einen Tag zu früh zurückkam. Zu dieser Zeit hatten Greville und Pauline eine Wohnung in einem neuen Hochhaus in Holland Park. Es war eine schöne Wohnung, hoch oben, mit Blick auf London und mit zwei Schlafzimmern.

Greville war kurz vor elf am Flughafen in London angekommen. Er schloß die Wohnung leise selbst auf, als es kurz vor Mitternacht war. Er hatte sich so verhalten, weil er Pauline nicht stören wollte, falls sie schon schlief. Im Wohnzimmer standen die Überreste von Drinks – zwei Gläser –, und der blaue Dunst von Zigarettenrauch hing in der Luft.

Zuerst war er froh, daß Pauline Besuch gehabt hatte. Er nahm an, daß er den Besucher gerade verpaßt hatte. Doch dann sagte ihm Paulines Stimme – erregt und wortlos –, die gedämpft aus dem Schlafzimmer kam, daß er den Besucher doch nicht ganz verpaßt hatte. Es war eigentlich logisch, daß die zweite Stimme dem Mann gehörte, der ihm die Gelegenheit verschafft hatte, auf der Konferenz für ein europäisches Projekt mit den Großen in Tuchfühlung zu kommen.

Unschlüssigkeit. Masochismus. Feigheit.

Greville hörte den Geräuschen aus dem Schlafzimmer zu. Er

verurteilte sich selbst dazu, zuzuhören und eine schreckliche Genugtuung in seiner eigenen Erniedrigung zu finden. Dann, als alles wieder still war, ging er einfach weg.

Er suchte sich ein Hotel beim Marble Arch, verbrachte die Nacht mit dem Trinken von zollfreiem Cognac und kam zur verabredeten Zeit zu Pauline zurück. Er sagte ihr nie etwas davon, und er kam nie mehr unerwartet von einer Reise zurück. Danach aber zählte er mit. Er ließ es sie merken, daß er mitzählte, damit sie nicht zu unvorsichtig wurde. Sie wurde nie unvorsichtig.

Er erhielt Aufträge, alle möglichen Aufträge, von Stahl bis Wäsche. Auch Privataufträge. Und Beraterverträge.

Er war nicht mehr nur ein einfacher Werbefachmann – sollten doch andere die Arbeit machen. Er beschäftigte sich mit der Politik und der Strategie. Und weiter kam das Geld.

Holland Park, Portman Square, Victoria und jetzt eine Status-Wohnung für achtzehntausend Pfund in Chelsea. Ein Picasso und skandinavische Möbel. Erfolg. Erfolg. Erfolg . . .

„Liebling", sagte Pauline und zerschnitt seine Träumerei im Beschwichtigungston Nummer eins. „Ich habe mich mit Wally Heffert unterhalten."

„Das muß angenehm für dich gewesen sein."

„Na ja, er ist ein ganz lustiger alter Typ."

Langweilig, geschieden und stinkreich, dachte Greville. Wally Heffert, König von Heffert, McCall & Co. Oberster Wächter über drei Tiefkühlfirmen, ein Dutzend Zigarettenmarken, die Trans-Orient Air Lines und die Empfängnisverhütungspille ‚Jugendfreuden'. Daher per definitionem ein „ganz lustiger alter Typ." Das geborene Opfer Paulines.

„Er hält eine ganze Menge von deiner Arbeit", sprach sie weiter. „Er möchte sich mit dir über einen Auftrag unterhalten. Heffert McCall bekommen mehr, als sie schaffen können . . . Das wäre ein dicker Brocken, nehme ich an."

„Wie lange schläfst du schon mit ihm?" fragte Greville in normalem Unterhaltungston und hielt seinen Blick auf die Straße gerichtet.

„Sei bitte nicht kindisch, Liebling. Diese blöde Katze muß dich ganz durcheinandergebracht haben."

Für Pauline war ‚kindisch' ein Vielzweckwort. Es konnte obszön, weinerlich, idealistisch, verkommen, altmodisch, naiv oder ehrlich bedeuten – das hing von der Gelegenheit und dem Zusammenhang ab.

Für den vorliegenden Anlaß bedeutete es deutlich obszön plus weinerlich.

Greville lenkte das Auto zur Chelsea-Brücke hin. Die Nadel auf dem Tachometer kroch wieder nach oben. Er wußte es zwar nicht, aber er hatte gerade eine Entscheidung getroffen.

Er wandte sich Pauline zu.

„Weißt du was, Liebling, ich glaube, ich bin jetzt tatsächlich nüchtern."

Plötzlich spürte sie, daß etwas nicht stimmte – ganz und gar nicht stimmte.

„Wovon redest du überhaupt, Matthew, verdammt noch mal?"

Die Chelsea-Brücke lag vor ihnen. Ein leicht gewölbter Straßenstreifen. Es war sonst niemand auf der Straße. Es gab da nichts als den Himmel und den Fluß.

„Vom Leben, das ist alles. Mein Gott, tut das weh!"

Fünfundsechzig, siebzig, fünfundsiebzig, achtzig . . .

„Halt das Auto an! Hörst du mich? Halt das Auto an!"

Er drehte sich um und lächelte ihr zu. In seiner Stimme klang Zuneigung mit. Sogar Mitleid. Endlich nämlich hatte er das Gefühl, daß er es sich leisten konnte, zu vergeben.

„Liebste Pauline", sagte er. „Es hat keinen Zweck, wenn nur einer von uns beiden nüchtern ist. Warum halten wir nicht die Welt an?"

Beide zerrten am Lenkrad. Das Auto schleuderte wie verrückt gegen die Stahlverstrebungen der Brücke. Dann überschlug es sich zweimal und blieb auf der Seite liegen.

Greville lebte noch. Er fand sich fast auf Pauline liegend wieder. Ihre Augen waren offen und erinnerten ihn an die Katze. Dieses Mal aber gab es kein Problem . . . Sie war noch immer schön; und einen Augenblick lang hätte er schwören können, daß er geröstete Maronen roch . . .

Dann versuchte er, sich zu bewegen, und die Tränen in seinen Augen vermischten sich mit seinem eigenen Blut.

Ein paar Minuten später kam ein anderes Auto auf die Chelseabrücke. Und kurz darauf ein Krankenwagen und die Polizei.

2

Bis Anfang Juli war es ein typisch englischer Sommer gewesen – das heißt, daß das Wetter trotz bemannter Wettersatelliten und computergesteuerter Langzeit-Voraussagen so unberechenbar wie eh und je war und Wissenschaftler, Propheten, Bauern und Touristen gleichermaßen verblüffte. An einem Tag war der Himmel klar und die Sonne heiß; am nächsten goß es in Strömen, und die Temperatur sank so stark ab, daß wärmere Unterwäsche deutlich am Platz war.

Mitte Juli jedoch sah es so aus, als würde sich der Sommer möglicherweise zu einer jener sagenhaften Jahreszeiten beruhigen, an die sich jeder aus seiner Kindheit erinnert, die aber niemand wirklich auf ein Jahr festlegen kann.

Jeden Tag wurde der Himmel nach morgendlichem Nebel außergewöhnlich klar. Die Hitze war nicht zu stark, und leichte Brisen machten das Leben für die, die noch zur Arbeit gehen mußten, recht angenehm.

Der Juli verging, und der August kam – und noch immer hielt das schöne Wetter an. Es war nicht auf die britischen Inseln oder sogar Europa beschränkt. Die meisten Länder auf der nördlichen Halbkugel genossen einen wahrhaftig goldenen Sommer. Später würde die südliche Halbkugel an der Reihe sein, in den Genuß dieser phantastischen Glückssträhne im Wetter zu kommen. Was jedoch noch niemand wissen konnte, war, daß in den nächsten zehn

Jahren die Sommer in der ganzen Welt alle bekannten Rekorde brechen würden.

Matthew Greville aber gehörte zu der Minderheit, die weiterhin am Wetter völlig uninteressiert war; eigentlich war er im Verlauf der nächsten drei Jahre davon so gut wie nicht berührt. Bei dem Unfall, bei dem Pauline umgekommen war, hatte er nur mehrfache Kopfverletzungen davongetragen. Er blieb bis September im Krankenhaus. Während dieser Zeit gelang es den tüchtigen Ärzten, ihm die Sehkraft des linken Auges zu retten und ihm die Kontrolle über die Muskulatur in seiner linken Seite zurückzugeben. Zur gleichen Zeit hatten die Psychiater alle Hände voll damit zu tun, ihn davon zu überzeugen, daß das Leben noch immer lebenswert sein könnte. Schließlich gelang es ihnen aber doch, ihn in einen Zustand zu versetzen, in dem er vor Gericht auftreten konnte.

Die Polizei hatte sich für den ‚Unfall' erheblich interessiert, da zur fraglichen Zeit keine sonstigen Autos auf der Brücke gewesen waren. Sie maßen die Reifenspuren aus und verhörten die Leute, die auf der Party in Kingston gewesen waren – darunter einen gewissen Walter Heffert von Heffert, McCall & Co. –, und sie nahmen auch Aussagen von Greville selbst zu Protokoll. Aus dieser ganzen Aktivität ergaben sich zwei Anklagepunkte. Totschlag und verkehrsgefährdendes Fahren. Das Urteil belief sich auf insgesamt drei Jahre Gefängnis, was er als eine monströse Ungerechtigkeit empfand. Er hätte die Todesstrafe vorgezogen.

Erst in der ersten Oktoberwoche, ungefähr zu der Zeit, als Greville in ein vornehmeres englisches Gefängnis für vornehmere englische Gesetzesbrecher verlegt wurde, nahm der lange und durchweg herrliche Sommer sein Ende. Obwohl es nachts genug geregnet hatte und auch tagsüber der eine oder andere Schauer niedergegangen war, so daß es für eine gesunde Ernte reichte, hatte die Sonne im Grunde zehn Wochen lang praktisch ununterbrochen geschienen.

Darauf folgte nun ein Monat lang Regen – und es folgten Überschwemmungen.

Was diesen Sommer betraf, so begannen sich einige merkwürdige Fakten herauszukristallisieren. Die Anzahl der Sonnentage in diesem Zeitabschnitt war ungefähr dreimal so hoch wie der bisherige Jahresdurchschnitt. Außerdem war die Anzahl der Selbstmorde fünfmal so hoch wie im Durchschnitt der vergangenen Jahre. Das war spektakulär genug, um in den meisten Zeitungen als Schlagzeile zu erscheinen. Auch die Entdeckung neuer Sonnenflecken, die eine neue Art von Strahlung abgaben, wurde auf der Titelseite erwähnt. Die Tatsache, daß diese Strahlung über Eigenschaften verfügte, die der Wissenschaft bisher unbekannt gewesen waren, und daß die zusätzlichen Selbstmordfälle Symptome an den Tag legten, wie sie der Psychiatrie bisher unbekannt gewesen waren, boten Anlaß für zahllose Überlegungen und Spekulationen.

Der Name, den man den Wellen (oder waren es Partikel?) gab, die die Sonnenflecken ausstrahlten, war „Omega-Strahlung" – hauptsächlich deshalb, weil die Wissenschaftler vor einem Rätsel standen und weil jede sinnvolle Untersuchung dazu bestimmt zu sein schien, ein Langzeitprojekt zu werden. Auch eine Bezeichnung für die fünffache Steigerung der Fälle von Selbstzerstörung wurde schließlich gefunden (von einem Journalisten, der ein paar Wochen später selbst ins Wasser ging) und lautete „Schönwetterselbstmord".

In den Boulevardzeitungen wurde zuerst der Verdacht geäußert, daß es zwischen der Omega-Strahlung und dem, was nun jeder Schönwetterselbstmord nannte, eine ‚statistische Beziehung' gäbe. Die Idee löste unter Wissenschaftlern, religiösen Führern, Psychologen und schlichten Spinnern eine Kettenreaktion aus.

Ein sogenannter Wissenschaftler ‚lieh' sich von einem Schuldirektor, der es zwar gut meinte, aber geistig etwas zurückgeblieben zu sein schien und den rechten Respekt für sogenannte wissenschaftliche Methoden hatte, zwei Gruppen von Kindern aus. Der Wissenschaftler sperrte eine Gruppe von Kindern für einen langen Zeitraum in einem Keller ein, während die anderen dazu gezwungen wurden, den größten Teil ihrer Zeit im Freien zu verbringen und sich der Sonne auszusetzen. Was niemanden überraschen kann, war das Resultat. Nach einem Tag oder zwei Tagen dieser Behandlung war die Gruppe, die an der frischen Luft gewesen war, in der Lage, schneller und genauer zu addieren als die Keller-Gruppe. Daraus schloß er, daß a) die Omega-Strahlung intellektuelle Aktivität stimulierte und daher nervöse Erschöpfung hervorrufen könne und b) jeder, der nervöser Erschöpfung und damit dem Selbstmord aus dem Weg gehen wolle, gut beraten sei, in einem Keller zu leben. Da er selbst zu seiner Überzeugung stand, wählte er eine unterirdische Existenz – und beging zwei Monate später Selbstmord.

Die Psychologen und Psychiater waren nicht so schnell bereit, die Steigerung der Selbstmordrate mit der Omega-Strahlung in Verbindung zu bringen – hauptsächlich aus dem Grund, weil Strahlung nicht zu ihrem Gebiet gehörte. Sie wählten einen esoterischeren Ansatz und begannen mit Ausdrücken wie ‚thyroidische Verdrängung', ‚gesellschaftlich bedingte emotionelle Gleichgewichtsstörung', ‚Befreiung der kollektiven Todessehnsucht', ‚induzierter Hyper-Mystizismus' und ‚reinigende Zerstörung' um sich zu werfen. Der Schönwetterselbstmord war offensichtlich klar zu entschlüsseln. In einer Welt, in der die Vorstellung eines Kriegs rapide absurd wurde, war er die neurotische Simulierung von Stammeskriegen durch den modernen Menschen. Mit der Zeit lieferten die Psychologen und Psychiater so viele plausible Erklärungen für den Schönwetterselbstmord, daß der Eindruck entstand, sie hätten ihn fast erfunden.

Die religiösen Fanatiker jedoch sahen zum großen Teil die Sache einfacher. Es war nur eine schreckliche Warnung, die Gott geschickt hatte. Wir müßten uns bessern, oder . . .

Während jedoch Spinner der verschiedensten Richtungen ihre Lieblingsphilosophien hinausposaunten und entsprechend sinnlose Allheilmittel erfanden, waren einige wenige intelligente Leute damit beschäftigt, Tatsachen zusammenzustellen.

Und die Tatsachen, die sich herausstellten, sahen folgendermaßen aus:

1. Bis kurz vor der Entdeckung der Omega-Strahlung war die Selbstmordrate ungefähr normal.

2. Das Vorkommen von Selbstmorden steigerte sich gleichzeitig mit dem Vorkommen der Strahlung.

3. Bewölkter Himmel senkte die Steigerungsrate merklich, aber nicht signifikant.

4. Obwohl sich die Selbstmordrate in der ganzen Welt enorm gesteigert hatte, waren die Steigerungsraten auf der nördlichen Halbkugel bisher etwas höher als auf der südlichen Halbkugel.

5. Die betroffenen Menschentypen waren solche, die man unter normalen Bedingungen als am wenigsten selbstmordgefährdet betrachten würde.

6. Viele Leute, denen ein Selbstmordversuch nicht gelungen war oder die rechtzeitig von anderen gerettet worden waren, berichteten, daß sie kurz vor dem Impuls, der sie zum Selbstmord trieb, extrem starke Empfindungen von Frieden und einer Identifikation mit einer Sache verspürt hätten, die größer als sie selbst sei. Ein gemeinsamer Punkt ihrer Berichte war die weitverbreitete Überzeugung, daß durch den Tod dieses Gefühl absolut oder permanent werden würde.

7. Die Intensität der Omega-Strahlung war noch im Anstieg begriffen, und viele Astronomen äußerten die Meinung, daß die neuen Sonnenflecken aller Voraussicht nach noch für längere Zeit ‚aktiv' bleiben würden.

Das waren die Tatsachen, und sie waren dafür verantwortlich, daß die Verkaufsziffern von Bibeln, Sedativen, Beruhigungsmitteln und alkoholischen Getränken in noch nie dagewesene Höhen stiegen.

Ende 1985 hatten sich in Großbritannien vierunddreißigtausend Menschen das Leben genommen – obwohl die statistische Prognose nur sechstausendfünfhundert erwartet hatte. Der Innenminister empfahl, holzköpfig wie immer, man solle Selbstmord wieder als kriminelles Delikt behandeln. Selbstmord sei unsozial, sagte er, und äußerst schädlich für die Wirtschaft des Landes. Also wurde hastig ein Gesetz durch das Parlament gepeitscht. Es erlangte durch die Bezeichnung ‚Selbstmord-Abschreckung' eine kurze Unsterblichkeit. Es sah nämlich unter anderem vor, daß ein Drittel des Besitzes eines Selbstmörders (nach der Erbschaftssteuer) vom Staat eingezogen werden *konnte.* Weiterhin verfügte es, daß versuchter Selbstmord mit maximal zehn Jahren Gefängnis bestraft werden *konnte.* Wie man kaum zu erwähnen braucht, war das Gesetz völlig wirkungslos – trug aber ein wenig mit dazu bei, daß die Regierung sechs Monate später gestürzt wurde.

Matthew Greville gewöhnte sich an den Alltag im Gefängnis. Es war weit bequemer, als er sich das vorgestellt hatte; dies allein erwies sich bereits als erhebliche Frustration, weil er der Überzeugung war, daß er Freudlosigkeit verdient hatte – nicht allein wegen Pauline, sondern auch wegen der Sinnlosigkeit und Ziellosigkeit seines Lebens. Für all die kleinen Schwindelmanöver, die er durchgeführt, für all die kleinen Eitelkeiten, die er entwickelt, für das Talent, das er verschleudert, und für jene klischeegeladene, pervertierte Ethik, der er sich im Reklamegeschäft untergeordnet hatte, wäre Selbstmord offensichtlich die perfekte Antwort gewesen. Vielleicht hätte das am 7. Juli 1985 auch gestimmt. Er brachte Monate damit zu, seine Absichten und Motive zu analysieren, wurde jedoch nicht schlau daraus. Wollte er sich auf der Chelsea-Brücke wirklich umbringen? Oder Pauline? Oder sie beide? Oder war es nur eine melodramatische Geste gewesen, die außer Kontrolle geraten war?

Wenn er die Katze nicht überfahren hätte . . . Wenn Pauline ihm nicht ins Steuer gegriffen hätte . . . Wenn . . . Wenn . . . Wenn . . .

Es gab keine befriedigende Lösung – nicht einmal Selbstmord. Das nämlich war nun nur noch eine Art Luxus. Er wollte bestraft werden, er wollte verletzt werden, er wollte die seltsame Angst wieder spüren, die ihm sagte, daß er am Leben war . . .

Während seines gesamten Gefängnisaufenthalts begingen sieben Gefängniswärter und vierundfünfzig Gefangene Selbstmord. Als Buße für seine Existenz und als Belohnung dafür, daß er sich nicht umbrachte, ernannte sich Greville selbst zum obersten Totengräber. Während des gesamten und relativ trockenen Winters von 1986 verstärkte sich die Omega-Strahlung und ebenso die Anzahl der Selbstmorde. Und die Pessimisten sagten bereits einen warmen und trockenen Sommer voraus.

Die Wissenschaft und der menschliche Erfindungsgeist produzierten eine bemerkenswerte Anzahl von Lösungen – keine davon befriedigend und manche gefährlich. Eines der vielen ‚ruhigen Stimulierungsmittel', die aus den Labors der Chemiekonzerne in hysterischer Eile ausgestoßen wurden (diese spezielle Droge wurde als Positiver Pep auf den Markt geworfen), war für mehr als hunderttausend Fehl- oder Frühgeburten verantwortlich und trug so in erheblichem Maß zu einer Steigerung der Selbstmordrate bei. Eine andere war zwar effektiver, was die Verhinderung von Selbstmorden betraf, aber eine ihrer Nebenwirkungen war die Erzeugung von Größenwahn. Eine dritte war ebenso wirksam in ihrem Ziel, die Menschen davon abzuhalten, sich selbst das Leben zu nehmen: Bei ihr war das Problem, daß sie zur Sucht führte und die Abhängigkeit von ihr das Herz zu stark belastete.

Tausende von Gruppen zur Erhaltung ‚geistiger Hygiene' wurden gebildet, eine Organisation namens ‚Anonyme Todessehnsucht' war plötzlich im Gespräch, Dutzende von verschiedenen Sekten, Kulten und esoterischen Gesellschaften sprossen wie Pilze aus dem Boden, und aus der religiösen Wiederbelebung wurde eine bedeutende Industrie.

Trotz alledem hatten sich Ende 1986 (wieder war es ein unglaublich „schöner" Sommer gewesen) allein in Großbritannien mehr als hundertzwanzigtausend Menschen das Leben genommen. Dieser proportionale Zuwachs war in fast allen Ländern gleich groß.

In der Zwischenzeit verstärkte sich die Omega-Strahlung – die am schwersten zu greifende und rätselhafteste Form von Strahlenenergie, die je entdeckt worden war – ständig weiter. Und während diejenigen, die nach ihrer Beschaffenheit forschten, weiter vor einem Rätsel standen, fanden jene, die sich mit ihrer Wirkung beschäftigten, interessantere Antworten.

Man entdeckte, daß die Entwicklung von omegasicheren Schirmen möglich war. Man benötigte lediglich eine sechzehn Fuß dicke Bleiwand oder eine entsprechend dickere Wand aus weniger dichtem Material. Aber selbst das nützte nichts, wenn die Menschen, die durch sie geschützt werden sollten, nicht dauernd in ihrem Schutz blieben. Jeder, der eine Neigung zu dem hatte, was nun SW-Selbstmord oder einfach SWS abgekürzt wurde, brauchte nur ein paar Minuten lang der Strahlung ausgesetzt zu werden, um die Reaktion auszulösen. Die einzige Variante war der Zeitfaktor. Es konnte Monate dauern, bis sich der SWS-Impuls zeigte, oder nur Stunden.

Eine weitere interessante Entdeckung war, daß alle Kinder vor dem SWS bis zur Pubertät sicher waren und daß das Risiko eines Selbstmords von der Pubertät bis zum Alter von ungefähr fünfundzwanzig Jahren (dem angenommenen Höhepunkt des Wachstums und der Adoleszenz) nur ungefähr halb so hoch wie bei der restlichen Bevölkerung war.

Am merkwürdigsten aber war die sich herauskristallisierende Klassifizierung der SWS-Typen. In den ersten beiden Jahren ergab die Information, die von mehr als hundertfünfzigtausend Opfern zusammengetragen worden war, bezüglich der berufsspezifischen Aufteilung, daß die empfänglichsten Typen Bankangestellte, Finanzbeamte, Wissenschaftler, Vollzugsbeamte, Manager aller Art, Ladenbesitzer, Büroangestellte, Professoren (aber nicht Lehrer!), Piloten, Kapitäne, Busfahrer, Lastwagenfahrer, Mathematiker, Berufsspieler und Buchmacher, *unbedeutende* Politiker, Uhrmacher und Beamte im allgemeinen waren. Unverheiratete Frauen, oder – genauer – Jungfrauen über fünfundzwanzig, waren sehr gefährdet; das gleiche galt für Junggesellen.

Am wenigsten betroffen von SWS waren Künstler aller Art, Verrückte, politische oder religiöse Fanatiker, Schauspieler, Tänzer und Conférenciers, Spinner, Homosexuelle, Prostituierte, Exzentriker, Ärzte und Krankenschwestern, Lehrer, Sportler, Sadisten, Masochisten und Menschen mit einer pathologischen Zuneigung zu Tieren.

Ganz deutlich hieß die Parole nun: „Schicken Sie Ihre Tochter zum Showbusineß, Mrs. Worthington". Strategien dieser Art nützten allerdings nichts, wenn die betroffene Person zufällig eine unterdrückte Neigung zur Mathematik hatte.

Das Jahr 1987 kam. Und ging nach einem herrlichen Sommer. Die Endabrechnung ergab in Großbritannien knapp eine Million SWS-Opfer. Dazu wurde nun noch eine sekundäre Wirkung deutlich. Aus offensichtlichen Gründen fiel die Geburtenrate. Die Menschen begannen sich davor zu fürchten, Kinder zu bekommen; sie brachten sich dadurch ironischerweise selbst durch Kummer um. Aus ebenso offensichtlichen Gründen hob sich die natürliche Sterberate. Gegen Ende des Jahres führte das Parlament die Dienstpflicht wieder ein – die es seit Jahrzehnten nicht mehr gegeben hatte. Dieses Mal brauchte man allerdings keine Soldaten, sondern Totengräber, Busfahrer und Sozialarbeiter.

Im Herbst 1988 wurde Matthew Greville aus dem Gefängnis entlassen. Er hatte seine volle Strafe abgesessen, nachdem er einer vorzeitigen Entlassung wegen guter Führung durch einen vorsätzlichen Angriff auf einen Gefängnisangestellten entgangen war. Man gab ihm eine Fahrkarte nach London und die Summe von achtzehn Pfund, neun Schilling und sechs Pence, die er während seiner Tätigkeit als Totengräber verdient hatte.

Er hatte keine Wohnung, in die er gehen konnte, da er seinen Rechtsanwalt schon vor langer Zeit beauftragt hatte, die Wohnung in Chelsea mit ihrem gesamten Inventar zu verkaufen. Eine ziemlich hohe Hypothek war noch zu bezahlen gewesen. Trotzdem war der Rechtsanwalt in der Lage gewesen, nach dem Verkauf des gesamten Besitzes (darunter auch das Picasso-Gemälde) elftausend Pfund auf Grevilles Konto zu überwiesen. Greville hatte den gesamten Betrag sofort an verschiedene wohltätige Anstalten verteilt.

Als er in London ankam, nahm er sich ein Taxi und ließ sich durch die Stadt fahren, genoß ihren Reichtum und die Geschäftigkeit (denn London gelang es trotz der Schönwetterselbstmorde noch, das alte Gesicht tapfer zu bewahren), bemerkte die Veränderungen, die neuen Wolkenkratzer, die noch immer gebaut wurden – und die neuen Kirchen, die überall entstanden. Dann ließ er sich zur Chelsea-Brücke fahren, an der er ausstieg, das Taxi bezahlte und sich auf den Weg über die Brücke machte.

Die Beulen waren noch immer in dem Geländer. Er mußte genau nach ihnen suchen, aber sie waren noch da. Man hatte sie übermalt, und zwei oder drei stark beschädigte Verstrebungen waren ersetzt worden, aber die versteckten Hieroglyphen verkündeten noch immer das letzte Ergebnis seines Lebens mit Pauline – und vielleicht auch das Ergebnis einer Begegnung mit einer unbekannten Katze.

Er starrte eine Zeitlang die Botschaft an, die nur er allein entziffern konnte. Der Himmel lag in blauem Dunst, und die Sonne bedeckte ganz England mit dem goldenen und reifenden Licht des Herbstes. Es war ein perfekter Tag. Greville aber war von dem Wetter gänzlich unberührt. Nachdem er die seltsame Fahrt von Kingston in Gedanken noch einmal erlebt hatte (nur drei Jahre war sie her, aber sie lag in einer anderen Zeit), wandte er sich der nächsten Bar zu, um sich dort zu betrinken.

Er blieb drei Tage lang betrunken. Nach Abschluß dieser Zeit wachte er frühmorgens im Hyde Park auf – von den Nachwirkungen seiner Sauferei und vor nervöser Anspannung zitternd. Er erinnerte sich an kaum etwas von dem, was sich seit seinem Besuch bei der Brücke abgespielt hatte.

Er riß sich zusammen und erkundigte sich nach dem Weg zur nächsten Aufnahmestelle der Armee. Er mußte eine Stunde warten, bis sie öffnete. Die militärischen Herren, die dort beschäftigt waren, zeigten sich bei der Aussicht, einen Knastbruder und offensichtlichen Penner aufzunehmen, nicht gerade überglücklich. Nach einiger Überlegung gestatteten sie es ihm jedoch großzügig, sich für das Notbeerdigungskorps freiwillig zu melden. Er war rührend dankbar. Das war genau die Art Arbeit, die er wollte – genau wie im Gefängnis. Es war ein Dienst an der Öffentlichkeit.

Ende 1988 hatten 1,2 Millionen britische Bürger Selbstmord begangen.

Die ersten Löcher im Gewebe der Gesellschaft begannen sich zu zeigen. Die Transportmittel waren bis zum Zusammenbruch überlastet. Ein Brief brauchte von London bis zu den Industriestädten im Norden jetzt oft eine Woche. Nahrungsmittel und Benzin wurden wieder rationiert. Die Gasversorgung war bisher noch nicht beeinträchtigt; aber der Mangel an Kohle und Öl war dafür verantwortlich, daß der Strom für Haushalte nur noch zu bestimmten Stunden eingeschaltet wurde. Ein Gesetz zur Lenkung der Arbeitskraft wurde hastig durch das Parlament gebracht. Es ermächtigte die Regierung dazu, jeden Mann zwischen achtzehn und fünfundsechzig zu wichtigerer Arbeit umzukommandieren. Das Lenkungsgesetz half ein wenig – das heißt, es verzögerte den schließlichen und unvermeidlichen Zusammenbruch –, aber seine Hauptfunktion schien es zu sein, der Regierung und der Gesellschaft, die sie vertrat, einen relativ geordneten Rückzug zu gestatten . . . Einen Rückzug von den komplizierteren Aufgaben einer zivilisierten Gesellschaft . . .

Und weiter sandte die Omega-Strahlung ihre unsichtbare, schmerzlose und verrückt machende Botschaft vom fernen Antlitz der Sonne herab. Und weiter bemühten sich die (an Zahl schwer dezimierten) Wissenschaftler, irgendeinen wirksamen Schutz oder gar eine Immunisierung gegen sie zu finden. Und weiter stieg die SWS-Rate.

1989 überstieg sie die Drei-Millionen-Grenze. Matthew Greville, Gefreiter im NBC, grub die Gräber nicht mehr mit der Hand. Er arbeitete mit einem Bagger. Dann setzte er sich in einen Bulldozer, um die Massen von dünnen Plastiksärgen in lange Gemeinschaftsgräber zu schieben.

Ende 1990 erreichte die Anzahl der Toten zehn Millionen. Drei verschiedene Notregierungen waren unabhängig voneinander im Norden, in Mittelengland und im Süden tätig. Särge waren veraltet. Alle produzierten Gegenstände wurden von den Lebenden gebraucht.

1991. Wieder ein herrlicher Sommer. Die Notregierungen hatten sich nun zugunsten von elf regionalen Verwaltungszentren aufgelöst. Der Bahnverkehr war bis auf den Transport von Brennstoffen und Nahrungsmitteln zwischen den großen Städten unbefristet aufgehoben. In London grassierte der Typhus ... in Edinburgh, York und Birmingham brachen Aufstände aus ... in Süd-Lancashire und Nord-Cheshire herrschte eine Hungersnot. Diebstahl, ‚Fahnenflucht' und Arbeitsentzug wurden unter Todesstrafe gestellt, und zwar in sieben der elf Regionen... Todesrate insgesamt: 15,5 Millionen.

Matthew Greville, zeitweise Major im NBC London, wurde von Sklavenjägern aus den Midlands gefangengenommen. Schwere Ketten wurden um seine Knöchel geschmiedet, und er wurde zusammen mit einer Gruppe von anderen ‚fremden Rekruten' in der Provinz Nottingham in eine Mine geschickt, um dort Kohle abzubauen. Die fremden Rekruten wurden genau wie die Grubenponys, mit denen sie arbeiteten und starben, immer unter der Oberfläche gehalten. Die Rationen, die man ihnen nach unten schickte, richteten sich nach der Kohlenmenge, die sie nach oben schickten. Es muß wohl kaum erwähnt werden, daß die Sterberate dort unten hoch war.

1992. Die Anzahl der Toten in dem Gebiet, das früher als Großbritannien bekannt gewesen war, wurde von der statistischen Abteilung der Kommune London auf ungefähr acht Millionen geschätzt.

Gegen Ende des Jahres 1992 gelang Matthew Greville die Flucht aus der Mine, indem er sich totstellte und es fertigbrachte, schweigend den routinemäßigen Bajonettstoß hinzunehmen. Diese Methode wurde von den übermüdeten Inspektoren angewendet, und in der Regel entdeckten sie dadurch solche Versuche bei ihrer Inspektion der zweimal wöchentlich herabgeschickten Bestattungswagen. Grevilles drei Zoll tiefe Wunde ließ überraschenderweise wichtige Organe unberührt. Nachdem er sich eine Zeitlang versteckt hatte und Fieber und Unterernährung auf sich genommen hatte, floh er aus der Provinz Nottingham und wurde praktisch sofort darauf von der Freiwilligen Bürgerwehr Leicester als ungelernter Landarbeiter eingestellt. Diese Arbeit war erheblich leichter als die in der Mine; aber das Essen war sowohl qualitativ als auch quantitativ schlechter. Er verlor an Gewicht, sein Haar begann erst grau und dann weiß zu werden. Trotzdem blieb er am Leben und bemerkenswert gesund.

1993 löste sich die Zweite Gemeinde London auf. Das gleiche geschah mit allen ähnlichen Organisationen auf den britischen Inseln, in Europa und in der ganzen Welt. Matthew Greville, einer der hundertfünfzigtausend Menschen, die noch auf den Inseln lebten, die früher Großbritannien genannt worden waren, war wieder ein freier Mann – und ernährte sich von der Hand in den Mund.

Der Schönwetterselbstmord – nun als Resultat der vorausgegangenen drei Jahre sehr intensiver Omega-Strahlung weniger selektiv – hatte die Hohen und die Niedrigen, die Intellektuellen und die Subnormalen, die Starken und die Schwachen, die Alten und die Jungen gleichermaßen dezimiert. Zum Schluß hatte er als Garanten der Zukunft der Menschheit nur die emotionell Gestörten übriggelassen – die Spinner, Misfits, Fanatiker, Besessenen, Genies, Idioten, wahnsinnigen Gewaltverbrecher, Heiligen und Sünder, die in der gewöhnlichen Welt nie Frieden oder Glück oder Verständnis gefunden hatten.

Jetzt gab es keine gewöhnliche Welt mehr. Das Gewöhnliche, Durchschnittliche, Normale – als Existenzgrundlage, als Verhaltensmuster – war veraltet. Es war keine allgemein akzeptierte Ethik übriggeblieben – außer dem persönlichen Überleben –, nach der sich alle richten würden. Alles, was blieb, war... transnormal...

1994 ließ die Intensität der Omega-Strahlung leicht nach. Es gab jedoch keine Wissenschaftler mehr, die die Intensität hätten messen oder feststellen können, ob die Sonnenflecken, die sie erzeugten, noch aktiv waren.

1994 herrschte das Chaos.

3

7. Juli 1995 (vielleicht). Zwei Uhr dreißig morgens – durchschnittliche Greville-Zeit. Denn nun, da die Welt starb, da es keine Kalender, Zeitungen oder Arbeitstage gab, war die Zeit wunderbar subjektiv. Man konnte jeden Tag zum Sonntag erklären, dachte Greville, und jede Nacht zur Neujahrsnacht ... Er war betrunken, und er wußte, daß er betrunken war, und es war ihm völlig egal ...

Außerdem gab es da noch ein Jubiläum zu feiern. Die Befreiung des Matthew Greville, ehemaliger Werbefachmann in dieser Stadt. Nein, ein doppeltes Jubiläum! Der Nachruf auf Pauline durfte nicht vergessen werden.

Liebe, tote Pauline. Auch eine Prostituierte, aber ehrlicher. Auch eine Mitreisende in die Ewigkeit. Aber irgendein Bastard hatte ihr auf dem Zug in den Jüngsten Tag einen Platz reserviert.

Wer war dieser Bastard?

Antwort: Matthew Greville, der Poet der vierfarbigen Werbung, der ehemalige Scheißdreck produzierende Trickbetrüger des Börsenviertels. Der Shakespeare der bunten Magazine, der Goethe des bunten Teils im *Sunday Times Magazine,* der da Vinci der Frauenzeitung.

Wo aber waren sie jetzt, die *Sunday Times,* die Frauenzeitungen und die Pracht von *House and Garden?*

Im Dunkel verschwunden, ohne Ausnahme ...

Ach, Dunkelheit, Dunkelheit, Dunkelheit im hellen Schein der Sonne ...

Die Luft war warm und der Himmel eine finstere Kuppel, die von tausend Sternen durchlöchert war, und die Themse wand sich noch immer wie eine fette Schlange durch die Knochen Londons aus Stahl und Beton.

Matthew Greville saß in einem Lieferwagen auf der Chelsea-

Brücke. Die Stoßstange des Wagens berührte genau dort das Geländer, wo vor zehn Jahren ein anderes Auto dagegen geprallt war. Das andere Auto hatte beim Aufprall eine Geschwindigkeit von ungefähr achtzig Meilen in der Stunde gehabt. Seit ungefähr zwei Stunden hatte er die Gesellschaft von Geistern genossen – und Cognac, *Salignac '85,* ein ausgezeichneter Jahrgang...

„Habe ich dich jemals geliebt, Pauline?" fragte er laut. „Habe ich dir jemals jene Liebe gegeben, die alles gibt und nichts erwartet?"

Die Stille war eine Antwort, präzise und sofort.

„Ich war geil", sprach er weiter. „Ich war geil, du warst geil, er, sie, es waren geil... Asche zu Asche und Lust zu Lust – die grundsätzliche Philosophie einer Welt, in der wir Unterarmdeodorants, Mundgeruchpillen, Gin und Präservative gebraucht haben, bevor wir in moderner demokratischer Lust zusammen schwitzen konnten."

Ein Schluckauf schüttelte ihn. „Weißt du, was ich gemacht habe, seit ich dir deinen letzten Orgasmus verschafft habe, mein Schatz?" Er hob die Cognacflasche, um in der Instrumentenbeleuchtung zu überprüfen, wieviel noch darin war, und nahm dann noch einen Schluck. „Wenn du mir versprichst, daß du nicht lachst, erzähle ich es dir."

Die Stille war keine fröhliche Stille. Der Geist war deutlich nüchtern und ganz anders als der lebendige, fleischliche Geist Paulines.

„Ich erzähle es dir", kam es als Echo von ihm. Er nahm den letzten Schluck *Salignac* und warf die Flasche durch das offene Fenster des Wagens. „Gräber habe ich gegraben – im Spezialauftrag... Du weißt ja, wie ich war, Liebling. Ich mußte immer der Beste sein. Und ich schwöre dir, es hat sich herausgestellt, daß ich der beste verdammte Totengräber der Weltgeschichte war. Endlich Unsterblichkeit. Und weißt du, wie es gekommen ist, daß ich der beste, größte kleine Totengräber der ganzen Branche geworden bin? Ich werd's dir verraten. Ich habe die Menschheit begraben, so ist es gekommen. Die Menschheit habe ich begraben." Seine Stimme überschlug sich. „Und ich möchte, daß du das weißt, du armes, kleines, totes Flittchen, daß es mir mehr weh getan hat, dich umzubringen, als Kohlen zu hauen oder Pflüge zu ziehen oder eine Million Leichen in die arme Erde zu schieben... Soviel bedeutest du mir, Pauline, weil du es warst, die mich vom Leben abgehalten hat. Und das war noch nicht genug, verdammt noch mal, nein, sogar vom Sterben hast du mich abgehalten... Flittchen... Flittchen... liebstes, schönes Flittchen!"

Tränen rollten über sein Gesicht. Greville jedoch wußte nicht, daß er weinte. Der *Salignac* nämlich und die Dunkelheit und die Erinnerungen, das war zuviel. Er war bereits eingeschlafen. Irgendwo heulte ein Hund; das Geräusch brachte ihn dazu, das Schrotgewehr, das noch auf seinen Knien lag, fester zu packen. Der Hund heulte wieder. Ein ganzer Chor von Geheul antwortete ihm. Greville bewegte sich unruhig und stöhnte, öffnete aber nicht die Augen. In dem London von 1995 gab es nicht mehr viele Menschen, die es gewagt hätten – betrunken oder nüchtern –, in einem Auto bei offenem Fenster einzuschlafen.

Das Aussterben des normalen Menschen und das Erscheinen des transnormalen stellte entweder den grotesken Abschluß der menschlichen Entwicklung oder einen neuen und grotesken Anfang dar. Niemand konnte sagen, was von beiden. Die Normalen waren zusammen mit ihren normalen Bewertungsprozessen ausgestorben; und die Transnormalen schienen sich um Anfang oder Ende nicht zu kümmern – es sei denn, es handelte sich um einen persönlichen Anfang und ein persönliches Ende.

Alle Städte hatten aufgehört zu funktionieren – wie abgelaufene Uhren oder mechanische Spielzeuge oder verlassene Waben. Verlassen? Nein, nicht vollständig verlassen. Es gab nämlich noch die Transnormalen – so wenige spukten in den großen städtischen Friedhöfen von so vielen herum.

Die Transnormalen aber waren nicht vollständig allein, denn als der normale Mensch in der Geschichte verschwand, entstand durch sein Verschwinden in der Ökologie des Planeten eine Gleichgewichtsstörung. Der Tod von dreitausend Millionen Menschen hinterließ nicht nur eine große Stille, sondern auch eine große Lücke unter den Tieren. Diese Lücke begann sich zu füllen.

In den Städten streunten nun wilde Hunde umher – Hunde, die Hunger, Krankheit und Kannibalismus überstanden hatten. Hunde, deren Verstand durch den Hunger geschärft worden war, deren zivilisiertes Verhalten praktisch sofort verschwunden war, als sie bemerkten, daß der Mensch als bester Freund des Hundes nicht mehr zugegen war.

Die vornehmen Hunde, die Schoßhunde, die verweichlichten Hunde und all die sorgfältig gezüchteten Triumphe von Hundepracht waren verschwunden. Sie waren zuerst gestorben – die Pudel, Pekinesen, Dackel und die Yorkshire-Spielzeuge. Sie waren einfach für die Konkurrenz nicht stark genug. Also verhungerten sie oder starben vor Kummer – oder sie wurden vom Rest aufgefressen.

Die zähen und widerstandsfähigen Promenadenmischungen, die großen Hunde, die Schäferhunde, die dänischen Doggen, die Boxer, die Bulldoggen – sie überlebten. Sie überlebten, um sich gegenseitig zu bedrohen. Manche davon lebten und jagten allein. Viele davon lernten es, den Individualismus gegen die Sicherheit des Rudels einzutauschen.

Die Anführer des Rudels sorgten dafür, daß das Gesetz des Rudels eingehalten wurde. Die einzige Belohnung war Nahrung, die einzige Strafe der Tod.

Mit den Katzen war es genauso. Den Katzen fiel es nur schwerer, den Individualismus abzulegen. Viele von ihnen jagten weiter allein. Einige wenige bildeten kleine Gruppen. Die Hunde waren ihnen zahlenmäßig weit überlegen, aber sie waren wilder und unberechenbarer.

Am zahlreichsten von allen waren die Ratten. Mit dem Verschwinden des normalen Menschen vergrößerte sich ihre Anzahl phänomenal. Sie neigten dazu, nicht in Gruppen oder Rudeln, sondern in Schwärmen zu jagen. Ein Schwarm Ratten reichte aus, um einen Hund zum Umdrehen zu bewegen und ließ Katzen fauchend sichere Zuflucht suchen.

Das Gesetz des Großstadtdschungels war fast ein geschlossener Kreis. Fast, aber nicht ganz. Die Hunde nämlich jagten Katzen, Ratten und – widerwillig – einander; die Katzen jagten Hunde, Ratten und – weniger widerwillig – einander; die Ratten jagten Hunde, Katzen und – mit größtem Spaß – einander. Sie alle aber jagten den Menschen. Besonders in der Nacht, in der die Tiere instinktiv erkannten, daß sie im Vorteil waren.

Die Ratten mußte man am meisten fürchten; da sie sich nicht vor eigenen Verlusten fürchteten, konnte ein Schwarm von ihnen jeden und jedes Lebewesen zu jeder Zeit angreifen. Ein entschlossener Mann mit einem Schrotgewehr hatte eine reelle Chance, sich den Weg aus einem Angriff von Hunden freizuschießen. War er jedoch von einem Rattenschwarm in die Enge gedrängt, dann war es die beste Politik, das Gewehr auf sich selbst zu richten.

Trotz alledem lebten noch immer Gruppen von Transnormalen – oder sogar einzelne – in den Städten und liefen darin umher. Ihre Zahl wurde durch die Zunahme der Tiere, die sie jagten, ständig verringert. Für viele Transnormale aber war die Stadt das einzige Gebiet, das sie wirklich kannten. Die Türme aus Beton und Stahl, die stillen Straßen, die leeren Fenster und die kalten Kamine ihrer einst normalen Umgebung verliehen ihnen eine Illusion von Sicherheit. Bis die Nahrung ausging, bis es kein Wasser mehr gab oder bis die Ratten kamen.

Auf dem Land waren die Veränderungen nicht weniger drastisch, aber anders. Trotz der Tatsache, daß England ein hochindustrialisiertes Land gewesen war, waren vier Fünftel des Bodens noch immer für die Landwirtschaft verwendet worden – bis in die frühen achtziger Jahre hinein. Als aber der Schönwetterselbstmord all seine Opfer gefordert hatte, begannen sich die ländlichen Gegenden Englands rapide zu ändern.

Der Wind legte Zäune um, und es war niemand mehr da, der sie wieder aufgerichtet hätte; die tiefliegenden Felder wurden überschwemmt, und niemand machte die Gräben frei, um sie zu entwässern. Tiere trampelten die Hecken nieder, im Winter brach das Eis die Landstraßen auf und machte sie uneben; Nesseln und

Farne, Winden und wilder Hopfen wuchsen auf den Wegen; kräftige junge Bäume begannen mit der langsamen Veränderung von Weideland zu Wald; in den Bauernhäusern fielen Kamine um, Dächer stürzten ein, und Efeu suchte flüsternd nach einem Halt an staubigen Fensterrahmen.

Der größte Teil der Milchkühe – sanfte und dumme Maschinen zur Milchproduktion – war nicht in der Lage, ohne die symbiotische Pflege ihrer Herren auszukommen. Die Bullen aber – es sei denn, sie waren angekettet und so zu einem elenden Hungertod verurteilt – freuten sich überall über ihre neue Freiheit und gediehen darin. Sie brachen durch die verbleibenden Hecken und warben mit Macht um die wenigen verbliebenen Kühe. Nach einiger Zeit kalbten einige von ihnen, und ihre Nachkommenschaft lieferte den Kern für eine neue und doch unendlich viel ältere Rasse. Eine Rasse, die überlebte.

Die Schweine lagen in dem Rennen ums Überleben an guter Stelle. Wenn sie hungrig genug waren, konnten sie alles fressen, was auch nur entfernt eßbar war – von Aas bis Baumrinde. Es waren magere, hungrige Bestien, gemein und schnell. Manche von ihnen wurden zu Kannibalen und lernten, ihre Gegner zu Tode zu trampeln oder zu erdrücken, um dann auf den Kadavern herumzutrampeln, bis die lebensspendende Süße herausfloß.

Auch Hühner und Hähne lernten das Überleben. Ihr Gehirn, eng und düster und halbmechanisch, nahm nur undeutlich wahr, daß mit der Welt um sie herum etwas nicht stimmte. Ein Großteil der Überlebenden lieferte für Wiesel, Hunde, Ratten, Katzen, Falken, Adler und selbst für Eulen zufriedenstellende Mahlzeiten. Die listigen Hühner jedoch retteten sich in die Bäume, bauten sich dort geschützte Nester und zeugten anpassungsfähigeren Nachwuchs, der besser als die Eltern zum Überleben in der Lage war.

Kaninchen pflanzten sich mit ungehemmter Wonne fort. Ebenso Marder und Wiesel und Füchse. Ebenso Fischotter und Bisamratten.

Ebenso das alte Rotwild Englands. Kleine Herden davon waren in Parks hier und da im ganzen Land gehalten worden. Sie gehörten zu den ersten Tieren, die die neue Freiheit spürten, die ihnen durch die Aktivität der Sonnenflecken, die fast hundert Millionen Meilen entfernt waren, verliehen worden war. Sie fühlten sich äußerst wohl dabei. Die Herden wurden größer. Sie hatten vor Ratten oder Katzen keine Angst, und sie waren schneller als Hunde. Sie begannen sich auszubreiten und forderten das Land zurück, das einst ihnen gehört hatte.

Und da waren noch die Pferde. Nicht die Zugpferde oder die Rennpferde. Jetzt gab es eine wildere Rasse – wild wie jeder Sklave, der jahrelange Knechtschaft überstanden hat. Es gab schnelle Pferde, schwere Pferde, tödliche Pferde. Sie donnerten über das Land, das einmal Ackerland gewesen war. Es waren noch nicht viele, aber es wurden ständig mehr. Auch sie forderten ihr Königreich zurück.

Und auf den Mooren, auf Exmoor und Dartmoor und im New Forest lebten die wilden Ponys. Es gab keine Touristen mehr, die sie mit Zucker lockten. Es gab nur noch den Wind und den Regen und den Himmel, und der ewige Wechsel der Jahreszeiten zog an ihnen vorüber. Der normale Mensch nämlich, der sich selbst zum Herrn aller Dinge ernannt hatte, war zum alten Eisen geworfen worden. Und der größte Teil des Rests der menschlichen Rasse war zum erstenmal und auf eine ganz eigene Art zu Wilden geworden...

Greville wachte mit einer heftigen Bewegung auf.

Das Geräusch der Hunde hatte ihn aufgeweckt. Das Geräusch von Hunden, die eine Beute in Sicht hatten. Das Geräusch von Hunden und das Geräusch von Schüssen aus einer Pistole oder einem Gewehr.

Das graue Licht der frühen Dämmerung rollte sanft die Themse hoch. Umrisse waren undeutlich und ungewohnt. Es wehte kein Wind, und es gab keinen Hinweis darauf, daß London keine tote Stadt war – nichts als Schüsse und das Geräusch von Hunden.

Greville gähnte und streckte sich. Er hatte Schmerzen im Rücken, Schmerzen in den Beinen, Schmerzen im Kopf. Seine Zunge fühlte sich an wie die rauhe Oberfläche einer Piste. Er gähnte, räusperte sich, sah durch das Autofenster und dann auf seine Hände. Sie waren relativ ruhig. Er war überrascht.

Das Gebell der Hunde kam näher. Und jetzt war da noch ein Geräusch. Das gedämpfte Putt-Putt einer Zweitaktmaschine.

Greville war neugierig. Hunde, die jemand auf einem Motorrad oder einem Roller in der Morgendämmerung jagten. Offensichtlich hatte da jemand eine große Schwäche für ein gefährliches Leben.

Er sah nach, ob das Schrotgewehr geladen war – beide Läufe – und stieg dann aus dem Auto. Er sog genüßlich die klare Luft ein und lauschte.

Der Zweitakter kam jetzt schnell näher. Jemand von der südlichen Seite schien in Richtung Chelsea unterwegs zu sein – jemand und ein Gefolge von Hunden.

Er sah über die Brücke, aber das Licht war noch zu schwach, und die andere Seite war noch in eine graue Dunkelheit gehüllt. Er atmete tief durch und stand mit dem Schrotgewehr im Arm da. Die Schmerzen begannen nachzulassen. Langsam fühlte er sich wieder einigermaßen menschlich.

Plötzlich hörte er ein gedämpftes Klatschen, einen Schmerzensschrei von einem Hund und sofort darauf ein triumphierendes Kläffen. Das Geräusch des Zweitakters verstummte, und sofort darauf folgten zwei Schüsse in schneller Reihenfolge.

Am anderen Ende der Brücke war jetzt Bewegung auszumachen. Greville konnte eine Gestalt erkennen, die auf ihn zurannte. Hinter der Gestalt ergoß sich eine Flut von geduckten Umrissen. Hungrige und gnadenlose Schatten auf vier Beinen.

Die Gestalt drehte sich um und feuerte einmal in die dunkle, fleischfressende Flut. Der Flüchtling gewann dadurch ein paar Yards, als sich einige von den Hunden auf ihren verwundeten Genossen stürzten und die anderen aus Angst vor der Schußwaffe kurz zögerten. Der Hunger aber war stärker als die Angst. Der Flüchtling würde es nicht schaffen.

Die laufende Gestalt schien sich nun klarzumachen, daß eine weitere Flucht unmöglich war, denn er oder sie hatte begonnen, von der Mitte der Straße zur Seite zu laufen. Tod durch Ertrinken war dem Tod durch die Hunde bei weitem vorzuziehen.

In diesem Augenblick hörte Greville auf, ein interessierter Zuschauer zu bleiben.

„Hierher!" brüllte er. „Zu mir!"

Dann begann auch er zu rennen.

Er war noch ungefähr vierzig Yards von der noch immer undeutlichen Gestalt des Flüchtlings entfernt. Die Hunde waren schneller und verkürzten den Abstand stetig.

„Hinwerfen!" brüllte Greville.

Der Flüchtling schien ihn nicht zu hören oder nicht zu verstehen.

„Wirf dich flach hin!" brüllte er noch einmal und fuchtelte mit seinem Schrotgewehr in der Luft herum.

Dieses Mal wurde sein Befehl befolgt.

Die Gestalt fiel zu einem stolpernden, rollenden, ungelenken Haufen auf den Boden.

Die Anführer des Rudels waren nur noch ungefähr ein Dutzend Yards davon entfernt, als Greville ihnen den ersten Lauf zu schmecken gab. Ein Hund brach schreiend und sich windend zusammen, und ein zweiter jaulte auf und klemmte den Schwanz ein. Drei Hunde stürzten sich auf ihren gefallenen Begleiter.

Greville rannte mit lautem Schreien auf sie zu. Auf der Brücke waren insgesamt etwa zwanzig Hunde. Ihr Vormarsch kam kurz zum Stehen, während sie sich die neue Entwicklung überlegten.

Greville rannte noch immer und war nun von der Gestalt auf dem Boden noch ungefähr zehn Yards entfernt. Er hielt an, feuerte den zweiten Lauf auf die Hunde ab, ließ das Schrotgewehr aufschnappen, tastete in seiner Tasche nach weiteren Patronen und rief zur gleichen Zeit: „Kriech hierher und komm hinter mich, verdammt noch mal!"

Er sah die Gestalt nicht einmal an, die ohne Worte seinem Befehl gehorchte. Seine gesamte Aufmerksamkeit galt dem quirlenden, bedrohlichen Rudel von Hunden auf der Brücke.

Das Licht verbesserte sich jetzt. Sie glotzten ihn bösartig an. Sie kannten die Macht des Dings in seiner Hand, aber sie wußten auch, daß diese Macht nicht unbeschränkt war. Sie knurrten ihn mit triefenden Mäulern an und machten sich für den letzten Angriff fertig.

Er schoß wieder auf einen der Hunde, der zu den Anführern zu gehören schien. Dann schwang er die Flinte und erledigte einen Schäferhund, der versucht hatte, ihn von der Seite her anzugreifen. Er wußte, daß er nicht noch einmal die Möglichkeit zum Nachladen bekommen würde, und so tat er mit einem wilden Schrei das Unmögliche, völlig Unerwartete. Er schwang sein Gewehr wie eine Keule und stürzte sich auf die restlichen Hunde.

Das allein schon lag völlig außerhalb des Erfahrungsbereichs des Rudels. Sie hatten schon viele Menschen laufen sehen – aber immer fort, nie auf sie zu. Sie waren verblüfft. Und ihre Unfähigkeit, Grevilles Verhalten als einen Akt der Verzweiflung zu erkennen, stürzte sie in ihr Verderben.

Einen Augenblick oder zwei standen sie da wie angefroren, und eine magere Promenadenmischung fiel mit gebrochenem Genick unter Grevilles Gewehrkolben. Er stieß noch einen fürchterlichen Schrei aus, hob das Gewehr und schmetterte einen Terrier zu Boden, der ihm an den Bauch springen wollte. Einen kurzen, schrecklichen Moment zögerte die Meute unsicher – und dann floh sie.

Greville lud mit zitternden Fingern mit den Patronen nach, die er sich aus der Tasche gefischt hatte. Dann begann er, sich vorsichtig zu seinem Auto zurückzuziehen. Am anderen Ende der Brücke sammelten sich die Hunde für einen weiteren Angriff. Sie hatten ihre Chance jedoch verpaßt. Die Krise war vorbei.

Die Gestalt auf der Brücke – der Flüchtling, der wie ein verängstigtes Kind hinter ihm dahingekrochen war – humpelte nun auf das Auto zu. Greville starrte sie verblüfft an.

Hier auf dieser Brücke hatte er vor zehn Jahren durch einen Zufall (?) eine Frau getötet, und nun hatte er durch einen Zufall (?) eine gerettet.

Er begann zu lachen. Die Ironie schien so geartet zu sein, daß sie ein Lachen verdiente ...

4

Das Mädchen hieß Liz. Elizabeth Hopper, Alter zweiundzwanzig Jahre, Nationalität – transnormal. Sie sagte, sie sei auf einem Motorroller aus einer Art Bordell/Krankenhaus/Fort in Richmond geflohen und habe die wilde, optimistische Hoffnung gehabt, ihre Zwillingsschwester zu finden, die kürzlich von einer Bande von Räubern aus dem gleichen Bordell/Krankenhaus/Fort ‚befreit' worden war, Räubern, die, ihrem Akzent nach zu urteilen, aus dem Norden stammen mußten. Es sah so aus, als seien Liz und Jane Hopper nicht nur Zwillinge, sondern sogar Super-Zwillinge. Der Grad von Vertrautheit oder Einfühlung, der zwischen den beiden bestand, hätte jeden Psychologen, der sich mit dem Abnormen beschäftigte, mit genug Material für eine fünfjährige Bearbeitung und eine Monographie über emphatische Kommunikationsmechanismen und den Erfahrungsaustausch zwischen komplementären psychischen Strukturen versorgt, die ihn berühmt gemacht hätte.

All dies und noch mehr erfuhr Greville in zehn Minuten.

Er war zu dem Auto zurückgekommen und fand dort das Mädchen bequem auf dem Beifahrersitz hockend vor. Sie hatte Schwierigkeiten mit ihrem linken Bein.

Sie hatte es sich offensichtlich verletzt, als sie mit dem Motorroller einen besonders unternehmungslustigen Hund überfahren hatte und dabei gestürzt war.

Greville knallte die Tür zu und warf den Motor an. Die Hunde am anderen Ende der Chelsea-Brücke hatten sich daran erinnert, daß ihr Frühstück noch immer in der Nähe war. Ihre Zahl hatte sich inzwischen vergrößert – die Unruhe war offensichtlich groß genug gewesen, um alle verfügbaren Kräfte am südlichen Ufer zusammenzutrommeln, die sich in einem Radius von einer Viertelmeile dort aufgehalten hatten. Sie machten sich daran, sich in einer stetigen, blutrünstigen Angriffsformation über die Brücke zu ergießen.

Greville legte den zweiten Gang ein, ließ das Kupplungspedal heruntergetreten und den Motor im Leerlauf. Er wartete, bis die Hunde noch ungefähr zwanzig Yards entfernt waren. Dann drückte er das Gaspedal voll durch, ließ die Kupplung schnell kommen, und der Wagen schoß mit einem scharfen Ruck nach vorn.

Er hielt den Fuß fest auf dem Gaspedal und fuhr geradewegs auf die Hunde zu. Sie versuchten, ihm auszuweichen, aber sie waren zu eng aneinander gedrängt.

Beim Aufprall fuhr er mit ungefähr dreißig Meilen in der Stunde. Er blieb im zweiten Gang und pflügte sich einen holprigen, schlingernden Weg mitten durch das Hunderudel. Das Gebell und das Geheul von Schmerz und Wut waren laut genug, um das Geräusch des Motors zu übertönen.

Er fuhr bis ganz zum Ende der Brücke weiter. Dann wendete er hastig und kam zurück. Die zerquetschten Kadaver von einem halben Dutzend Hunden lagen auf der Straße verstreut. Die übrigen waren völlig durcheinander. Manche zerrten an ihren verletzten Kumpanen herum, aber die meisten standen auf der Brücke und bellten, als könnten sie allein durch die Geräuschentwicklung eine Antwort für dieses Rätsel finden.

Greville fuhr mit dem Auto mörderisch und ohne Gnade auf sie zu. Sein zweiter Durchgang brachte ihm weitere vier Opfer ein. Auf der Nordseite wendete er wieder und kam zurückgedonnert, aber die restlichen Hunde hatten jede Lust an einem Kampf verloren. Sie machten sich unter Geheul auf die Flucht. Zweifellos würden sie später zurückkommen, um die Kadaver der Opfer zu fressen. Zur Zeit jedoch war das Frühstück weniger wichtig als das Überleben.

Greville drehte noch einmal und fuhr das Auto von dem schrecklichen Geräusch des Hundes weg, der nicht gleich ganz getötet worden war, und auf die Nordseite zu.

Er schaltete den Motor ab und drehte sich um, um seine

Begleiterin zu mustern. „Also, das wäre das", sagte er ruhig. „Rauchen wir doch eine Zigarette."

„Nein, danke, ich rauche nicht." Ihre Stimme klang angenehm, und sie wirkte bemerkenswert ruhig.

„Freut mich sehr, das zu hören. Die Zigaretten reichen nicht mehr lange. Eine der tiefgreifendsten Tragödien, die aus der Entvölkerung resultieren." Er musterte sie ohne den Versuch, dies zu verbergen.

Sie trug ein kurzes Schaffelljäckchen, ein verwaschenes blaues Hemd und eine Männerhose, die sie in hohe Stiefel gesteckt hatte. Ihr Haar war kurz, schwarz und ungepflegt. Ihr Gesicht war blaß und voller blauer Flecken. Sie hatte den Körper einer Frau und das seltsam unschuldige Gesicht eines Kindes. Ihre Augen waren blau und zeigten keine Angst. Sie schien überhaupt nichts gegen seine Musterung zu haben.

„Was macht das Bein jetzt?" fragte er abrupt.

„Geht schon besser. Ich habe einen ziemlich harten Schlag abgekriegt, als ich von dem Roller gefallen bin. Ich denke aber, zum Laufen wird's reichen ... Soll ich jetzt gehen?"

„Rede kein dummes Zeug. Du wärst Hundefutter, bevor du zweihundert Yards hinter dir hättest. Wo ist deine Pistole?"

„Ich habe sie auf der Brücke verloren."

Greville schickte einen Stoßseufzer zum Himmel. „Du scheinst am Überleben nicht besonders interessiert zu sein, oder?"

Sie lächelte. „Ich war so sehr damit beschäftigt zu überleben, als ich dich gesehen habe, daß ich meine Pistole einfach vergessen habe. Außerdem war sie sowieso leer."

„Hattest du denn keine Ersatzmunition?"

„Nein."

„Großer Gott! Du bist vielleicht eine Marke – Mensch! Was hattest du denn vor, zum Teufel?"

Dann erzählte sie es ihm.

Ihre Geschichte zu glauben, fiel ihm nicht schwer. In einer phantastischen Welt war das Phantastische alltäglich geworden.

„Du hast dich also mit einer Spielzeugpistole und einem

Motorroller auf den Weg gemacht, um ganz England von oben bis unten nach deiner Schwester Jane abzusuchen", bemerkte er trocken, als sie zu Ende gesprochen hatte. „Was hat dich zu der Annahme gebracht, daß du lange genug am Leben bleiben wirst, um aus London herauszukommen?"

„Ich habe nicht wirklich gewußt, wie die ganze Sache werden würde", gab sie zu. „In den letzten zwei Jahren war ich nicht allzuoft draußen. Die haben uns ganz schön auf Trab gehalten, weißt du."

„Wer denn?"

„Die Leute aus Richmond."

Es stellte sich heraus, daß die Leute aus Richmond eine Gruppe von fast hundert Männern waren, die fünfzehn bis zwanzig Frauen unter sich teilten und den Versuch anstellten, sich zu einer Stammesgruppe zu organisieren. Ihr Anführer war ein ehemaliger Ringer aus Kanada, der sich Johnny Blaupelz nannte – ein Riesenkoloß von einem Mann, bei dem das Verhältnis von Körpergewicht zum Gehirn zwar gegenüber dem Dinosaurier eine Verbesserung erkennen ließ, aber keine große.

Überraschend war jedoch, daß die Vorfahren von Johnny Blaupelz – Franzosen und Eskimos – einen Riesenkerl gezeugt hatten, der nicht nur ein freundlicher Mensch, sondern auch noch mit einem ausgeprägten Gerechtigkeitssinn ausgestattet war. Da er außerdem an Frauen nicht das geringste Interesse hatte, konnte er so über allen Streitereien zwischen den verschiedenen Parteien stehen.

Die Herrschaft von Johnny Blaupelz schien dazu bestimmt zu sein, lange anzudauern und außergewöhnlich friedlich zu sein – bis ungefähr dreißig schwerbewaffnete Männer aus dem Norden kamen. Sie kamen in zwei uralten Armeelastwagen, und sie kamen nicht als Feinde, sondern einfach als eine Gruppe von Männern, die ‚plündern wollten'. Nachdem man ihnen klargemacht hatte, daß es in Richmond nichts zu plündern gab – eine Tatsache, die dadurch noch sanft betont wurde, daß Johnny Blaupelz all seine Männer mit ihren Gewehren, Maschinenpistolen und Pistolen versammelte –, wurden sie gastfreundlich dazu eingeladen, die Nacht im Haus zu verbringen.

Das Haus war eines jener großen, weitläufigen viktorianischen Privatpaläste, die den Industriellen des neunzehnten Jahrhunderts zum Wohlergehen an den Ufern der Themse errichtet worden waren. Nun war es zu Beginn der letzten beiden Dekaden des zwanzigsten Jahrhunderts in eine Kombination aus Bordell, Krankenhaus, Hauptquartier, Häuptlingssitz und Lagerhaus für die Leute aus Richmond umfunktioniert worden.

Johnny Blaupelz war naiv genug, trotz der eindringlichen Warnungen seiner Offiziere zu glauben, daß die Besucher seine Gastfreundschaft nicht mißbrauchen würden – besonders im Hinblick auf die zahlenmäßige Überlegenheit an Waffen und Männern. Aber die Männer aus dem Norden (die zu ihrer Heimat nur vage Angaben machten und nicht mehr sagen wollten, als daß sie ‚ein Plätzchen in Lancashire' hätten) waren entschlossen, habgierig und sehr gut organisiert. Weit besser organisiert als die Leute aus Richmond.

Es waren harte Burschen, ihnen fehlten Waffen und Frauen, und sie hatten nicht die Absicht, mit leeren Händen abzuziehen.

Johnny Blaupelz organisierte zu ihren Ehren ein üppiges Fest. Der Wein wurde freigiebig herumgereicht, ebenso die Frauen – unter ihnen auch Liz und Jane, die besonders beliebt zu sein schienen, da sie Zwillinge waren.

Die Party war erst ein paar Stunden vor der Morgendämmerung zu Ende.

Eine Stunde später, als der größte Teil der Leute aus Richmond fest ihren Rausch ausschliefen und selbst die Hauswachen eingedöst waren, wurden die Leute aus dem Norden plötzlich sehr lebendig. Sie hatten offensichtlich nur so getan, als würden sie viel trinken, oder aber sie verfügten über eine wahrhaft erstaunliche Trinkfestigkeit.

Es wurde sehr wenig geschossen. In der Dunkelheit war es schwer, Freund von Feind zu unterscheiden, und es gab weder Gelegenheit noch Zeit dazu, die Öllampen anzuzünden.

Ungefähr fünf Minuten lang herrschte völliges Chaos. Johnny Blaupelz zeichnete sich dadurch aus, daß er drei Männer (einer davon gehörte zu seinen eigenen Leuten) im zweiten Stock aus dem Fenster warf, bevor er selbst durch einen Schlag mit dem Gewehrkolben niedergestreckt wurde. Eine der Wachen im Erdgeschoß erwischte mit einem Feuerstoß aus der Maschinenpistole vier von den Angreifern, wurde dann aber selbst erschossen.

Den Leuten aus dem Norden gelang es, mit sechs von den Frauen (die teilweise zu betrunken oder erschöpft waren, um sich daraus viel zu machen), acht Gewehren und ungefähr zweihundert Schuß Munition davonzukommen. Liz hätte genau wie Jane zu den geraubten Frauen gehören können, da sie mit einem der Angreifer die Nacht hatte verbringen müssen, aber sie fing an zu schreien und sich zu wehren, als er sie mitschleifen wollte. Er drehte daraufhin durch und versuchte, sie zu würgen, bis sie sich fügte, aber irgendwie gelang es ihr, ihm in den Magen zu treten; während er sich davon erholte, gelang es ihr, wegzukriechen und in der Dunkelheit und dem Durcheinander davonzukommen.

Offensichtlich waren sie und Jane buchstäblich unzertrennlich gewesen. Sie waren von den Leuten in Richmond ‚beschlagnahmt' und damit wahrscheinlich vor dem Hungertod oder einem Tod aus anderen transnormalen Gründen gerettet worden. Sie waren seit dem Sommer 1979 bei ihnen gewesen. Die Prostitution, von Johnny Blaupelz großartig ‚freie Liebe' genannt, stellte sich als nicht ganz so schlimm heraus, wie sie es befürchtet hatten. Sie hatten zumindest genug zu essen und waren relativ sicher, und wenn man sein Leid miteinander teilen konnte, dann schien es nicht ganz so schlimm zu sein. Seit Janes erzwungener Abreise vor ein paar Tagen hatte sich bei Liz ein merkwürdiges Gefühl eingestellt, als sei sie tot. Sie fühlte sich, als hätte ihr jemand eine gewaltige Dosis eines Betäubungsmittels für Geist und Körper gegeben. Nichts war mehr wichtig. Nichts als der Wunsch, heißt das, Jane auf irgendeine Art wiederzufinden, damit sie mit ihr wieder zusammen sein konnte. Sie entschloß sich, bei der ersten Gelegenheit von den Leuten in Richmond zu fliehen.

Greville hatte sich den Rest ihrer Erzählung zum größten Teil wortlos angehört. Er war nicht überrascht. In jener Zeit gab es kaum etwas, das ihn hätte überraschen können.

Als sie fertig war, sagte er: „Du bist also jetzt mein Problem."

„Nicht, wenn du nicht willst, daß ich es bin", sagte Liz einfach.

„Ich habe dir das Leben gerettet, nicht wahr?"

„Ja."

„Dann scheint es mir nicht mehr als vernünftig, wenn ich daran ein gewisses Interesse habe."

„Hast du eine Frau?" fragte sie unverblümt.

„Nein."

„Willst du eine?"

„Weiß ich nicht. Das habe ich mir noch nicht überlegt."

„Na, dann solltest du dir es wohl besser überlegen", sagte sie praktisch. „Wenn du aber nur mal ordentlich vögeln willst, dann entschließe dich, damit wir es hinter uns bringen können. Dann können wir wieder unserer eigenen Wege gehen."

Ihre Gelassenheit ärgerte ihn. Greville sah sie sich noch einmal genau an – und dieses Mal zog er sie in Gedanken aus. Sie blieb ungerührt.

„Ich gehe nie vor Mittag mit einer Frau ins Bett", bemerkte er humorlos.

„Wer hat denn etwas von einem Bett gesagt?" gab sie zurück. „Und wenn du dir Gedanken machst über meine Gefühle – das kannst du vergessen. Leute wie ich müssen das machen, wenn wir am Leben bleiben wollen."

Greville lehnte es für sich ab, auch nur das geringste Mitleid zu zeigen, denn Mitleid war nichts weiter als die Übergabe einer Waffe an den Gegner. „Ich nehme an, auch Leute wie du finden nach einiger Zeit ihren Geschmack daran."

„Besonders Leute wie ich", sagte Liz. „Und besonders, wenn wir ein Jahr lang oder zwei jeden Tag ungefähr zweimal gevögelt werden. Entweder wir springen in den Fluß, oder wir finden Geschmack daran." Sie erwiderte seine kritische Inspektion mit Interesse. „Es ist klar", meinte sie noch, „es gibt Zeiten, da ist es einem trotzdem zuwider, aber ich habe gelernt, damit fertig zu werden."

Greville schlug sie. Es war kein sehr harter Schlag, aber sie fing überraschenderweise an zu weinen.

Trotz der Andeutungen in der letzten Bemerkung wußte Greville eigentlich nicht, warum er sie geschlagen hatte – ebensowenig wie er wußte, warum er jetzt den Arm um sie legte und versuchte, sie zu trösten.

„Das warst nicht du. Das warst nicht du", schluchzte sie. „Es waren diese schrecklichen Hunde ... Oh, verdammt, ich muß mich übergeben."

Greville machte die Wagentür auf und half ihr hinaus. Sie würgte, aber es kam sehr wenig. Als sie fertig war, begann sie heftig zu zittern. Mit dem Schrotgewehr in der Hand und einem wachsamen Auge auf die mögliche Anwesenheit von Hunden brachte er sie dazu, auf der Brücke auf und ab zu gehen, bis sie nicht mehr zitterte.

„Danke", sagte sie schließlich. „Ich scheine mich bei dir für alles zu bedanken, nicht?"

„Das wirst du dir schon wieder abgewöhnen", erwiderte Greville mit ausdrucksloser Miene.

„Ja ... Ich weiß nicht einmal, wie du heißt."

„Nenn mich Greville."

„Ist das alles?"

„Es reicht."

Liz seufzte. „Also, was willst du mit mir anfangen, Greville?"

„Weiß ich nicht. Muß ich mir wohl überlegen."

„Überleg's dir nicht zu lange. Und wenn du dein Pfund Fleisch nicht willst, dann werde ich versuchen, ein wenig näher an Jane heranzukommen."

Er lachte. „Deine Chancen, Jane zu finden, sind ungefähr so groß, wie die Nadel in dem sprichwörtlichen, aber jetzt veralteten Heuschober zu finden."

„Das kann dir ja egal sein", sagte Liz müde. „Wir sind alle zusammen verrückt. Außerdem habe ich so was wie einen eingebauten Fährtensucher. Und darüber hinaus ist es ja wohl gleich, wie ich meine Zeit verschwende, oder?"

„Es ist mir aber nicht egal", sagte Greville. Plötzlich stellte er verblüfft fest, daß dies der Wahrheit entsprach. „Es ist schon ganz schön lange her, seit ich mit jemandem gesprochen habe", sagte er, als würde das alles erklären. „Ich glaube, ich nehme dich mit nach Hause. Vielleicht kannst du dich sogar nützlich machen."

„Ich bin zu nichts gut als zum Vögeln", kam es brutal von Liz.

„Nach allem, was ich weiß, bist du möglicherweise noch nicht einmal dafür gut. Außerdem, da wir gerade davon sprechen, versuch doch mal, ein anderes Wort dafür zu finden."

„Verletze ich damit dein Feingefühl?"

„Nein", sagte er ruhig. „Nur mein ästhetisches Gefühl. Also, wenn du mit deinen Gefühlsaufwallungen fertig bist, sollten wir uns mal Gedanken über das Frühstück machen."

5

Zum Frühstück gab es sehr salzigen Schinken, grobes selbstgemachtes Brot und dazu Flaschenbier. Sie verzehrten es in der Nähe von ‚Cleopatra's Needle' am Themseufer. Es war lange her, seit Liz zum letztenmal in London gewesen war, und sie wollte sehen, was die Zeit, die Transnormalen und die Herrschaft der Katzen und Hunde daraus gemacht hatten. Sie wurde nicht wie Greville von Geistern aus der Vergangenheit verfolgt, und sie war fünfzehn Jahre jünger. Außerdem hatte sie die normale Welt nie wirklich gekannt, denn ihr gesamtes Wachstum und fast die gesamte Erforschung ihrer Umwelt waren während der entsetzlichen zehn Jahre der Omega-Strahlung erfolgt. Sie konnte daher das Gefühl der Traurigkeit, wie es Greville empfand, nicht nachvollziehen, und sie konnte die ungeheure Tragödie der Zerstörung einer großen Stadt nicht wie er wahrnehmen. Wenn sie die Öde um sie herum nicht so sehr zu empfinden schien, so kam das daher, daß die

Erfahrung sie gelehrt hatte, daß diese Öde natürlich war: Sie war ein Teil ihres Lebens.

Sie verzehrten ihre Mahlzeit in dem Auto und beobachteten die Sonne, wie sie sich langsam mit dem Versprechen eines weiteren warmen Tages erhob. Das Essen gehörte zu den Rationen, die Greville zu seinem zwanghaften jährlichen Besuch der Chelsea-Brücke mitgebracht hatte. Er hatte natürlich auch eine praktische Entschuldigung für die lange – und gefährliche – Expedition von seiner Hütte in Norfolk in die Großstadt. Er wollte plündern – Feuerwaffen, Munition, Schuhe, Kleider, Werkzeuge, Bücher und was er sonst noch erwischen konnte.

Er hatte seit ungefähr achtzehn Monaten in East Anglia gewohnt. Es hatte ihn dorthin verschlagen, und er hatte die Hütte, die er zu seinem privaten Stützpunkt gemacht hatte, aus reinem Zufall gefunden. Als sich das Freiwilligenkorps Leicester – zusammen mit praktisch jeder anderen quasi-sozialen Organisation – 1993 aufgelöst hatte, hatte er sich auf den Weg nach Süden gemacht. Auf seinen Wanderungen war er mit verschiedenen kleinen Gruppen von der einen oder anderen Art in Berührung gekommen, aber er hatte solche Kontakte immer wieder schnell abgebrochen. Er hatte sich nie jemandem angeschlossen oder es sich gestattet, eine persönliche Bindung einzugehen, und zwar aus dem einfachen Grund, weil er wußte, daß die meisten der Gruppen, auf die er stieß, zum Untergang verurteilt waren. Manche von ihnen waren nicht mehr als Amateur-Räuberbanden, andere waren kleine Stämme, die grob auf einer Familienstruktur beruhten und als Bindung nur echte oder symbolische Verwandtschaft akzeptierten, während wieder andere fanatische Wohltäter waren, die mit ein paar Leuten versuchten, Körper und Geist einer gesamten Kultur aufrechtzuerhalten. Keine von ihnen jedoch besaß Dauerhaftigkeit, weil sie entweder von der Vergangenheit lebten oder versuchten, sie zurückzubringen. Sie konnten es nicht verstehen, daß sie eigentlich nichts anderes als Grabräuber waren – wie ägyptische Bauern, die die Gräber im Tal der Könige plünderten.

Greville widerten Versager an, und das galt für ihn selbst genauso wie für andere. So schreckte er vor der Zugehörigkeit zu einer Gruppe – welche das auch immer sein mochte – zurück und entschloß sich, so allein wie möglich zu leben. Er brauchte vor allem Zeit zum Denken, Zeit, sich mit einer verrückten Welt zu arrangieren, Zeit, sich mit seiner eigenen privaten Verrücktheit zu arrangieren.

Er hatte die Hütte in Norfolk entdeckt, als er sich mühsam in die Richtung von London durchkämpfte. Es war mehr als eine Hütte: Es war eine Festung. Denn sie stand auf einer Insel von weniger als einem Morgen Größe im Ambergreave-See, ungefähr zwanzig Meilen südlich von Norwich. Einst hatte es das Ambergreave-Schloß gegeben, einen weitläufigen Bau aus dem sechzehnten Jahrhundert. Es war 1990 abgebrannt, als der Besitzer zwei Gallonen Benzin über sich geschüttet und ein Streichholz angezündet hatte. Die Hütte auf der Insel war ursprünglich als Sommerhaus in einer Zeit gebaut worden, als solche baulichen Extravaganzen populäre Attraktionen für die Reichen des Landes gewesen waren. Ein Lord von Ambergreave des neunzehnten Jahrhunderts jedoch, der entschiedene und optimistische Ansichten über seine Qualitäten als Dichter gehabt hatte, hatte das Sommerhaus zu einem Refugium ausbauen lassen, in dem er sich in göttlicher Einsamkeit wochenlang aufhalten konnte, um Riesenmengen von Sonetten zu verfassen, die ihm mit allergrößter Sicherheit einen festen Platz in der englischen Literaturgeschichte bringen würden.

Unglücklicherweise kam ihm nie die Idee, daß die englische Literatur selbst ebenfalls sterblich sein könnte. Ebensowenig wäre ihm je der Gedanke gekommen, daß fünf Jahre nach seinem Tod nur noch der Drucker an seine Sonette denken würde, dem er im Laufe der Zeit für die Veröffentlichung verschiedener eleganter Bände mehr als tausend Pfund gezahlt hatte.

So sollte es jedoch kommen. Greville hatte sein Marmorbild über einer beeindruckend aussehenden Gruft in dem Friedhof des Dorfes Ambergreave entdeckt, das ungefähr drei Meilen von den Ruinen des Schlosses entfernt lag. Das Grab verschwand – wie der gesamte Friedhof – unaufhaltsam und schnell unter einer Masse von Gebüsch und Unkraut. Er interessierte sich jedoch genügend für den Mann, der ihm diesen idealen Zufluchtsort geliefert hatte, um etwas über ihn herauszubekommen. Die Inschrift unter der Statue lautete: *Dem unsterblichen Andenken an Augustus Rowley, Träumer, Philosoph und Literat. Geboren: 1833 – 1873 an Müdigkeit und tiefer Melancholie gestorben. Hier erwartet er seine Ehrenrettung durch Zeit und Verhältnisse, sicher in der Überzeugung, daß er seine Berufung durch seinen Schöpfer richtig erkannt hat.*

Greville war von dem großsprecherischen Nachruf amüsiert gewesen. Er nahm an, daß Augustus Rowley selbst ihn verfaßt hatte. Er hatte in der Tat Grund zur Dankbarkeit diesem obskuren und rührenden Dilettanten gegenüber, denn das Haus auf der Insel inmitten des Sees, das seinerseits die Schöpfung eines früheren Rowley war, hatte sich als idealer Zufluchtsort für einen einzelnen Transnormalen erwiesen, der in der transnormalen Welt des späten zwanzigsten Jahrhunderts lebte.

Greville war einer Laune gefolgt und hatte das Unkraut, welches das Grab von Augustus überwucherte, weggeschnitten. Manchmal besuchte er den Friedhof und pflegte eine einseitige Unterhaltung mit dem verschwundenen Träumer, Philosophen und Literaten. Er machte sich einen besonderen Spaß daraus, dem stummen und unsichtbaren Augustus den gegenwärtigen Zustand der Welt zu erklären, die im neunzehnten Jahrhundert wie der ruhende Pol, das feste Zentrum eines sich bewegenden Universums gewirkt haben mußte. Er hatte das freudige Gefühl: Wenn Augustus die Katastrophe, die seinen sicheren und wohlgeordneten Kosmos ereilt hatte, wirklich erfaßt hätte, würde dieser Literat sich von den exquisiten Skulpturen seiner zeitlosen Sonette den Steinbruchsprengungen des freien Verses zuwenden.

Nun, da Greville mit Liz in dem Auto saß und sich die mitgenommenen Umrisse der Waterloo-Brücke ansah – ein Bogen war aus unbekannten Gründen fast völlig zerstört, und darunter lagen Wracks von kleinen Schiffen und einigen größeren Vergnügungsschiffen –, erinnerte er sich an die feste Überzeugung Rowleys, er werde in die Unsterblichkeit eingehen. Sic transit gloria mundi ... So geht die Welt unter, nicht mit einem Schlag, sondern mit einem Wimmern.

„Du bist ja Meilen weit weg", sagte Liz. „Wo zum Teufel bist du?"

Er schreckte auf und sah sie an. Er bemerkte, daß sie zu Ende gegessen hatte. Auch ihre Flasche Bier hatte sie ausgetrunken.

„Tut mir leid", sagte Greville. Er hob sich seine eigene Flasche an den Mund und trank dankbar. Plötzlich fühlte er sich sehr durstig. „Möchtest du noch eine Flasche? Hinten im Auto steht ein Kasten."

„Nein, danke ... Woran hast du gedacht? Hast du dir überlegt, was du mit mir machst?"

„Nein. Dieses Problem wenigstens ist gelöst. Ich nehme dich mit nach Norfolk. Wenn du dich beliebt machst, lasse ich dich vielleicht sogar irgendwann mal laufen, damit du hinter deiner Schwester Jane herjagen kannst."

„Und wenn ich mich nicht beliebt mache?"

„Dann werfe ich dich vielleicht wieder den Hunden vor."

„Na ja", sagte Liz gutgelaunt und rätselhaft, „solange man noch eine Wahl hat, ist das Leben nicht ohne Interesse ... Also, worüber hast du nachgedacht? Du hast irgendwie traurig dreingeschaut, als wärest du ganz weit weg."

„Über Augustus Rowley", sagte er, „und Unsterblichkeit."

Dann erzählte er ihr von dem Haus auf der Insel und von Augustus Rowleys Grab und dem kleinen, geisterhaften Dörfchen Ambergreave.

„Hört sich gut an", meinte Liz unverbindlich, als er fertig war, „und Norfolk liegt auf dem Weg nach Lancashire. Ich bin also vielleicht gar nicht so schlecht dran."

„Vor einer Stunde warst du noch erheblich schlechter dran", erinnerte sie Greville. „Du solltest also nicht zuviel als selbstverständlich hinnehmen."

„Wann fahren wir zurück?" fragte sie.

„Heute. Jetzt, eigentlich.“

„Ich dachte, du wolltest noch plündern.“

Er deutete auf den Haufen von durcheinandergewürfelten Gegenständen hinten in seinem Auto. „Ich habe gestern schon einiges erwischt. Ich habe genug, um damit durchzukommen.“

„Ach so.“ Sie schien enttäuscht zu sein.

„Was ist los?“

„Ich wollte mir noch ein bißchen von London ansehen. Als ich das letzte Mal hier war, war ich kaum mehr als ein Kind.“

„Da gibt es nicht viel zu sehen“, sagte er ohne Betonung. „Nichts als Tod und Zerstörung, Hunde, Ratten und eine Million zerbrochener Fensterscheiben.“

„Wenn wir uns noch ein bißchen umsehen, findest du vielleicht noch etwas, das du brauchst“, sagte Liz voller Hoffnung.

Greville lächelte. Sie war so unternehmungslustig und rührend wie ein Kind, das versucht, einen Erwachsenen zu einem Ausflug zu überreden.

„Na gut“, kapitulierte er. „Ich gebe dir zwei Stunden. Dann geht's aber zurück nach Norfolk. Ich kann es nicht riskieren, in der Nacht zu fahren.“

„Greville, du bist ein Transie, wie er mir gefällt“, sagte sie freudestrahlend. „Und wenn du irgendwann mal Lust haben solltest, gut zu vögeln ...“ Sie verzog das Gesicht, „... ich meine, wenn du einmal Lust auf fleischliche Ablenkung haben solltest, brauchst du es nur zu sagen.“

Er lachte. „Wo willst du denn zuerst hin?“

„Zur Festival Hall. Vor ungefähr zehn Jahrhunderten war ich da einmal auf einem Konzert – ein Klaviervortrag von einem Ungarn namens Georgie Sniffles oder so ähnlich. Er war phantastisch. Ich habe mich immer wieder daran erinnert.“

„Die Waterloo-Brücke sieht nicht sehr vertrauenerweckend aus“, erinnerte sie Greville.

„Gibt es sonst keine Brücken?“

Er ließ den Motor an, wendete und fuhr zurück zur Westminster-Brücke. Kurz darauf, nachdem er wegen einiger blockierter

Straßen einige Umwege fahren mußte, hielt er vor der Festival Hall an. Liz sprang froh aus dem Auto.

„Vorsicht“, warnte er.

„Es kann sein, daß dort drinnen ganze Hundertschaften von Tieren lauern.“

„Unsinn“, sagte Liz. „Hier gibt es nichts zu fressen, abgesehen vielleicht von einem Zentner Notenblätter.“

Trotzdem lud Greville sein Schrotgewehr und suchte hinten in dem Wagen herum, bis er ein kleineres einläufiges Schrotgewehr gefunden hatte, das er Liz zusammen mit einer Handvoll Patronen gab. Außerdem gab er ihr eine Taschenlampe.

„Da drinnen ist es sicher dunkel“, sagte er. „Benutze aber die Taschenlampe trotzdem nicht mehr als unbedingt nötig. Trockenbatterien, die noch funktionieren, sind heutzutage schwer zu finden.“

Die Festival Hall sah aus wie eine große, verlassene Scheune. Überall lagen Massen von Glasscherben. Als sie durch den Haupteingang kamen, ließen sie das helle Licht der Morgensonne hinter sich und kamen in ein undurchdringliches Zwielicht, als seien sie in einer Leichenhalle. Der bleistiftdünne Strahl der Taschenlampe beleuchtete eine gottverlassene Szene. Ein Großteil der Holztäfelung war herausgerissen worden – wahrscheinlich als Brennstoff, und selbst das Geländer der Haupttreppe war in Stücke gehackt worden.

Liz war entschlossen, sich von der Zerstörung nicht bedrücken zu lassen, und summte eine Melodie vor sich hin. Sie ging vor ihm die Treppe hoch und zögerte nur kurz, als sie über ein sauber abgefressenes Skelett steigen mußte, das noch immer die zerfetzten Reste eines buntbedruckten Kleids wie ein grotesk lustiges Totenhemd trug.

„Ratten“, sagte Greville, als der Schein der Taschenlampe kurz bei dem erbärmlichen Knochenhaufen stockte.

„Wo?“ fragte Liz ängstlich.

„Ich meine nicht hier und jetzt. Aber *das* ist das Werk von Ratten. Hunde hätten die Knochen zerbissen. Die Art Katzen, die überlebt haben, auch... Komm, gehen wir wieder raus. Der Ort hier deprimiert mich zu sehr."

„Ich will die Halle sehen", protestierte Liz. „Ich will den Platz sehen, wo Georgie Sniffles seinen Flügel stehen hatte, und ich will mir all die Leute vorstellen – die fetten alten Damen, die Männer im Frack, die Jungen in braunem Cord und all die Mädchen in Seide und mit Spitzen, die wie eine Million Heuschrecken geraschelt haben."

„Wenn du etwas rascheln hörst", sagte Greville, „dann schieß zuerst und träume dann. Ratten haben keinen Sinn für Nostalgie."

Schließlich ertasteten sie sich den Weg in das Auditorium, ein Keller, so schwarz und still, daß man den Eindruck bekam, als hätte kein Geräusch – und Musik schon gar nicht – seit tausend Jahren seinen Schlummer gestört. Merkwürdigerweise war hier nicht viel beschädigt.

Hier und da waren Sitze aufgeschlitzt oder von Klauen zerfetzt worden, und über allem hing ein Modergestank, aber abgesehen von Spinnweben und Schimmel war die Struktur der Halle noch intakt.

Liz leuchtete mit der Lampe auf die Bühne – und stieß einen leisen Schrei des Erstaunens aus; die letzte Vorstellung nämlich, die in der Festival Hall je gegeben wurde, war das Ballett zur Nußknacker-Suite gewesen. Die hintere Kulisse war zwar ausgefranst und voller Löcher, hing aber wie durch ein Wunder noch. Riesige russische Kiefern ragten verblaßt, aber noch voller Zauber in dem Kristallwald auf, den Tschaikowsky erträumt hatte. Einige Reste von Papierschnee – oder von Ratten zerkaute Reste – lagen achtlos auf den nackten Brettern; und einen Augenblick lang schien es, als würden gleich die Scheinwerfer aufflammen, die Musik einsetzen und die strahlende Gestalt der Schneekönigin elegant hinter den schwarzen Samtvorhängen herausschweben.

„Oh! Ist das nicht einfach wunderbar?" meinte Liz atemlos. „Man kann es fast spüren – nach all den schrecklichen Jahren."

Plötzlich ließ sie die Taschenlampe fallen und fing an zu schluchzen.

„Komm", sagte Greville mit absichtlich rauher Stimme. „Du hast genug gesehen. Wir machen, daß wir hier herauskommen."

Er hob die Taschenlampe auf und führte die noch immer schluchzende Liz von den Kiefern und dem rührenden und dauerhaften Schnee weg. Als sie die Treppen hinuntergingen, fragte er sich, ob das Skelett, das dort so erbärmlich unter seiner Decke aus bedruckter Baumwolle lag, auch Tschaikowskys Kiefern und den Papierschnee gesehen hatte, bevor die Ratten gekommen waren. Vielleicht hatte das arme kleine Skelett sogar auf genau dieser Bühne getanzt. Vielleicht war es einst eine Primaballerina gewesen. Vielleicht... Er unterbrach seine Gedanken, bevor sie sich weiterentwickeln konnten. Er wollte von der Vergangenheit nichts mehr wissen. Alles, was er wollte – und was Liz wollte –, war der goldene Sonnenschein.

Als sie wieder in eben diesen Sonnenschein hinaustraten, kam ihnen der Sommermorgen unglaublich süß vor. Sie konnten nicht mehr als zehn Minuten in der Festival Hall gewesen sein, aber Greville war es eher wie zehn Jahre erschienen. Liz erholte sich.

„Vielleicht wäre es besser, wenn wir die Besichtigungstour abbrechen und nach Norfolk zurückfahren würden", sagte Greville sanft. „Hier in London ist nicht mehr viel übriggeblieben – außer Geistern und Aasfressern."

Liz war jedoch trotz ihrer kaum getrockneten Tränen nicht von ihrem Vorhaben abzubringen. „Vielleicht komme ich nie wieder hierher", sagte sie. „Vielleicht komme ich um oder bleibe im Norden hängen... London war so eine schöne, aufregende Stadt, nicht wahr? Ich möchte mir ein paar Erinnerungen eingraben, die ich den Enkelkindern erzählen kann, die ich höchstwahrscheinlich nie haben werde... Außerdem hast du es mir versprochen. Du hast mir zwei Stunden versprochen. Du würdest doch dein Versprechen nicht brechen, oder?"

Greville seufzte. „Wahrscheinlich wärst du keine Transie, wenn du nicht gern mit deinem Kopf gegen die Wand rennen würdest. Wohin geht es denn jetzt?"

„Zum Zentrum des Universums", sagte Liz, plötzlich wieder

fröhlich. „Picadilly Circus. Wir setzen uns in das Haus an der Lyon's Corner und trinken Kaffee und schauen zu, wie all die Leute zur Arbeit gehen."

Greville fuhr mit dem Auto zurück über die Westminster-Brücke, an der Themse entlang und die Northumberland Avenue hinauf. Als sie zum Trafalgar Square kamen, sah es einen Augenblick lang so aus, als sei es der Tag nach einem gigantischen Karneval oder einer Orgie größeren Ausmaßes. Zwei oder drei Busse waren noch zu sehen – einer von ihnen umgeworfen –, und die Einfahrt zur Strand war von einem Haufen Taxis und einer Ansammlung von großen und kleinen Privatwagen verstopft. Auch Menschen waren vorhanden. Sie lagen in sorgloser Lässigkeit herum, als seien sie zu betrunken, um sich zu bewegen, als hätten sie ein Jahrhundertereignis gefeiert – wie zum Beispiel das Ende des Kriegs, der das Ende aller Kriege bedeutete.

Das einzige, was dabei störte, war, daß sich nichts bewegte. Nichts als die Tauben, denn die Tauben waren noch da. Sie hatten die Konditionierung von Jahrzehnten hinter sich und würden wahrscheinlich Trafalgar Square noch lange nachdem der letzte Londoner tot war, unsicher machen.

Noch während Liz und Greville zusahen, löste sich der Morgen nach dem Karneval zu einem sonnenbeschienenen Alptraum auf. Die Busse waren nur noch rostige Hüllen, von den Taxis hatte man alles irgendwie Verwendbare abgerissen – sogar Räder und Kühlergrills –, und von den Autos waren manche von Kugeln durchlöchert. Die Betrunkenen – Männer, Frauen und einige Kinder – waren nichts als zerfledderte Vogelscheuchen, Skelette, die dort lagen, wo sie gefallen waren. Manche von ihnen hielten noch verrostete Gewehre wie seltsame Talismane in den Armen, die nur noch gebleichte Knochen waren.

Und nur die Tauben bewegten sich noch. Sie hatten gefressen (auch die Tauben hatten sich an die neue Ordnung und an die neue Diät gewöhnt) oder in der Sonne gesessen oder sich gestritten oder waren nur wichtig zwischen den Bussen umherstolziert. Das Geräusch des Autos aber hatte sie gestört; sie erhoben sich wütend und lautstark in das Licht der Morgensonne und flogen um das hohe Standbild Nelsons herum, der noch immer auf seiner Säule stand und heiter mit großen, blinden Augen in die Ferne starrte.

Ein Schuß knallte. Vor dem Lieferwagen sprang ein Stück Asphalt in die Luft.

„Dachte ich mir doch, daß da noch ein oder zwei Leute sind!" schnappte Greville wütend. Er knallte den ersten Gang hinein und gab Gas. Eine zweite Kugel jaulte klagend von der Stelle als Querschläger in die Luft, wo noch vor einem Augenblick das Auto gestanden hatte.

Greville fuhr geschickt um den umgeworfenen Bus herum, wich im Zickzack den Wracks der kleineren Autos aus und fand dann eine freie Strecke durch die Cockspur Street und den Haymarket.

Picadilly Circus bot das gleiche Bild von versteinerter Verlassenheit wie Trafalgar Square, nur daß hier zwei riesige Panzer den Eingang zur Regent Street versperrten und daß Eros – die zierliche Statue, die einst für Hunderttausende von Londonern wie ein unwiderstehlicher Magnet gewirkt hatte – gesprengt worden war.

Am Picadilly Circus hatte offensichtlich so etwas wie eine kleine Schlacht stattgefunden. Weit mehr Leichen als am Trafalgar-Square lagen umher, und an den Knochenhaufen hingen hier und da noch die zerfetzten Überreste von Uniformen. Die Vorderseite des London Pavillon war ebenso wie Swan and Edgars in Stücke geschossen. Der Haupteingang zur U-Bahn-Station Picadilly war nur noch ein Trümmerhaufen; große Schuttbrocken lagen zwischen den Knochen und den Autowracks, die den Eingang zu Picadilly und Shaftesbury Avenue blockierten.

„Zufrieden?" fragte Greville rauh.

Liz nickte, das Gesicht totenblaß.

„In Ordnung. Jetzt können wir sehen, daß wir hier rauskommen und zu einem Platz fahren, wo es sich noch relativ angenehm leben läßt."

„Bitte", sagte sie. „Nur eines möchte ich noch gern sehen . . . Das – das bedeutet mir sehr viel. Ich will noch zum Britischen Museum. Das hängt alles damit zusammen, daß ich mich dort in einer normalen Welt sicher und behütet gefühlt habe... Mein Vater ist dort früher oft hingegangen. Ein- oder zweimal hat er mich mitgenommen, als ich ungefähr neun war... Meinst du, wir könnten da noch schnell vorbeischauen?"

„Wenn wir unterwegs nicht in einen Hinterhalt geraten", gab Greville grimmig zurück. „Das ist aber dann das letzte Mal, daß wir anhalten. Danach geht's auf nach Norfolk."

„Ja", seufzte Liz. „Das ist das letzte Mal."

Greville fuhr mit dem Auto durch die Coventry Street. Er fuhr langsam, denn mitten auf der Straße waren kleine Löcher, die wie winzige Bombenkrater aussahen, und sie wirbelten mit dem Lieferwagen eine Staubwolke hinter sich auf, die sich aus dem Schutt erhob.

6

Bisher hatten sie noch keine Menschen getroffen – wenn man die Schüsse am Trafalgar Square nicht zählte –, aber es war noch ziemlich früh am Morgen, und der ‚normale' Transnormale neigte dazu, den Ratten und Katzen und den anderen nächtlichen Jägern viel Zeit zu lassen, damit sie sich verkriechen konnten, bevor er sich herauswagte. Als das Auto jedoch in die Charing Cross Road einbog, sahen Liz und Greville ihren ersten Transie dieses Tages – einen alten Mann, der, schwer gebeugt unter der Last eines offensichtlich vollgestopften Sacks auf seiner Schulter, über die Straße schlurfte.

Er warf nur einen Blick auf das Auto, ließ den Sack fallen und rannte wie ein verschrecktes Kaninchen weg. Aus Neugier hielt Greville bei dem Sack an und untersuchte seinen Inhalt.

„Was ist drinnen?" fragte Liz.

„Konservendosen." Greville sah die Straße hinunter, aber der Alte war nirgends zu sehen. Vielleicht lauerte er noch irgendwo in einer Tür, oder er hatte sich entschlossen, lieber seine Beute zurückzulassen, statt das Risiko eines Schusses einzugehen. Das konnte man nicht wissen.

Greville machte die Hintertür des Lieferwagens auf und hob den Sack an. „Es wäre doch schade, wenn man den Kram hier liegenlassen würde, oder?“

„Was ist, wenn er zurückkommt?“ fragte Liz.

„Was ist, wenn er nicht zurückkommt?“

Schließlich schlossen sie einen Kompromiß und nahmen die Hälfte der Büchsen mit – zum größten Teil Fruchtsaft, aber auch eine Dose Bohnen mit Würstchen – und ließen den Rest in dem Sack auf der Straße liegen.

„Es überrascht mich, daß die Ratten nicht die Schilder abgefressen haben“, sagte Greville. „Der Alte muß irgendwo einen rattensicheren Keller gefunden haben.“

„Oder vielleicht“, sagte Liz, „haben sie nur in einem alten Kühlschrank gestanden.“

Sie verstauten das grobe Dutzend von Büchsen in ihrem Auto und machten sich wieder auf den Weg zum Britischen Museum. St. Giles Circus war im Gegensatz zu Picadilly und Trafalgar Square kaum beschädigt, und sie überquerten die Oxford Street ohne Schwierigkeiten. Selbst in der Great Russell Street störte sie nichts in ihrem Vorwärtskommen als ein paar vereinzelte Skelette ohne auch nur einen Fetzen Kleidung in ihrer Nähe. Als Greville an den kümmerlichen Überresten vorbeifuhr, dachte er, daß dies gut eine Gruppe von verrückten Nudisten gewesen sein könnte, als sie noch lebten. Wahrscheinlicher jedoch war, daß man den Leichen die Kleider ausgezogen hatte, weil sie von den Lebenden gebraucht wurden.

Das Britische Museum sah von außen völlig unverändert aus – als hätte es noch immer vor, ewig zu halten. Innen war das massive Gebäude jedoch eine Ruine.

In der Bibliothek waren die Werke von Shakespeare, Dostojewski, Jung und Einstein – zusammen mit obskuren mittelalterlichen Chroniken, Lehrbüchern aus dem zwanzigsten Jahrhundert über Kernphysik, mit Werken über Hexerei und politische

Philosophien – in eine gigantische Metropole von Ungeziefernestern verwandelt worden. Glücklicherweise waren auch die Nester alt, und das Ungeziefer hatte sich für neuere Eroberungen verzogen. Die halbverdauten Kotreste von Dante und Ouida, Homer und Robert Louis Stevenson, Silas K. Hocking und Ian Fleming waren jedoch geblieben.

Das Britische Museum stank. Es war der Gestank von Verfall und Tod und von blinder und abgrundtiefer Sinnlosigkeit. Da lagen jedoch auch Haufen von verkohlten Büchern, und an manchen Stellen war die Decke rauchgeschwärzt. Das war vielleicht ein Zeugnis der leeren Rache von ein paar Transnormalen an der Zivilisation, die sie früher abgelehnt hatte. Oder vielleicht auch nur das Werk von heimatlosen und verhungernden Kindern, die die Feuer angesteckt hatten, um böse Geister, mutig gewordene Tiere oder die bittere Kälte der Dunkelheit abzuwehren – bis die Ratten die Macht übernahmen.

Die Zerstörung war jedoch nicht allein auf die Bibliothek beschränkt. In der ägyptischen Abteilung stand noch die massive Statue von Ramses und verspottete die Ratten, Käfer, Transnormalen und die Zeit selbst. Überall sonst aber war alles Zerstörbare zerstört, das Brennbare verbrannt, das Eßbare gegessen.

Als Greville sich die düstere Leere der Hallen und Galerien ansah, war er überrascht, wieviel Geschichte aufgefressen werden konnte. Auf der anderen Seite, so überlegte er grimmig, war das Leben eigentlich schon immer kannibalistisch gewesen. Kulturen und Gesellschaften fraßen einander auf, genau wie Tiere und Menschen ...

Liz war still. Unnatürlich still. Sie hielt nur wie ein kleines Kind seine Hand fest umklammert. Ein verängstigtes Kind. Kein Vater, der sie beruhigte, kein diskretes Flüstern von gewöhnlichen Menschen, die sich die Stücke mit lauwarmer und schicker Neugier anschauten. Nur bedrückende Hallen der Verlassenheit und eine fast greifbare Stille der Toten, die noch einmal sterben mußten.

In der düsteren Beleuchtung fiel es Greville plötzlich auf, daß Liz sehr blaß und verschüchtert aussah. Eine Zeitlang war er von der morbiden Tragödie um ihn herum so gefesselt gewesen, daß er kaum einen Gedanken an sie verschwendet hatte. Nun aber wurde ihm plötzlich klar, daß es gut wäre, wenn er sie so schnell wie möglich hinausschaffen würde – in die Morgensonne.

„Komm“, sagte er. „Du hast schon zu viel gesehen.“

Sie schien sich nur durch eine enorme Willensanstrengung davon abhalten zu können, einfach wegzurennen. Draußen in der herrlichen Sonne seufzte sie vor Erleichterung tief auf. Und wurde auf der Treppe ohnmächtig.

Greville fing sie auf. Nach einer Minute oder zwei Minuten bekam sie wieder Farbe, und er gab ihr eine Flasche Bier.

„Na, dann hast du ja das gekriegt, was du wolltest. Die Besichtigungstour ist vorbei“, sagte er trocken. „Sollten wir nicht ein paar Meilen hinter uns bringen?“

Sie nickte. „Tut mir leid. Ich dachte ... ich dachte ...“

„Du dachtest, es würde alles traurig und unheimlich romantisch werden“, unterbrach er sie barsch. „Also, das ist es nicht. Es ist gemein und dreckig und abgrundhäßlich ... Also, wenn du dich nicht übergeben mußt oder so was, dann steigen wir doch jetzt ins Auto und machen uns auf den Weg.“

Nach einer halben Stunde Fahrt, bei der sie einige kleine Umwege in Kauf nehmen mußten, lenkte Greville den Lieferwagen vorsichtig auf die Old Street und nach Shoreditch, wo er in die A 10 einbog. Von da an fuhr er schneller. Wenn man auf der Hauptstraße fuhr, so war dies leichter, aber auch gefährlicher, denn das Gebiet um sie herum waren die Hauptjagdgründe für die meisten ‚fremden‘ Plünderer.

Liz blieb noch immer in sich zurückgezogen. Sie saß zusammengesunken auf dem Beifahrersitz und starrte lustlos auf die Straße vor sich. Greville war von ihrer Reaktion sowohl in der Festival Hall als auch im Britischen Museum überrascht gewesen. Aus dem, was er von ihrer bisherigen Existenz wußte, hatte er gemeint, sie würde in der Lage sein, die Auflösung und Zerstörung der berühmtesten Punkte Londons locker hinzunehmen. Auf der anderern Seite, überlegte er, war die Stadt, an die sie sich erinnerte, die glänzende Stadt ihrer Einbildung aus ihrer Kindheit gewesen. Trotz ihres ‚Klosterlebens' in Richmond – vielleicht sogar deswegen – hatte sie wahrscheinlich die glückliche Illusion gehegt, daß die Lage in einer Stadt, die einst zu den größten Städten der Welt gehört hatte, nicht gar so schlimm sein konnte.

Außer dem alten Mann, der seinen Sack hatte fallen lassen, um zu fliehen, trafen sie auf ihrer Fahrt durch London auf keine weiteren Transnormalen. Greville war angenehm überrascht. Er hegte über die anderen Transnormalen keine Illusionen, und er wußte, daß ein gutbeladenes Auto mit Vorräten, Gewehren und Munition von einer Menge Leute als ein Preis angesehen werden würde, der Risiken lohnte. Wenn er es verhindern konnte, dann würden sie ihn nicht mit einem Überraschungsangriff überwältigen. Er fuhr mit der Pistole in Griffweite und dem geladenen Schrotgewehr auf den Knien.

Aber es war noch früh am Tag, und es gab außer Gedanken an Beute keinen Grund für einen Transnormalen, sich zu rühren. Später würde ohne Zweifel die immer kleiner werdende Einwohnerschaft Londons aufwachen und sich auf den Weg machen. Um diese Zeit jedoch würde er die Stadt hinter sich haben und auf der relativ unproblematischen Straße nach Cambridge fahren. Dort waren sie so gut wie in Sicherheit... glaubte er.

Als er mit dem Auto ohne Schwierigkeiten durch Hackney, Stoke Newton und Tottenham kam, besserte sich Grevilles Laune. Es war ein schöner Sommermorgen, und er fühlte sich trotz seines alkoholischen Rendezvous auf der Chelsea-Brücke gut. Bald würde er wieder in Ambergreave sein und mit Liz – na ja, zumindest hätte er jemanden, mit dem er sich unterhalten konnte. Und bei Bedarf – um ihr eigenes Vokabular zu verwenden – jemanden zum Vögeln.

Sex war jedoch ein Problem, das ihm seit einiger Zeit nicht wirklich zu schaffen gemacht hatte. Er fragte sich auf eine abgeklärte Weise, ob es überhaupt eine Rolle spielte.

„Wie alt bist du?" fragte Liz plötzlich. Sie bekam wieder Farbe und sah aus, als würde sie langsam wieder zum Leben erwachen.

Greville mußte einen Augenblick überlegen. „Siebenunddreißig“, sagte er schließlich. „Warum?“

Liz lächelte. „Ich habe mir nur Gedanken über das weiße Haar gemacht.“

„Es ist über Nacht weiß geworden“, sagte Greville feierlich, „wegen der schockierenden Erkenntnis, daß ich die Pubertät erreicht hatte.“

Sie lachten beide, und das Gelächter schien viel von der Spannung aufzulösen, die sich aufgebaut hatte.

Der Hinterhalt kam erst, als sie die kleine Stadt Ware, dreißig Meilen nördlich von London, erreicht hatten.

Er kam auf einer langweiligen, toten Vorstadtstraße, in der die Gärten und Privathecken der Reihenhäuser so verwachsen waren, daß die Häuser selbst kaum noch zu sehen waren.

Er kam in der Gestalt eines alten Lastwagens, der plötzlich aus einer Seitenstraße geschossen kam und Grevilles Weg versperrte. Er bremste, schwenkte ab und versuchte, um ihn herum zu fahren. Die Leute aber, die den Hinterhalt gelegt hatten, hatten sich die Stelle gut ausgesucht.

Die Straße war zu schmal.

Um einen Zusammenstoß zu vermeiden, trat Greville heftig auf die Bremse und brachte seinen Lieferwagen so zum Stehen, daß er mit den vorderen Kotflügeln gerade noch die Stoßstange des Lastwagens berührte. Bevor er nach seinem Gewehr greifen konnte, teilten sich die Hecken auf beiden Seiten der Straße, und mindestens vier Gewehre oder Schrotgewehre zielten auf sie.

Eine Gestalt trat aus der Hecke neben ihnen. Sie schwenkte einen alten Armeerevolver.

„Benehmt euch jetzt nicht neurotisch“, piepste ihn eine dünne Stimme an, „wenn ihr nicht Lust habt, eure Gesichter auf der Windschutzscheibe zu verteilen.“

Greville ließ seine Hände auf dem Lenkrad und seufzte hörbar. Dann sah er durch das offene Seitenfenster in den tödlich freundlichen Ausdruck auf dem Gesicht eines Jungen, der vielleicht sechzehn war.

7

Die anderen, die an dem Überfall beteiligt waren, kamen hinter den Hecken hervor, die sie verborgen hatten, und standen vorsichtig um den Wagen herum. Der Fahrer des Lastwagens sprang herunter und ging zu ihnen. Jemand steckte sich eine Zigarette an, und jemand lachte. Sie schienen außerordentlich zufrieden mit sich selbst zu sein. Es waren insgesamt ungefähr sechs; keiner von ihnen sah aus, als sei er älter als achtzehn.

Der Junge mit dem Revolver lachte nicht. Auf seinem Gesicht standen kleine Schweißperlen, und er schien nur mühsam eine versteckte starke Erregung zurückhalten zu können. Greville sah ihm in die Augen – blau, durchdringend und zur gleichen Zeit seltsam weit entfernt – und wußte, daß es die Augen eines Mörders waren.

Der Revolver wurde lässig geschwenkt. „In Ordnung, Onkel", sagte die dünne, hohe Stimme, „jetzt steigst du sehr langsam aus dem Auto, weil wir nämlich alle schrecklich nervös sind, und unsere Finger neigen zum Zucken, wenn wir uns auch nur das kleinste bißchen aufregen."

Diese Anweisung wurde von einem der Jungen mit lautem Gelächter beantwortet. „Der gute alte Nibs! Das ist wirklich der letzte Typ!"

Nibs sah den Sprecher an. „Halt's Maul, Grinser! Mein Sinn für Humor ist heute schlecht drauf."

Die Worte wurden sehr ruhig hervorgebracht, aber als Greville aus dem Wagen stieg, bemerkte er, daß Grinser deutlich kleiner zu werden schien.

„Und jetzt wollen wir Ihre geschätzte Dame und Begleiterin in all ihrer Herrlichkeit anschauen", sagte Nibs. Er schwenkte den Revolver zu Liz. „Los jetzt, beweg deinen geilen, kleinen Arsch."

Liz und Greville tauschten Blicke aus. Keiner von beiden konnte in den Augen des anderen nur das geringste lesen. Liz wirkte unnatürlich ruhig. Gott sei Dank, dachte Greville. Nur der kleinste Fehler, und diese Kinder würden nur deshalb schießen, weil es ihnen Spaß machte.

Liz stieg sehr langsam aus dem Auto.

Greville drehte sich zu Nibs. „Was willst du?“ sagte er ruhig.

Nibs hob den Revolver leicht an, bis er Greville auf den Magen zeigte. „Sag Sir!“

„Sir.“

Plötzlich lehnte sich Nibs nach vorne, streckte seine freie Hand aus und schlug Greville heftig ins Gesicht.

„Sag danke!“

Greville unterdrückte den Impuls sofort, der sich in ihm erhob. Er wußte, daß Nibs ihn töten wollte. Er dachte, daß er an die Pistole kommen könnte, und er dachte, daß es höchstens zehn Sekunden dauern würde, bis er den Jungen fertiggemacht hätte. Es waren aber noch mehr Feuerwaffen da. Und Liz war da.

„Danke – Sir.“

„So ist es schon besser. Jetzt knie dich hin und bitte mich um Vergebung, weil du lästige Fragen gestellt hast.“

Greville kniete sich nieder und wagte es nicht, Liz anzusehen. Einer von den Jungen kicherte. „Der Nibs. Der hat Stil, Mann. Echt Stil.“

„Ich bitte um Ihre Vergebung, Sir“, sagte Greville ruhig. Er dachte: So lange der Junge ihnen zeigen kann, wie groß er ist, weil er mich wie einen Schuhabtreter benutzt, läßt er mich am Leben.

„So ist es besser, Onkel. Langsam fangen wir an, uns zu verstehen. Du darfst mir die Schuhe küssen.“

Greville küßte seine Schuhe. Nibs trat ihm dafür ins Gesicht.

„Steh auf, Onkel. Du übertreibst es.“

Greville stand auf. Nibs spuckte ihm ins Gesicht.

„Danke, Sir.“

„Onkel“, sagte Nibs, „du bist ein schlaues Kerlchen. Laß es dir aber nicht zu Kopf steigen.“

„Nein, Sir.“

„Also, was hast du denn für Schätze in deinem netten kleinen Auto?“

„Gewehre, Munition, ein paar Hemden, Werkzeuge für Holz, ein Kasten Bier und ein paar Bücher.“

Nibs schlug ihm wieder in das Gesicht. „Du hast vergessen, Sir zu sagen.“

„Tut mir leid, Sir.“

„Onkel, es scheint mir“, sagte Nibs freundlich, „als wärest du auf eine etwas unehrenhafte Art an diese kleine Ladung gekommen. Das macht man aber nicht, oder?“

„Nein, Sir.“

Nibs sah seine Kumpane an und seufzte. „Meine Lieben! Wie weit ist es bloß mit der älteren Generation gekommen!“ Wieherndes Gelächter war die Antwort. Nibs wandte sich wieder Greville zu.

„Ich hoffe, daß du deine Sünden bitter bereust.“

„Ja, Sir.“

„Sprich mir nach: Ich bin voller Reue und Zerknirschung.“

„Ich bin voller Reue und Zerknirschung, Sir.“

„Der Mangel an Ehrlichkeit, den du in jüngerer Zeit an den Tag gelegt hast, betrübt mich sehr, Onkel“, sagte Nibs feierlich. „Ich weiß, daß die Versuchungen in dieser sündigen Welt groß sind, aber du solltest versuchen, stark zu bleiben. Du hast dir nicht genug Mühe gegeben, nicht wahr?“

„Nein, Sir.“

„Dann mußt du dir in Zukunft viel mehr Mühe geben – wenn du eine Zukunft hast. Vorerst müssen wir allein der Gerechtigkeit halber die Kleinigkeiten hier beschlagnahmen. Feuerwaffen sind in ungeübten Händen besonders gefährlich.“

Greville fing an zu verstehen, wie es Nibs gelungen war, der Anführer einer Bande von Jugendlichen zu werden, von denen der größte Teil älter und stärker als er selbst war. Der Junge hatte trotz seines weichlichen Gesichts und seiner weibischen Stimme einen scharfen Verstand und eine buchstäblich kraftvolle Persönlichkeit. Außerdem hatte er ein sicheres Gefühl für sein Publikum. Im

Augenblick hingen die anderen Jungen an jedem Wort von ihm und hatten einen Riesenspaß. Sie rächten sich durch Nibs ohne Zweifel an Greville für die verlorene Sicherheit in einer Welt, die während des größten Teils ihres jungen Lebens immer schlechter und schlechter geworden war.

Die meisten von ihnen waren wahrscheinlich schon seit Jahren Waisen, und sie hatten nur aus reinem Glück und schrankenloser Hartnäckigkeit überlebt. Greville konnte sich die entsetzlichen Probleme vorstellen, mit denen sie fertig werden mußten. Objektiv gesehen, erregten sie alle sein Mitleid. Subjektiv gesehen, wollte er sie alle – und besonders Nibs – mit seinen nackten Händen umbringen.

Liz hatte bisher nichts getan, als Greville dabei zu beobachten, wie er dadurch zu überleben versuchte, daß er passiv jegliche Erniedrigung annahm, die die Jungen sich für ihn ausdenken konnten. Sie dachte, daß sein Gesicht in dem hellen Sonnenschein alt und müde aussah. Ein ganzes Stück älter als siebenunddreißig. Er tat ihr leid. Sie tat sich auch selbst leid. Sie war der Meinung, daß er Nibs und seine Kumpane unterschätzte. Sie dachte, daß sie beide auf jeden Fall umgebracht werden würden. Sie dachte, daß es eine gute Idee wäre, wenn sie versuchen würden, einen oder zwei von diesen widerlichen Transies mitzunehmen. Sie brauchte nur ein Zeichen von Greville. Es kam aber kein Zeichen. Es kam überhaupt nichts.

Dann sprach Nibs weiter. „Also, Onkel, da wir dich nun in befriedigender Art von deinen weltlichen Besitztümern befreit haben, sollten wir uns noch über das einzige Problem Gedanken machen, das dir noch bleibt. Wie steht's mit dem geilen Arsch hier?“ Er warf Liz einen Blick voller feuchter Bösartigkeit zu.

„Sie ist meine Frau – Sir.“

„Deine Ehefrau?“

Greville dachte hastig über diese Frage nach. „Nein.“ Wieder bekam er eine Ohrfeige. „Nein, Sir.“

Nibs hatte einen Riesenspaß. „Onkel, ich mache mir wirklich Gedanken über dich. Nicht nur, daß du stiehlst, nein, auch noch eine ungesunde Freude an Fleischeslust muß ich feststellen... Das ist sehr unartig. Sprich mir nach: Ich bin ein schmieriger alter Bock."

„Ich bin ein schmieriger alter Bock, Sir."

„Bereust du diese schmutzige Fleischeslust?"

Greville zögerte, und der Revolverlauf hob sich. „Ja, Sir."

„Freut mich, das zu hören. Wir werden diese Versuchung von dir nehmen." Er wendete sich Liz zu. „Leg deine Kleider ab, meine Liebe. Wir möchten uns die Reize ansehen, die den armen alten Onkel hier in die Sünde getrieben haben."

Liz rührte sich nicht. Sie sah an ihm vorbei und versuchte, nicht nachzudenken.

„Schlappohr", sagte Nibs zu einem dumpf aussehenden Jugendlichen, der mindestens ebenso groß wie Greville war und wahrscheinlich zwanzig Pfund schwerer, „hilf der Dame beim Auskleiden."

Schlappohr grinste, legte sein Schrotgewehr hin und griff nach Liz. Sie trat ihn. Schlappohr lachte und schlug sie in den Magen. Liz stöhnte auf und krümmte sich zusammen. Schlappohr stieß sie auf den Boden und rollte sie auf ihren Rücken. Dann riß er ihr blaues Hemd vom Hals bis zum Gürtel auf.

Liz trat ihn wieder, und er schlug sie wieder in den Magen. Dann riß er ihr das Hemd über den Kopf. Sie lag keuchend und stöhnend auf dem Boden.

„Gut so?" sagte Schlappohr und sah zu Nibs.

„Für den Augenblick." Nibs beobachtete Greville und genoß die Situation.

„Sie ist ein richtiges kleines Schätzchen", sagte Schlappohr. Er hob Liz fast zärtlich auf und stellte sie auf die Füße. „Die ist noch gut für ein paar Meilen, würde ich meinen."

„Ja", sagte Nibs und sah Greville weiter an. „Ich kann mir vorstellen, daß Onkel hier sie noch nie so richtig hochtourig gefahren hat."

„Sie sieht aus, als sei sie für eine ordentliche Nummer gut", meinte einer von den anderen Jungen. „Wie sieht's aus, Nibs?"

„Probieren wir sie doch mal aus“, warf Schlappohr fast bittend ein. „Wir haben doch sonst nichts zu tun, bevor wir sie erledigen.“

Nibs lächelte. „Jungs, woran denkt ihr eigentlich? Ich versuche hier die ganze Zeit, Onkel umzuerziehen. Willst du ihm vielleicht ein schlechtes Beispiel geben?“

Alles lachte. Nibs drehte sich mit einem Seufzen Greville zu und zuckte die Achseln. „Buben bleiben eben Buben, Onkel... Ich hoffe wirklich, daß du ihnen ihren jugendlichen Überschwang verzeihst.“

Greville sagte nichts. Nibs schlug ihn, und er sagte noch immer nichts. Er wußte, daß sie ihn nicht töten würden, bevor sie Liz vergewaltigt hatten. Das ließ ihm noch ein wenig länger Zeit. Was ihm das nützen würde, wußte er nicht. Wahrscheinlich würden sie sowieso umgebracht werden. Er fragte sich zynisch, ob Liz wirklich lieber vorher als nachher umgebracht werden wollte. Er sah sie aber nicht an. Er hatte nicht den Mut dazu.

„Onkel ist beleidigt“, sagte Nibs. „Da wollen wir doch mal sehen, wie wir ihn aufmuntern können... Grinser, du und Schlappohr und Brummkopp könnt mit dem Schätzchen auf dem Rasen spielen, aber nur ein paar Minuten – und seht zu, daß keiner von euch länger als fünf Minuten braucht, weil nämlich Jim-Jim und Glotzer nicht sehr glücklich darüber wären, wenn für sie nichts mehr übrig ist... Jim-Jim, fahr den LKW weg, falls wir noch Besuch bekommen. Glotzer, du kannst mir helfen, Onkel zu unterhalten, bis Grinser und Co. ihr Problem bewältigt haben.“

Liz fing an zu kämpfen, aber gegen Grinser, Schlappohr und Brummkopp konnte sie nicht das geringste ausrichten. Sie hoben sie auf und trugen sie hinter eine der verwilderten Hecken, wo sich ein halbes Jahrhundert lang nichts Aufregenderes abgespielt hatte als das wöchentliche Mähen und die Aussaat im Frühling. Sie warfen Liz in das nun hochgewachsene Gras. Brummkopp hielt ihre Arme fest, Grinser zog ihre Hosen herunter, und Schlappohr machte sich für den ersten Gang fertig.

Liz hörte plötzlich auf, sich zu wehren. Was nützte es eigentlich noch? Ihre Augen jedoch machte sie nicht zu. Als Schlappohr sich auf sie legte, ihre Beine auseinanderzwang, sich rhythmisch hochbrachte und dabei den Schmerz genoß, den sie zeigte, als er sie in die linke Brustwarze kniff und daran zog, versuchte sie, ihren Körper dazu zu bringen, keine Reaktion zu zeigen, versuchte so zu tun, als gehöre der Schmerz zu jemand anders. Er biß sie in die Lippen und drückte ihren offenen Mund gegen seinen. Noch immer jedoch schloß sie nicht die Augen. Sie sah ihm in seine, die vor Lust trübe und leer waren, haßte ihn und wünschte ihm den Tod an den Hals. Er starb nicht. Er arbeitete sich unermüdlich und geistesabwesend zu einem groben und mechanischen Höhepunkt hin.

Währenddessen stieg Jim-Jim wieder in den Lastwagen und stieß in die Seitenstraße zurück, während Glotzer auf der Bürgersteigkante saß und sein Kleinkalibergewehr so auf dem Schoß hielt, daß der Lauf grob in Grevilles Richtung zeigte. Und Greville unternahm nichts.

Nun, da seine aktive Streitmacht zeitweilig eingeschränkt war, hielt Nibs seinen Revolver sorgfältiger in der Hand. Er trat zwei Schritte von Greville zurück. Er wollte nichts riskieren.

Nibs lauschte gierig auf die unterdrückten Geräusche hinter der Hecke. Manchmal war ein Grunzen zu hören. Manchmal konnte Liz es nicht vermeiden, ein leises, tierisches Stöhnen auszustoßen. Nibs lächelte. Die Schweißtropfen auf seiner spärlich bewachsenen Oberlippe wurden größer. Er gewann der Situation mehr sinnliches Vergnügen ab, als wenn er selbst auf Liz liegen würde.

Viel mehr, dachte Greville. Denn Nibs war nicht nur ein Mörder, er war auch noch ein Sadist. Gott allein wußte, was geschehen war, um aus ihm das zu machen, was er war. Es mußte ziemlich entsetzlich gewesen sein. Oder es waren eine ganze Menge Dinge, die ziemlich entsetzlich gewesen waren... Er versuchte, nicht an Liz zu denken... Er versuchte nur, eine Methode zu finden, mit der er an den Revolver kommen könnte, bevor er selbst erschossen wurde.

Nibs hielt seinen Revolver noch immer auf Greville gerichtet und warf einen schnellen Blick über die Hecke. „Schlappohr ist fertig“, sagte er lakonisch in normalem Unterhaltungston. „Deine Liebste macht ganz den Eindruck, als hätte sie ihren Spaß daran, Onkel. Du mußt sie ziemlich ausgehungert haben. Macht nichts, wenn Brummkopp erst einmal mit ihr fertig ist, hat sie den Bauch erst einmal ordentlich voll. Brummkopp sagt nicht viel, aber er hat Talent.“

Jim-Jim kam mit der Pistole in der Hand von dem geparkten Lastwagen zurück. „Ich höre etwas“, sagte er.

Nibs lachte. „Das ist nur unser kleiner geiler Arsch, die ihren Spaß hat. Grinser ist gerade dran.“

„Nein. Ich meine einen Automotor. Hör mal.“

Sie lauschten.

„Das ist tatsächlich ein Auto“, sagte Glotzer, der kurz gesprächig wurde. „Sollen wir ihn durchlassen, Nibs? Für einen Tag haben wir doch schon ganz schön was erwischt.“

Nibs aber war von Macht trunken. „Nie im Leben.“ Er sah über die Hecke. „Laß Grinser seine Tour allein fertigbringen. Sie steht bestimmt nicht auf und schreit Hurra. Wir anderen machen es routinemäßig. Da kommt noch einer.“ Er drehte sich wieder Greville zu.

„Komm über die Straße und leg dich hin, Onkel – wenn du nicht sofort eine Kugel willst.“

Greville ging gehorsam über die Straße und legte sich in eine Toreinfahrt, und Nibs stellte sich hinter ihn. Jim-Jim war verschwunden und ließ schon den Motor des Lastwagens laufen. So weit ein ahnungsloser Beobachter dies beurteilen konnte, war die Straße leer – bis auf einen Lieferwagen, der offensichtlich in einem merkwürdigen Winkel geparkt war.

Greville erlaubte sich selbst ein wenig Hoffnung. Nicht zuviel, nur ein wenig. Wenn nur das Auto, das sich dort näherte, zwei oder drei gutbewaffnete Männer beherbergte!

Die Straße verlief für ungefähr hundert Yards gerade. Dann kam eine leichte Kurve. Nibs hatte sich die Stelle sorgfältig ausgesucht. Das war nicht die Art Straße, auf der man Schwierigkeiten erwarten würde. Sie lag in der Vorstadt, war tot, uninteressant.

Plötzlich kam das Auto, das sich näherte, um die Kurve. Es war ein uralter Landrover mit einer Planenabdeckung über dem hinteren Teil. Nibs hob einen Arm. Jemand auf der anderen Straßenseite wiederholte das Signal.

Jim-Jim kam mit dröhnendem Motor mit dem Lastwagen aus der Seitenstraße geschossen. Der Landrover hielt mit quietschenden Bremsen an.

Jetzt oder nie, dachte Greville. Nibs aber war ihm zuvorgekommen. Als er aufsprang, krachte ihm von hinten der Revolver auf den Kopf. Es wurde ihm schwarz vor Augen, und er fiel wieder hin. Als er wieder zu sich kam, war der Fahrer des Landrovers schon ausgestiegen und wurde von Nibs und Schlappohr verhört. Brummkopp stand mit mildem Gesichtsausdruck und angelegtem Gewehr neben Greville.

Grevilles Hoffnungen verflogen schnell. Der Fahrer des Landrovers trug die lange schwarze Tracht eines Priesters.

8

In fast jeder anderen Situation wäre der Priester eine komische Figur gewesen, aber hier sah er nur erbärmlich und grotesk aus. Er war ein dicklicher, kahlköpfiger Mann von etwa fünfzig Jahren. Er sah die vier mörderischen Jugendlichen, die ihm den Weg versperrten, mit einer seltsamen Mischung von Verwirrung und Selbstvertrauen an.

Seine Reaktionen jedoch mußten einigermaßen schnell gewesen sein, denn es war ihm gelungen, seinen Wagen viel schneller als Greville anzuhalten. Der Landrover stand nun etwa zehn Yards hinter Grevilles Lieferwagen; und der fette Priester kam fast ungeduldig auf die Jungen zugewatschelt, als würde er die Waffen, die da auf ihn gerichtet waren, einfach nicht sehen. Er schien so eifrig zu sein, daß er buchstäblich über die eigenen Füße stolperte und sich dabei den Knöchel verknackst zu haben schien – zur ungeheuren Belustigung von Nibs, Schlappohr, Jim-Jim und Glotzer.

Grinser war noch immer hinter der Hecke bei Liz, arbeitete sich emsig auf sein Ziel zu und versuchte zur gleichen Zeit, sich darüber klarzuwerden, ob sie wirklich ohnmächtig geworden war oder bloß so tat.

Brummkopp ließ trotz der Ablenkung auf der Straße Greville nicht aus den Augen. Er ging keinerlei Risiko ein.

Der Priester stand auf, verzog das Gesicht vor Schmerzen, humpelte ein paar Schritte und setzte sich dann wieder hin. Er kniff gegen das Sonnenlicht die Augen zusammen und sah zu Nibs hoch.

„Guten Morgen, Pater", sagte Nibs. „Gott sei mit Euch."

„Mein Sohn, warum, um Himmels willen, spielst du mir solche albernen Streiche? Wenn ich nicht so schnell hätte bremsen können, hätte ich mich vielleicht ernsthaft verletzt. Ich hätte sogar umkommen können... Wie es jetzt aussieht, bezweifle ich ernsthaft, ob ich heute noch weiterfahren kann. Mein Fuß tut mir scheußlich weh, und ich bin nervlich völlig durcheinander."

Diese kleine Ansprache wurde durch wieherndes Gelächter beantwortet.

„Trösten Sie sich, Pater", sagte Nibs. „Es würde mich keineswegs wundern, wenn Ihnen ein Zeichen geschickt worden wäre. Die Wege des Herrn sind voller Geheimnisse, glaube ich. Es wäre sogar möglich, daß Er sich dazu entschlossen hat, Ihrer Karriere als Fahrer ganz und gar ein Ende zu setzen."

Nibs war deutlich in Hochform. Seine Bemerkungen waren der Anlaß für weiteres Gelächter, und Schlappohr schien kurz vor einem Lachkrampf zu stehen.

„Mein Sohn", sagte der Priester indigniert, „es schickt sich nicht, sich über den Priesterrock lustig zu machen."

„Ich sehe mich gemaßregelt", sagte Nibs. „Also, Fettarsch, was hast du hinten in deinem Auto drin?"

Der Priester blinzelte. „Ich fürchte, nichts als zwei arme Kinder... Macht ihnen bitte keine Angst. Sie sind ziemlich empfindlich."

Nibs drehte sich Glotzer zu. „Geh und schau dir die Sache mal an. Fettarsch erlaubt sich vielleicht ein Spielchen."

„Bitte!" sagte der Priester. Er schien zu versuchen, wieder aufzustehen. Glotzer aber hatte den Landrover fast erreicht.

Dann begannen die Wunder auf einmal reihenweise zu geschehen.

Der Priester brüllte mit lauter Stimme „Jetzt!" Zur gleichen Zeit warf er sich plötzlich auf Nibs, packte ihn um die Knie und warf ihn mitsamt dem Revolver zu Boden.

Während das passierte, sah Brummkopp einen Moment lang von Greville weg. Eine große Chance war es ja nicht, dachte Greville, aber es war wahrscheinlich die beste, die er bekommen würde. Er rollte sich herum, packte Brummkopp an einem Fuß und warf ihn um. Der Junge versuchte noch, sein Gewehr herumzudrehen, aber Greville hielt den Lauf fest, und ein Geschoß schlug harmlos als Querschläger auf der Straße ein. Grevilles gesamte aufgestaute Wut entlud sich. Er packte den Jungen mit einer Hand an der Kehle, hob ihn hoch und schlug seinen Kopf mit voller Wucht auf den Bürgersteig. Brummkopp seufzte nur einmal auf und lag bewegungslos da.

In der Zwischenzeit ratterte aus dem hinteren Teil des Landrovers laut und kurz eine Maschinenpistole heraus. Glotzer griff sich an den Magen, drehte sich wie ein Kreisel herum und fiel hin. Der gleiche Feuerstoß schwenkte herum, um Jim-Jim und Schlappohr zu erfassen. Jim-Jim rannte drei Schritte und brach dann zuckend und schreiend zusammen. Schlappohr starrte nur – auf seinem Gesicht den Ausdruck völligen Unglaubens – auf das Blut, das aus seinem Hals und aus seiner Brust sprudelte. Dann sank er ohne einen Laut zusammen.

„Genug!" rief der Priester. Er lag auf Nibs, dessen Arm auf seinen Rücken gedreht war und dessen Gesicht auf die Straße gedrückt wurde. Der Priester hielt seinen Revolver in der Hand. Er zielte damit auf das blasse, verstörte Gesicht von Grinser, das gerade über der Hecke erschienen war.

Greville hob schnell die Arme. Er wollte nicht aus Versehen

erschossen werden. „Das sind sie alle", rief er. „Ihr habt sie alle erwischt."

Der Blick des Priesters – nun nicht mehr schwach oder komisch – zuckte kurz zu ihm hinüber. „Halt die Händen oben", sagte er. „Dumme Fehler brauchen wir doch nicht, oder?" Er wandte sich wieder Grinser zu. „Also, mein schlaues Kerlchen, komm ganz langsam durch die Hecke – wenn du noch ein bißchen länger leben willst."

Grinser drängte sich durch die Hecke. Seine Hosen hingen auf seinen Knöcheln. Er machte eine Bewegung, um sie hochzuziehen, aber der Priester sagte: „Lockere Kleidung. Rühr dich nicht!"

Grinser rührte sich nicht.

„Hört mal", sagte Greville, „sie haben meine Freundin vergewaltigt. Sie ist da hinter der Hecke. Kann ich zu ihr gehen?"

„Charmant", sagte der Priester. „Rühr dich nicht. Was ist mit dem, den du erwischt hast?"

„Dem habe ich eins über den Kopf gegeben", sagte Greville. „Er atmet noch."

Der Priester rief zu dem Landrover hinüber: „Alles klar, Kinder, kommt raus."

Die Ladeklappe wurde heruntergelassen, und zwei Mädchen – von denen keines älter als zwanzig sein konnte – kamen heraus. Eine hatte ein Schrotgewehr und die andere ein automatisches Gewehr in der Hand.

„Ist alles mit dir in Ordnung, Pater Jack?" fragte das Mädchen mit dem Schrotgewehr.

„Völlig in Ordnung, meine Liebe", sagte Pater Jack und stand auf. Er wandte sich wieder Greville zu. „Sammle die Waffen ein", sagte er und deutete zu den Gewehren und Pistolen, die bei Grinser, Jim-Jim, Schlappohr und Glotzer lagen. „Und versuche keine Tricks. Leg sie mitten auf die Straße. Dann kannst du nachsehen, ob deine Freundin noch unter uns weilt."

Greville führte aus, was ihm aufgetragen worden war. Dann ging er zu dem kleinen Garten hinüber, wo sie Liz hingeschleppt hatten.

Sie lag noch in dem hohen Gras, wie Grinser sie verlassen hatte.

Sie war vollständig nackt und sah aus, als hätte sie sehr viel einstecken müssen, war aber noch bei Bewußtsein. Ein Auge war stark in Mitleidenschaft gezogen und fast zugeschwollen. Aus ihren geschwollenen Lippen floß Blut, und ihre Schultern und Brüste waren mit Bißspuren übersät. Auf dem Bauch hatte sie zwei gelblich-blaue Flecken.

Sie erkannte Greville, versuchte zu lächeln und brachte es nicht fertig. „Ich hab' dir ja gesagt, daß ich zu nichts tauge als zum Vögeln", flüsterte sie heiser und so leise, daß er sie kaum verstehen konnte. Dann wälzte sie sich plötzlich auf die Seite und erbrach sich heftig.

Greville kniete sich neben sie und unterstützte ihren zitternden und würgenden Körper. „Oh, Liz! Ich habe dich wirklich in Schwierigkeiten gebracht, nicht wahr?" Er wollte sie trösten und ihr dumme, zärtliche Dinge zuflüstern, aber die Worte waren alle in ihm eingefroren.

Nach einiger Zeit hörte sie auf, sich zu erbrechen. Er sammelte ihr zerrissenes Hemd und ihre Hosen ein und half ihr, sie wieder anzuziehen. Dann suchte er ihre Schuhe und fand sie, wo sie in die Hecke geworfen worden waren.

Sie versuchte aufzustehen. Sie konnte sich zwar auf den Füßen halten, aber nicht aufrecht stehen. Auch zu einer Bewegung war sie nicht fähig.

Greville hob sie sanft auf und trug sie aus dem Garten. Er brachte sie zu dem Lieferwagen und legte sie auf den Beifahrersitz. Tränen rollten über ihr Gesicht, aber sie weinte ohne einen Laut und ohne Bewegung. Er fand etwas Schnaps und bot ihn ihr an, aber sie drehte nur den Kopf weg.

Greville machte die Autotür zu und ging zu Pater Jack zurück. Trotz seines Gewands sah Pater Jack nun ganz und gar nicht mehr wie ein Priester aus. Er schien nun deutlich größer und schlanker geworden zu sein. Er war keine komische Figur mehr, sondern sah hart und entschlossen aus.

Brummkopp war wieder aufgewacht, und Pater Jack hatte ihn mit Nibs und Grinser, dessen Hosen noch immer um seine Knöchel hingen, in eine Reihe gestellt. Die drei Jungen hielten die Hände auf ihren Köpfen.

Als Greville Liz im Auto zurückließ, ging eines der Kinder des Paters zu ihr hin. Die andere hielt ihr automatisches Gewehr auf die drei Jungen gerichtet. Pater Jack nahm den Revolver von Nibs und gab Jim-Jim, der von dem Augenblick an, in dem er getroffen worden war, nicht zu schreien aufgehört hatte, den Gnadenschuß. Der Revolver knallte, und Jim-Jims Schreie hörten abrupt auf.

Die Stille, die folgte, war außerordentlich – sie schien weit inhaltsschwerer als nur die Abwesenheit von Geräuschen zu sein.

„Also", sagte Pater Jack, „wir leben in aufregenden Zeiten, nicht wahr? Wie ist es denn dazu gekommen, daß du diesen üblen Burschen hier in die Hände gefallen bist?"

„Genau wie bei dir", sagte Greville und erzählte.

Als er fertig war, sah Pater Jack Nibs nachdenklich an. „Ich komme langsam zu der Erkenntnis, daß du leicht asozial bist, mein Sohn."

„Den Scheißdreck kannst du dir sparen", sagte Nibs. „Du hast eben Glück gehabt, aber so geht's eben. Heute du, morgen jemand anders. Alles ist allen scheißegal. Warum auch nicht? Wir sind doch alle bekloppt." Nibs war blaß, aber seine Stimme war ruhig.

Plötzlich tat er Greville unendlich leid. Plötzlich war Nibs nicht mehr nur ein jugendlicher Psychopath: Er stand für die ganze Menschheit. Er war die menschliche Tragödie in Kleinformat... Aber zugleich war er ein sadistischer Mörder...

In diesem Augenblick wurde Brummkopp plötzlich gesprächig. Bisher hatte er nur mit einem benommenen Gesichtsausdruck dagestanden und sich das Blut aus der Kopfwunde, die er von dem Schlag davongetragen hatte, als Greville ihn auf den Bürgersteig geworfen hatte, über das Gesicht laufen lassen.

„Ich möchte etwas sagen", sagte Brummkopp. „Ihr bringt uns jetzt um, das weiß ich. Aber ich möchte noch etwas sagen. Ich möchte sagen, daß es mir leid tut. Nicht, daß wir versucht haben, dich zu erledigen oder daß wir das Mädchen flachgelegt haben oder sonst so was... Ich weiß eigentlich gar nicht, was ich sagen will...

Ich will nur sagen, daß es mir leid tut ... Vielleicht tut es mir leid, daß es so eine beschissene Welt ist ... Vielleicht weil sie es ist, die wir verloren haben." Seine Stimme überschlug sich. „Ich weiß es nicht. Mir tut es einfach leid, das ist alles. Sonst wollte ich nichts sagen."

Pater Jack sah ihn scharf an. „Das war eine sehr interessante Rede, mein Sohn. Bitte dreh dich um. Dein Gesicht macht mich ein wenig traurig."

Brummkopp drehte sich gehorsam um und präsentierte Pater Jack seinen Hinterkopf. Der Priester hob mit einer schnellen Bewegung die Hand mit dem Revolver und schlug Brummkopp damit auf seinen Genickansatz. Brummkopp fiel ohne einen Laut zusammen.

„Also", sagte Pater Jack, drehte sich zu Grinser und sah sich seine teilweise Nacktheit genau an, „du scheinst auf frischer Tat ertappt worden zu sein. Hast du noch irgendwelche Bemerkungen zu machen?"

„Leck mich am Arsch", gab Grinser tapfer zurück.

Pater Jack seufzte. *„Ego te absolvo,* mein Sohn", meinte er und schoß Grinser genau in die Stirn.

Nibs sah die Leiche an, dann Greville und schließlich Pater Jack. Er leckte sich über die Lippen. „Pater, kann ich noch beichten, bevor ..." Er sah ungläubig die Pistole an und brachte den Satz nicht zu Ende.

„Beichte nur, mein Sohn."

„Nicht, daß ich irgend etwas von dem Scheißdreck glauben würde, den deine Leute da verzapfen, weißt du", sprach Nibs ruhig weiter. „Aber meine Familie war mal katholisch, weißt du? Das bringt uns einander irgendwie näher, wenigstens ein bißchen." Er sah wieder zu Greville hinüber. „Wenn es nicht zuviel Mühe macht, hätte ich's lieber ein wenig privater."

„Knie nieder", sagte Pater Jack. Er drehte sich zu Greville um. „Wenn du uns vielleicht entschuldigen würdest?"

Greville sagte nichts. Er ging zu dem Auto zurück und sprach mit Liz. Sie brachte es sogar fertig, ihm zuzulächeln. Dann schloß sie die Augen und lehnte sich zurück, als wolle sie jetzt nichts anderes als schlafen.

Greville beobachtete Pater Jack und Nibs. Der Junge kniete auf der Straße. Er sprach schnell und leise. Offensichtlich, dachte Greville, hatte er eine Menge zu beichten.

Es dauerte ungefähr fünf Minuten. Dann legte Pater Jack ihm die Hand auf die Stirn, und Nibs schlug das Kreuz...

...und stürzte sich fast sofort auf die Beine von Pater Jack. Der Priester stürzte schwer, und Nibs versuchte hektisch, die Pistole zu packen. Es gelang ihm nicht.

„*Ego te absolvo,* mein Sohn", sagte Pater Jack mit lauter Stimme. Die Pistole war nicht zu sehen. Das Geräusch des Schusses war verzerrt und gedämpft.

Nibs aber war plötzlich von einem Mörder bei seinem letzten Mordversuch in einen kleinen und seltsam rührenden Haufen verwandelt. Er rollte zuckend auf den Rücken und lag bewegungslos auf der Straße. Nur ein weiterer toter Junge. Ein verspätetes und indirektes Opfer der Omega-Strahlung von zehn Jahren Dauer.

Pater Jack stand auf und klopfte sich den Staub ab. Sein Hinken war vollständig verschwunden. „Das war's also", sagte er. „Vielleicht sollten wir uns jetzt die Dame anschauen."

9

Pater Jack war kein katholischer Priester – er war eigentlich für keine wie auch immer geartete Priesterschaft ordiniert. Er war fast zwanzig Jahre lang in dem Kloster vom Heiligen Herzen bei Newmarket der oberste Gärtner gewesen. Davor war er ein Sträfling und davor ein bescheidener und einigermaßen erfolgreicher Einbrecher gewesen. Bevor er Einbrecher geworden war, hatte er fünf Jahre lang als Fallschirmjäger gedient.

Nun aber war er als fast natürliche Folge der zehn Jahre Omega-

Strahlung und des Schönwetterselbstmords einfach Pater Jack geworden. Pater oder Vater auch im buchstäblichen Sinn des Worts, denn er hatte polygam vier von den ältesten überlebenden Mädchen des Klosters geheiratet und bereits ein halbes Dutzend Kinder gezeugt.

Das Kloster vom Heiligen Herzen hatte zu Beginn der Schönwetterselbstmorde aus einer Äbtissin, acht lehrenden und arbeitenden Nonnen, fünfzig Mädchen, einem Obergärtner, einem Gärtnerlehrling und einem Hilfsarbeiter bestanden. In den ersten beiden Jahren hatten der Gärtnerlehrling, der Hilfsarbeiter und zwei Nonnen Selbstmord begangen. Alle anderen wurden angehalten weiterzumachen, als wäre nichts Außergewöhnliches geschehen; Gottes Arbeit nämlich war noch zu verrichten. Einige von den Mädchen wurden von ihren Eltern abgeholt, aber die meisten blieben und wurden schnell zu Waisen.

Das Kloster hatte schon seit Jahren seine eigene Verpflegung angebaut; seinen Insassen gelang es daher, bis Anfang 1991 relativ normal weiterzumachen. Die Schwierigkeiten kamen eines Tages, als Pater Jack – der damals noch einfach Jack Rowbottom hieß – auf der Jagd unterwegs war. Sie kamen, wie das so üblich war, in der Gestalt eines Lastwagens voller Männer auf einer Plünderfahrt.

Jack Rowbottom hatte schon soweit vorgesorgt, daß er Feuerwaffen beschafft und die Nonnen in ihrem Gebrauch unterwiesen hatte, so daß die Nonnen sich noch recht wacker schlugen, obwohl sie einem zahlenmäßig überlegenen und besser bewaffneten Gegner gegenüberstanden. In der Zwischenzeit benutzten die meisten Mädchen den Fluchtweg, den der Gärtner ihnen unter großem Arbeitsaufwand vorsorglich bereitgestellt hatte. Es war ein unglaublich enger Tunnel, den er vom Keller des Klosters bis zur äußeren Mauer des Küchengartens gegraben hatte. Direkt vor der Mauer lagen ein paar Morgen Gestrüpp und Waldland. Es war vorgesehen, daß die Mädchen sich zwischen den Bäumen versteckt halten sollten, bis die Schwierigkeiten entweder vorbei waren oder man mit ihnen fertig geworden war.

Jack Rowbottom kam erst von der Jagd zurück, als der Angriff auf das Kloster schon vorbei war und die Angreifer sich schwer mit Beute beladen davongemacht hatten. Die Nonnen waren alle entweder Gewehrschüssen oder Messerstichen erlegen, die sie im Nahkampf davongetragen hatten. Die Äbtissin war am Treppengeländer aufgehängt worden, obwohl das nach ihrem äußeren Erscheinungsbild nur noch symbolischen Wert gehabt haben konnte. Einige Mädchen hatten das Unglück gehabt, zu früh wieder in das Kloster zurückzukommen, und einige waren schon vorher gefangen worden. Sie wurden vergewaltigt und/oder weggeschleppt oder getötet.

Also war Jack Rowbottom allein mit mehr als dreißig halbwüchsigen Mädchen und einem seltsamen Gefühl der Verantwortung übriggeblieben. Er wurde schließlich unvermeidlicherweise Pater Jack – außerordentlicher Pater des Klosters vom Heiligen Herzen.

Er war davon überzeugt, daß er die Mädchen dazu erziehen könnte, einigermaßen selbständig zu werden, wenn man sie in Ruhe ließ. Die meisten von ihnen hatten nämlich bereits gelernt, ihm im Garten zur Hand zu gehen, und sie konnten die Schweine und das Geflügel versorgen. Manche konnten weben, manche waren recht passable Schreinerinnen, und manche konnten sogar Schinken räuchern.

Offensichtlich würde man sie jedoch nicht in Ruhe lassen. Also machte sich Pater Jack daran, sie zum Überleben auszubilden. Zunächst suchte er die sechs stärksten und ruhigsten unter den Mädchen aus und bildete sie zu einer Kommandoeinheit aus. Dann nahm er sie mit nach draußen, um nach Waffen zu suchen. Obwohl die Mädchen noch jung waren, wurden sie zu recht guten Kämpfern, da sie an eine straffe Disziplin gewohnt waren. Pater Jack legte auf diese Disziplin großen Wert und fügte ihr noch eine Ausbildung in Überraschungsangriffen und Nahkampf hinzu, wie er sie selbst während seiner Zeit als Fallschirmjäger erworben hatte. Als sie abgeschlossen war, konnten die Mädchen so gut wie die meisten jungen Soldaten schießen, mit Bajonetten umgehen,

Messer werfen, mit der Garotte töten und mit Händen und Füßen kämpfen.

Sie bekamen ihre Waffen. Dann machten sie sich daran, das Kloster vom Heiligen Herzen in eine Festung zu verwandeln, und das Kommando wurde aufgeteilt, um weitere Kommandoeinheiten auszubilden. Und schließlich hatte Pater Jack fast dreißig Mädchen, täuschend jung, täuschend hilflos, die alle ausgebildete Kämpferinnen waren.

Dann und wann verließen sie für Plünderungsexpeditionen das Kloster in Gruppen von dreien oder vieren. Pater Jack war von einer dieser Expeditionen zurückgekommen, als Jim-Jim mit seinem Lastwagen die Straße blockiert und so die Auseinandersetzung ausgelöst hatte, die mit Sicherheit Greville und Liz vor dem Tod gerettet hatte.

Greville erfuhr all dies ungefähr eine Stunde nach den Ereignissen, bei denen Nibs schließlich sein Ende gefunden hatte, während sie ein spätes Mittagessen vor einer einsamen und verlassenen Kneipe einnahmen, die ungefähr auf dem halben Weg auf der Straße von Ware nach Royston lag. Zum Ausgleich lieferte er Pater Jack einen kurzen Bericht seiner eigenen Aktivitäten im Verlauf der letzten zehn Jahre. Aus einem Grund, den er selbst nicht recht verstand, machte er aus Paulines Tod den Tod eines Fremden. Sie wurde einfach der Fahrer eines erfundenen zweiten Autos, in das er hineingefahren war, als er betrunken war. Pater Jack akzeptierte diese Version ohne weiteres. Es gab auch keinen Grund, warum er das nicht hätte tun sollen.

Zu beiden Seiten der Kneipe, in der sie saßen, war nichts als das endlose Band der Straße, das hier und da von Flecken von Löwenzahn, Nesseln oder Fingerhut unterbrochen war. Hinter der Gaststätte lag nichts als die weite Leere von überwucherten Feldern und Hecken. Das war der Grund, warum sie ausgesucht worden war – es gab hier keine Möglichkeit für einen Überraschungsangriff.

Nachdem Greville alle Waffen aufgesammelt und Liz so bequem wie möglich auf den Sitz gelegt hatte, waren sie vom Schauplatz des

Hinterhalts langsam im Convoy unter der Führung von Pater Jacks verbeultem Landrover weggefahren. Erstaunlicherweise schien Liz keine schwereren äußeren Verletzungen davongetragen zu haben; aber sie war wund, elendiglich wund, und ganz besonders zwischen den Beinen. Marilyn, die ältere von Pater Jacks ‚Kindern', hatte Liz nach ihren besten Möglichkeiten untersucht. Sie war zu dem vernünftigen Schluß gekommen, daß Liz vor allem ein schönes heißes Bad und Ruhe brauchte.

Also waren sie hier in der Kneipe, die nach ihrem rissigen, aber noch vorhandenem Schild *Anglers Ruh* hieß. Irgendwo in ihrem Innern hatten die Mädchen eine alte Zinkbadewanne gefunden, die mit dem staubigen angesammelten Haushaltsabfall von Jahren gefüllt war. Sie hatten sie sauber gemacht, während Greville mit einem Schraubenschlüssel einen der Wasserhähne in der Küche zum Funktionieren gebracht hatte. Schließlich gelang es ihm, ihn aufzudrehen, und ein spärliches Tröpfeln von rotem, schmutzigem Wasser kam heraus, das nach einiger Zeit zu einem ziemlich stetigen Strom wurde, der auch einigermaßen sauber war.

In der Zwischenzeit hatte Pater Jack zwei tragbare Ölöfen aus seinem Landrover geholt und sich darangemacht, das Wasser in großen Töpfen heißzumachen, die sie in der Kneipe gefunden hatten.

Während all dieser Vorbereitungen lag Liz zusammengesunken auf ihrem Sitz in dem Lieferwagen. Sie sah jetzt noch schlimmer aus, als zu jenem Zeitpunkt, da Greville sie nach ihren Erlebnissen mit Schlappohr und Grinser aus dem Garten geholt hatte; ihre Laune hatte sich jedoch gebessert. Es gelang ihr nun, ein wenig zu lächeln und sogar einige Worte zu sagen.

Liz nahm ihr Bad in dem besten Raum der Kneipe. Sie konnte nicht hinlaufen. Greville mußte sie tragen. Pater Jack, der mit einer erstaunlichen Vielfalt von Waren ausgestattet zu sein schien, hatte ihr ein Stück Seife und eine Tube Kindercreme gegeben. Dann, während Liz versuchte, die Schmerzen in ihrem Körper loszuwerden, hatten sich die anderen zu ihrem verspäteten Essen hingesetzt. Dann und wann brachte eines der Mädchen ihr noch heißes

Wasser und versuchte sogar, sie zum Essen zu bewegen. Liz war jedoch nicht hungrig.

Ihr Essen bestand aus kalten Hähnchen und warmem Sekt. Das Hähnchen stammte aus dem Kloster vom Heiligen Herzen und der Sekt aus dem Haus eines Arztes in Bayswater. Vier Flaschen waren in Lumpen eingewickelt unter einem Haufen Kohle und Abfall versteckt gewesen. Pater Jack jedoch war ein unermüdlicher Plünderer, und wenn er ein Haus durchsuchte, durchsuchte er es richtig.

„Probier's doch noch mit ein bißchen Sekt bei ihr“, sagte Pater Jack und schaute voll Befriedigung auf den Haufen Hähnchenknochen vor sich. „Schaden kann es nichts.“ Er grinste. „Sag ihr, ich hab's gesegnet.“

In der zweiten Flasche, die sie aufgemacht hatten, war noch etwas übrig. Greville brachte es zu Liz. Sie hatte sich in dem vergeblichen Versuch die blauen Flecken und Bißspuren zu verdecken, am ganzen Körper eingeseift, aber sie traten durch die Hitze des Wassers nur noch stärker hervor.

Greville dachte, daß es nicht schaden könnte, wenn er es mit einem etwas lockeren Ton versuchen würde. „Ich hoffe, das ist nicht ansteckend“, sagte er. „Du siehst aus, als hättest du überall auf deinen Schultern und Brüsten auf einmal Masern oder so was bekommen.“

Überraschenderweise kicherte Liz. „Das ist keine Krankheit, das ist eine Allergie“, gab sie zurück. „Mein Arzt hat mich gewarnt, daß dies passieren könnte, wenn ich mit Angehörigen des anderen Geschlechts in intimen Kontakt treten würde.“

„Pater Jack schickt dir ein wenig heiliges Wasser. Das sollst du trinken und zu dir selbst sagen: Was auch mit mir passiert, es ist das Beste in der besten aller möglichen Welten.“

„Weißt du was“, sagte Liz und griff nach der Flasche, „es gibt Zeiten, in denen ich das fast glauben könnte – wie zum Beispiel jetzt.“ Sie setzte sich die Sektflasche an den Mund und trank gierig.

Greville stellte voll Befriedigung fest, daß sie fast einen Viertelliter trank.

Liz schluckte. „Das ist ein wunderbares Gefühl", sagte sie, „wenn alles vorbei ist. Das ist genauso, wie wenn du aufhörst, mit dem Kopf gegen die Wand zu schlagen, wie wenn du aus einem bösen Traum aufwachst. Du kannst die Sonne sehen und du weißt, daß es doch nicht wirklich passiert ist."

„Du hast Durst gehabt", sagte Greville und schaute auf die leere Flasche. „Ich hole dir noch etwas."

„Nein, bleib bei mir. Wenn ich mich besaufe, ist das auch keine Antwort... Weißt du, ich bin eigentlich schon in Ordnung. An so etwas bin ich ja eigentlich gewöhnt, aber normalerweise ist es nicht so anstrengend... Ich habe genug Zeit hier in der Wanne verschwendet. Du kannst mir hier heraushelfen." Sie kicherte wieder. „Dann kannst du mir was von der Babycreme zwischen die Beine schmieren, ich glaube, ich kann mich selbst nicht weit genug bücken."

Greville trocknete sie ab und trug die Creme auf. Dann half er ihr beim Anziehen. Als er ihr Schuhe und Strümpfe anzog, hörten sie das Geräusch eines startenden Autos. Greville stürzte aus der Kneipe und kam gerade noch zurecht, um den Landrover wegfahren zu sehen. Eines von den Mädchen winkte ihm von hinten fröhlich zu, und dann wurde der Wagen schneller und bahnte sich einen Weg durch den Löwenzahn, den Fingerhut und die hohen Nesseln des Hochsommers.

Greville stand noch einige Zeit da, kratzte sich am Kopf, fühlte sich perplex und sah dem Landrover nach, der in der Ferne verschwand. Dann erstarb das Geräusch, und es blieb nichts als der Himmel und die Felder, die so wild wie eine Prärie geworden waren und unter der leichten Berührung einer Brise wie ein grünes Binnenmeer schwankten.

Liz humpelte aus der Kneipe. „Sieh mal. Ich kann wieder laufen... Was ist los?"

„Pater Jack hat sich abgeseilt", sagte Greville. „Er scheint es verdammt eilig zu haben."

Als sie zu dem Lieferwagen kamen, fanden sie einen möglichen Grund für Pater Jacks Eile. Sie hatten alles herausgeholt – alles, was Greville in London gefunden hatte, dazu die Gewehre und die Munition, die er dem verstorbenen Nibs und seinen Kameraden abgenommen hatte, alles außer zwei Schrotgewehren und zwanzig Patronen.

Auf dem Fahrersitz lag ein Zettel, auf den eine kurze Nachricht gekritzelt war:

Für geleistete Dienste. Ich bin sicher, ihr hättet nichts dagegen gehabt, aber warum einen Streit riskieren? Beste Grüße an die werte Freundin. Der Herr wird für euch sorgen.

Greville fühlte sich wie ein elender Trottel und ärgerte sich zur gleichen Zeit. Liz aber fing an zu lachen.

„Herrgott noch mal!" sagte sie hilflos. „Dem Klerus kann man einfach nicht vertrauen... Weißt du was, Greville? Ich glaube, das ist ein Transie nach meinem Geschmack."

Und plötzlich lachte Greville auch.

10

Die Verzögerung durch die Begegnung mit Nibs und seiner Bande und durch die zusätzliche Zeit, die Liz für ihr Bad gebraucht hatte, machte es Greville unmöglich, den Heimweg nach Ambergreave und zu seinem Haus vor Einbruch der Dunkelheit zu schaffen. Nachdem sie sich beide von der hastigen Abreise von Pater Jack erholt hatten, machte es Greville Liz in dem Wagen bequem, setzte sich selbst hinter das Steuer und warf den Motor an.

„Jetzt halten wir nicht mehr an", sagte er grimmig. „Für niemanden und nichts."

„Was ist, wenn jemand die gleiche Idee hat wie diese schlauen kleinen Saukerle?"

„Wir halten nicht an. Wir fahren darum herum oder hindurch. Wenn wir das beides nicht schaffen, ist es mit uns so oder so aus. Zwei Schrotgewehre sind kein besonders großes Arsenal." Er setzte das Auto in Bewegung, warf noch einen schnellen letzten

Blick zur *Anglers Ruh* und fuhr dann in den Spuren los, die Pater Jacks Landrover in die verkrautete Straße geschnitten hatte. Er dachte, wenn er Gas geben würde, hätte er eine gute Chance, den Landrover ziemlich bald einzuholen. Er hatte aber keine Lust, ihn einzuholen. Was Pater Jack sich auch genommen hatte, er hatte es verdient.

Also ließ Greville seinen Lieferwagen in mäßiger Geschwindigkeit fahren und war zutiefst dankbar, daß Liz und er noch am Leben waren. Nach einiger Zeit stellte er erfreut fest, daß Liz eingenickt war. Sie lag wie ein kleines Mädchen, das nach einem großen Fest übermüdet ist, auf ihrem Sitz.

Und was für ein Fest, dachte Greville. Es war ein Bombenerfolg gewesen. Er fing an zu schwitzen, als er daran dachte, wie knapp sie beide einem dummen – und erbärmlichen – Ende entkommen waren. Auf der anderen Seite, dachte er, ist jeder Tod erbärmlich. Man konnte an Krebs sterben, an einem Unfall, an Altersschwäche, Fettsucht, Alkoholismus (wenn man Glück hatte), Hunger, Blinddarmentzündung, Ratten, Katzen, Hunden, Krankheiten oder an Kugeln. Was es auch immer war, es war dumm und erbärmlich – ungefähr so dumm und erbärmlich wie das Leben.

Die Straße glitt an ihm vorbei. Die Sonne senkte sich langsam zur Grenze der westlichen Welt herab. Der Lieferwagen passierte ohne Belästigung kleine, langgestreckte Dörfer. Greville war über Vorsichtsmaßnahmen hinaus. Er war der totalen Katastrophe zu nahe gewesen, um noch viel Angst vor der Zukunft zu haben. Verdammt noch mal, wenn etwas geschehen würde, dann würde es eben geschehen. Warum also sollte er sich die Hosen vollmachen vor Angst davor. *Que sera, sera*...

Bald darauf wachte Liz auf.

„Tut mir leid“, sagte sie.

„Nicht nötig. Ein bißchen Ruhe hast du gebraucht.“

„Nicht deshalb. Weil du mich am Hals hast. Ich bringe dir mehr Schwierigkeiten, als ich wert bin. Wenn ich das Britische Museum oder die Festival Hall nicht hätte sehen wollen, dann wäre für dich vielleicht alles klargegangen.“

„Wenn du auf der Chelsea-Brücke nicht in Schwierigkeiten gekommen wärst“, meinte Greville trocken, „dann wäre der Tag vielleicht eine ganze Ecke langweiliger geworden. Auf der anderen Seite wäre ich vielleicht jetzt tot. Wer zum Teufel weiß das schon?“

„Trotzdem“, sagte Liz, streckte sich und zuckte zusammen, „ich möchte dir sagen, daß es mir leid tut.“

„Deine Entschuldigung ist notiert.“ Er lächelte. „Wahrscheinlich wird sie gegen dich verwertet werden.“

„Wo sind wir?“

„Ungefähr vierzig Meilen von der Sicherheit entfernt. Wir müssen noch durch ein paar Dörfer und durch eine kleine Stadt namens Thetford. Wenn wir das überleben, haben wir eine reelle Chance, den morgigen Tag zu erleben.“

„Ich weiß noch nicht einmal, ob ich den morgigen Tag überhaupt erleben will.“

„Du willst. Das ist ja die Schwierigkeit. Das wollen wir alle. Das gehört zu dem alten genetischen Programm. Als Gott die Welt erschaffen hat, hat er sie mit Deppen angefüllt und gesagt: ‚Jetzt hört mal zu, Jungs, es kommt nicht vor allem darauf an, große Lyrik zu schreiben, große Symphonien zu komponieren oder Bilder zu malen, die die Leute zum Weinen bringen. Es kommt vor allem darauf an, bis morgen zu leben, weil du nämlich dann dein Bestes tun mußt, um dir gegen ein anderes armes Schwein einen Vorteil zu verschaffen. Wenn du es ihm nämlich nicht besorgst, dann wird er, so sicher, wie ich das Firmament hier zusammengestoppelt habe, es dir zuerst besorgen, und er wird alles daran setzen, was er hat.“

Liz fing an zu lachen.

„Greville“, sagte sie, „meiner Ansicht nach bist du so ziemlich der Größte. Du hast mich den Hunden geklaut, du hast jemandem die Schuhe abgeleckt, um mir eine Chance zum Überleben zu geben, du schmierst mir Kindercreme auf die Beine – und verlierst dabei die Hälfte von deinem Kram –, und trotzdem läßt du mich noch bei dir im Auto mitfahren und versuchst mich bei Laune zu halten. Ist dir klar, daß du mir mein Vertrauen in die menschliche Natur zerstörst?“

„Genau das habe ich vor“, gab Greville zurück. „Im Grunde meines Herzens bin ich ein Sadist.“

Die Sonne glitt sanft über den Horizont. Die Dämmerung, die folgte, war kaum hell genug, um dabei zu fahren, aber das paßte Greville ins Programm. Er schaltete die Scheinwerfer des Autos nicht an, sondern verlangsamte seine Geschwindigkeit bis auf ungefähr zwanzig Meilen in der Stunde und blieb im dritten Gang. Er hoffte, durch Thetford – den letzten echten Gefahrenpunkt vor Ambergreave – so unauffällig wie möglich hindurchzukommen.

Als sie den Stadtrand erreichten, war die jetzt türkis gefärbte Eierschale des Himmels mit Sternen bedeckt. Grevilles Augen waren von dem ständigen genauen Schauen durch die Windschutzscheibe ermüdet, aber sie waren nicht so ermüdet, daß sie das Flackern einer Öllaterne übersehen hätten, die in etwa hundert Yards Entfernung kurz an der Straße aufgeblitzt war.

Das ist der typische nächtliche Hinterhalt, dachte er. Jemand würde auf das Motorengeräusch von Autos lauschen, jemand anders würde die Sperre organisieren, und zweifellos wäre eine kleine Streitmacht von transnormalen Bürgern bereit zuzuschlagen, wenn zu erwarten war, daß der Überfall ohne große Verluste vonstatten ging.

„Halte das Schrotgewehr aus dem Fenster an der Seite“, sagte Greville. „Schieß nicht, bevor ich es dir sage, und schieß nur auf Lichter.“

Im selben Augenblick, als sie den Suchscheinwerfer auf ihn richteten, schaltete Greville seine Scheinwerfer ein. Die Straßensperre war ziemlich dürftig – nur ein Anhänger von einem Bauernhof. Außerdem war an der rechten Seite noch ein breiter Grasstreifen; und wenn er genau auf die drei Männer zufuhr, die im Schein seiner Lichter auf dem Gras standen, hatte er eine gute Chance durchzukommen.

„Jetzt!“ brüllte er.

Der erste Lauf hatte nichts als einen entfernt menschlich klingenden Schrei zur Folge, aber bei ihrem zweiten Versuch hatte Liz mehr Glück. Der Suchscheinwerfer erlosch.

Greville trat das Gaspedal ganz durch und fuhr genau auf die drei Männer zu. Sie fingen an zu schießen, aber die Autoscheinwerfer mußten sie beim Zielen gestört haben. Der Lieferwagen schwankte gefährlich, als er auf die Grasnarbe kam. Dann kam ein schwerer Schlag und eine Erschütterung, als sie zumindest einen von ihnen erwischten. Dann waren sie hindurch.

Um die Sache abzurunden, feuerte Liz noch zwei Schüsse nach hinten, aber sie trafen wahrscheinlich nichts. Von da an herrschte wieder Dunkelheit. Greville schaltete sofort seine Scheinwerfer wieder aus und fand den Weg zur Straße zurück fast instinktiv.

„Jetzt dauert es nicht mehr lange", sagte er. „Vorausgesetzt, wir kommen in einem Stück durch die Stadt. Hier in diesem Teil der Welt ist es noch nicht ganz so schlimm, und die Leute sind noch nicht ganz und gar verzweifelt. Die wirkliche Gefahr droht nicht von den ortsansässigen Leuten, sondern von den Nomaden."

„Die Straßensperre sah aber wie eine ortsansässige Sache aus", bemerkte Liz.

„War sie auch. Aber sie haben es nicht ernsthaft versucht, und außerdem hatten sie nicht viel Erfahrung, sonst wären wir nicht hier."

Liz gähnte. „Du erfüllst mich beinahe mit Optimismus."

Er lachte grimmig. „Manchmal überzeuge ich mich sogar selbst."

Sie kamen ohne weitere Schwierigkeiten durch Thetford. Greville war nun in seinem Revier und kannte sich gut genug aus, um durch die engen Straßen so schnell fahren zu können, daß die Gefahr eines Überfalls nicht mehr drohte. Das einzige, was sie noch zu befürchten hatten, war eine vorbereitete Straßensperre; glücklicherweise trafen sie auf keine.

Als sie die Stadt hinter sich gelassen hatten, schaltete er wieder die Scheinwerfer an, und Liz sah, daß sie auf einer glatten, geraden Straße fuhren, an deren Seiten hohe Bäume standen.

„Thetford Chase", sagte Greville. „Das war früher mal ein Nationalpark oder so was. Es gibt hier unheimlich viele Rehe. Irgendwann nehme ich dich mal mit auf die Jagd."

„Es lebe das Landleben."
„Es hat einiges für sich."
Ein paar Minuten später kamen sie in das Dorf Ambergreave. Greville drückte lange auf die Hupe. Liz wurde aus ihrem Halbschlaf aufgeschreckt.
„Warum hast du das denn jetzt gemacht, zum Teufel?"
„Ein lokales Signal", erklärte Greville. „Hat doch keinen Sinn, sinnlos Schüsse zu riskieren. Es besteht immerhin die Möglichkeit, daß jemand in Versuchung kommt."
Liz war überrascht.
„Meinst du damit, sie greifen dich nur deshalb nicht an, weil du hier in der Gegend wohnst?"
„Das ist keine eherne Regel. Aber wie ich dir schon gesagt habe, sind wir hier in der Gegend noch nicht ganz bis zum Kannibalismus zurückgesunken."
Ambergreave war ein langgestrecktes Dorf. Sie brauchten für die Durchfahrt länger als für die Fahrt durch die Stadt Thetford, und das Dorf wirkte völlig verlassen. Kurz darauf bog der Lieferwagen von der befestigten Straße ab. Greville schaltete herunter in den zweiten Gang und fuhr mit dem Auto vorsichtig über einen schmalen, holprigen Weg, der bald breiter wurde und leicht zum Ambergreave-See abfiel, einer großen Wasserfläche, ruhig wie ein Spiegel, in dem sich der Mond wie eine gelbe Laterne spiegelte.
Greville fuhr am Seeufer entlang bis zu einem kleinen Anlegesteg, an dem er das Auto anhielt und den Motor abschaltete. Die Scheinwerfer aber ließ er an, und Liz sah, daß sie ein kleines Ruderboot beleuchteten.
Sie stieg aus dem Auto aus, streckte sich vorsichtig und sah Greville zu, wie er zu dem Boot hinunterging. Er legte sich bäuchlings auf den Steg und steckte seine Arme in das Wasser. Er tastete offensichtlich nach etwas an der Seite des Boots.
„Was machst du denn da?"
„Ich entschärfe unser Transportmittel", gab er lakonisch zurück.
Kurz darauf stand er wieder auf und zeigte ihr seine Hände. Er

hielt in jeder eine Handgranate, und von jeder hing ein langer Draht, der sie beide verband.

„Wenn uns jemand besuchen will“, erklärte er, „dann muß er das Boot benutzen. In diesem Fall jagt er sich in die Luft.“

Liz sah über das Wasser zu dem schemenhaft erkennbaren Stück Land, auf dem Grevilles Haus stand.

„Wie schön, auf einer Insel zu leben“, sagte sie.

„Tun wir das nicht alle?“ sagte Greville. „Es gab mal einen Burschen namens John Donne, der hat Gedichte geschrieben und viel nachgedacht. Er war aber ein Irrer. Ein echter Irrer. Er litt unter Größenwahn... Ja, ja, der arme alte Donne war verrückt – ein richtiger Transie.“ Er verstaute die Granaten im Wagen, schaltete die Scheinwerfer aus und schloß die Türen ab. „Das ist doch die Schwierigkeit, daß jeder auf einer Insel lebt und daß keiner weiß, wie man Ruderboote baut... Jetzt komm her und setz dich hier hinten hinein, ich rudere dich nach Hause – ganz genauso, wie sie es früher immer in romantischen Filmen gemacht haben.“

Liz stieg in das Boot und setzte sich hin. „Es wäre schön, wenn man wieder ins Kino gehen könnte“, sagte sie wehmütig.

Greville nahm die Ruder, legte ab und lachte plötzlich.

„Was findest du denn so witzig?“

„Mir ist gerade eingefallen“, sagte Greville, „daß mindestens neunzig Prozent aller Filmstars überlebt haben müssen – eine Zeitlang zumindest. Daraus kann man ersehen, daß Gott – wenn es einen Gott gibt – einen köstlichen Sinn für Humor haben muß.“

11

Von außen und im Mondlicht sah Grevilles Refugium wie eine mißglückte Mischung aus einem heidnischen Tempel im Kleinformat und einer viktorianischen Bedürfnisanstalt aus. Eine breite Treppenflucht führte zu einem kleinen Vorbau, der auf beiden Seiten von winzigen Marmorsäulen begrenzt war. Die gesamte

Vorderfront war mit Blöcken aus irgendeinem Stein besetzt; die Seiten und die Rückfront aber waren, wie Liz später entdecken sollte, aus ganz normalen Suffolk-Backsteinen gemauert und hatten völlig normale Fenster. Das steil abfallende Dach war mit Spezialziegeln gedeckt, die dem Ganzen einen leicht japanischen Eindruck gaben, der noch zu seiner ohnehin gemischten Herkunft dazukam.

Greville band das Boot an und führte Liz die breiten Stufen zu der massiven Doppeltür am Eingang hinauf – ein Ding aus Eiche mit Nägeln und Schmiedeeisenbeschlägen. Er drückte sie auf, tastete an der Innenwand entlang und drückte einen Schalter herab.

Die elektrische Beleuchtung ging an, und von irgendwo kam das gedämpfte Geräusch eines Generators, der automatisch ansprang.

„Es ist wunderbar“, sagte Liz und schaute sich das elektrische Licht und das unaufgeräumte, aber bequeme Zimmer an, das es beleuchtete.

„Es ist das, was passiert, wenn ein englischer Landedelmann einen Akropolis-Komplex mit Pagoden-Komplikationen bekommt“, bemerkte Greville trocken. „Laß uns um Himmels willen ins Bett gehen. Das war heute ein ganz ordentlicher Tag ... willst du erst noch was essen?“

„Das einzige, was ich im Moment will“, sagte Liz, „ist Bewußtlosigkeit.“

„Die bekommst du umsonst.“

Das Schlafzimmer war ein kleiner, stickiger Raum, der am hinteren Ende des Wohnzimmers lag. Es sah aus, als hätte sich dies jemand im Nachhinein überlegt – wie es auch der Fall war –, was auch für die winzige Küche galt. Das Schlafzimmer enthielt nichts als ein großes Bett, eine Kommode und einen dicken Teppich, der dem langweiligen Backsteinboden einen Hauch von Luxus und Dekadenz verlieh.

„Wenn du pinkeln oder größere Geschäfte erledigen willst“, sagte Greville, „mußt du schon hinausgehen. Direkt bei der Küchentür ist so eine Art Toilette.“

„Ich will überhaupt nichts erledigen", gähnte Liz, „nur schlafen. Für heute reicht es mir voll und ganz ... Schlafen wir zusammen?"

„Es ist nur ein Bett da", erinnerte sie Greville. „Wenn du den Boden vorziehst, kannst du ihn haben."

„Das nicht, aber auf der anderen Seite glaube ich nicht, daß ich heute abend zum Bumsen in der Lage wäre ... Nicht", fügte sie hastig hinzu, „daß ich hier etwas vorschlagen würde. Es ist nur so, daß ich noch zu wund bin, um darauf auch nur die geringste Lust zu verspüren."

„Du enttäuschst mich", sagte Greville. „Wo ich doch gerade in der richtigen Stimmung für eine Sex-Orgie die ganze Nacht lang bin. Jetzt sei ruhig und leg dich ins Bett."

Er ging aus dem Schlafzimmer und verriegelte die Außentür, kam zurück und verriegelte die Schlafzimmertür. Liz zog sich ihre wenigen Kleider aus. Greville tat das gleiche. Er sah sie nicht an.

„Leg dich ins Bett. Ich mache das Licht aus."

Sie legte sich in das Bett und erwartete ihn. Greville zog sich die Schuhe aus, schaltete das Licht aus und legte sich zu ihr. Plötzlich herrschte Stille, als der Generator aufhörte, Elektrizität zu produzieren.

Eine Zeitlang lagen sie nebeneinander, berührten sich nicht, beide nackt, beide in vollem Bewußtsein der Nähe des anderen. Die Dunkelheit und die Stille waren absolut. Sie waren zwei Kinder, allein im Kosmos, und da war niemand, der sie trösten konnte, als sie selber.

Obwohl Greville todmüde war, bemerkte er, daß er nicht einschlafen konnte. Liz ging es ebenso. Sie waren sich zu nahe, um sich entspannen zu können – zu nahe und doch zu weit entfernt.

„Greville", flüsterte Liz schließlich, „wenn du Lust hast, werde ich schon damit fertig, glaube ich."

„Sei ruhig und schlaf. Ich will überhaupt nichts."

Liz lächelte in der Dunkelheit. „Jeder will etwas. Wenn das nicht so wäre, würde man einfach sterben ... Was willst du?"

„Frieden", sagte Greville.

„Und den findest du allein nicht."

„Woher weißt du das?“

„Ich hab’s versucht. Wenn ich glauben würde, daß ich ihn allein finden würde, dann hätte ich mir um Jane keine Gedanken gemacht.“

„Jane ist mir scheißegal.“

„Ich weiß.“

„Du bist mir auch scheißegal.“

„Lügner! Als Person vielleicht. Aber du willst, daß ich von dir abhängig bin.“

„Rede kein dummes Zeug. Du bist nur eine beschissene Komplikation.“

Liz wälzte sich an ihn heran.

„Wahrscheinlich ist es genau das, was du brauchst. Ich möchte wetten, daß du schon ganz schön lange nach einer beschissenen Komplikation gesucht hast.“

Greville schlug in der Dunkelheit nach ihr. „Du bist noch verrückter als die meisten“, sagte er schwer. „Du stellst dein Glück gern auf die Probe.“

Ihr Gesicht brannte, aber Liz drehte sich nicht weg. Die Tränen liefen lautlos an ihrem Gesicht herunter, und sie hielt ihre Stimme ruhig, so daß Greville nichts davon bemerken konnte.

„Ich habe also recht“, murmelte sie. „Macht dir das Angst, daß es noch jemand weiß?“

Greville schlug sie wieder. „Jetzt halt endlich deinen Mund und schlaf. Denk dran, daß du nicht mehr die Polizei rufen kannst. Ich kann mit dir machen, was ich will.“

„Gute Nacht“, sagte Liz.

„Gute Nacht.“

Keiner von beiden schlief ein. Mehr als eine Stunde lang wälzte sich Greville hin und her, um, wie er dachte, eine bequeme Stellung zu finden. Liz lag nur mit weit geöffneten Augen in der Dunkelheit und wartete.

Schließlich packte er sie grob. Es gab kein Vorspiel. „Geschieht dir recht, nicht wahr?“ brüllte er sie an. „Das ist doch alles, was du willst, auf dem Rücken zu liegen und die Beine breit zu machen.“

Er mußte sie aber umdrehen und ihre Beine selbst auseinanderzwängen.

Liz sagte nichts. Es gab nichts zu sagen. Außerdem war es sehr schmerzhaft, und sie hatte das Gefühl, daß sie, wenn sie ihre Stimme überhaupt gebrauchen würde, schreien oder weinen würde.

Glücklicherweise brauchte Greville nicht lange, bis er zum Höhepunkt kam. Und als er fertig war, als sein Körper schlaff und entspannt wurde, als Liz wußte, daß sie den Wunsch zum Schreien unterdrückt hatte, nahm sie ihn in die Arme und drückte seinen Kopf an ihre Brust, als sei er ein kleines Kind. Sie beruhigte ihn und flüsterte ihm bedeutungslose Worte zu. Und so lagen sie beieinander – beide müde und einsam und verloren –, bis der Tag kam.

12

Der Tag war äußerst ungewöhnlich: Es regnete von der Dämmerung bis abends nach Einbruch der Dunkelheit. Später fand Greville heraus, daß er sich nicht mehr daran erinnern konnte, ob es Monate oder Jahre her war, seit es zum letztenmal den ganzen Tag geregnet hatte.

Er lag neben Liz im Bett auf dem Rücken und beobachtete voller Freude die Regentropfen, die in dem grauen Morgen am Fenster herabliefen.

Er konzentrierte sich und versuchte sich daran zu erinnern, was er während des letzten Regengusses getan hatte. Die Erinnerung wollte sich nicht einstellen, und weil sie sich nicht einstellen wollte, ärgerte er sich. Es ärgerte ihn noch den ganzen nächsten Tag; denn als der Regen keinerlei Anzeichen zeigte nachzulassen, wurde ihm klar, daß es eine besondere Gelegenheit war. Es mußte auch noch andere ähnliche Anlässe gegeben haben, aber sie waren im Nebel anderer transnormaler Ereignisse in einer völlig transnormalen Welt verloren. Die Tatsache, daß er sich nicht daran erinnern konnte, wann es das letzte Mal den ganzen Tag geregnet hatte, war es letzten Endes, die ihn dazu brachte, ein Tagebuch anzufangen.

In der Zwischenzeit aber lag er im Bett und sah sich die Muster an, die der Regen auf die Fensterscheiben malte, und er fragte sich vielleicht zum zehntausendstenmal, warum er noch am Leben war.

Er sah zu Liz hinüber und betrachtete ihr Gesicht in dem grauen Licht – ein Gesicht ohne Sorgen und Falten, durch die Zeit eingefroren. Das Gesicht eines Kindes. Eines toten Kindes... In ihm war etwas, das wollte weinen...

Liz rührte sich. Das Kind stand als Frau wieder auf.

„Tut mir leid wegen gestern abend", sagte er. „Es muß dir weh getan haben."

„Nicht sehr. Außerdem bin ich ja zur Zeit dein Eigentum. Du kannst machen, was du willst, oder?" Die Worte waren hart, aber die Stimme war weich. Liz hatte das Gefühl, als stelle sie nur eine Tatsache fest.

Die Feststellung löste jedoch in Greville eine innere Explosion aus.

„Niemand gehört irgend jemandem", fuhr er sie an. „Und du ganz besonders nicht – du bist nicht mein Eigentum. Wenn du also diese Haustiermentalität ablegen könntest, dann stehen wir jetzt auf und kümmern uns um das Frühstück."

Liz blieb ungerührt. „Woher hast du die Narbe auf deinem Bauch da?"

„Das ist eine alte Bajonettwunde. Die einzige Methode, wie ich aus einem Kohlenbergwerk herauskommen konnte, war, mich tot zu stellen. Jemand hat in mich hineingestochen, um ganz sicherzugehen. Seine Methode hat nicht gewirkt... Also, Frühstück."

Es war ein fürstliches Frühstück. Greville gelang es, Schinken, Eier und selbstgemachtes Brot aufzutreiben. Er hatte sogar noch ein Glas Kaffee-Extrakt.

Liz war entzückt. „Wo hast du denn das ganze Zeug her?"

„Ich habe Verbindungen", sagte er kurz. „Ich habe dir doch gesagt, daß die Lage in diesem Teil der Welt noch nicht gar so schlimm ist."

Sehr zu seiner Überraschung kam der Regen noch immer mit unverminderter Stärke herab, als das Frühstück fertig war.

„Was möchtest du heute machen?“ fragte er.

„Nicht viel.“

„Das paßt mir ausgezeichnet. Ich habe noch ein oder zwei Dinge zu erledigen, aber dazu brauche ich nicht lange. Während ich damit beschäftigt bin, kannst du das Haus aufräumen.“

Er zog sich Ölzeug an und ging hinaus, um die sechs Hühner zu füttern, die er gefangen und halbwegs gezähmt hatte. Als er das erledigt hatte, goß er mit geiziger Vorsicht etwas Benzin in den Tank seines Generators. Dann füllte er die Autobatterien nach, die für sein Licht sorgten.

Als er in das Haus zurückkam, war das Bett gemacht und das Geschirr gespült. Liz hatte herausbekommen, wie die Zweitaktpumpe in der Küche zu bedienen war.

„Sparsam mit dem Spülmittel“, warnte Greville, als er die Reste ihrer Tätigkeit im Ablauf sah. „Das gehört zu den Dingen, die sehr schwer zu bekommen sind!“

Es regnete noch immer, und er wußte nicht, was er tun sollte. Wenn er allein gewesen wäre, dann wäre die Antwort einfach gewesen. Er hätte sich in ein Buch vertieft und wäre damit zufrieden gewesen, bis der Hunger ihn davon löste. Greville mochte Bücher sehr. Die Bücher von anderen Leuten. Bücher, die er selbst gern geschrieben hätte. Er las sie mit Begeisterung, Vergnügen, Abscheu, Schuldgefühlen, Wonne, Ungeduld und Neid. Ganz gleich, ob sie gut, schlecht oder mittelmäßig waren, er las sie immer mit Neid, denn sie waren die Kinder, die er nie gehabt hatte.

Hauptsächlich las er Romane – Geschichten aus einer Welt, von der man jetzt glauben konnte, sie hätte nie existiert. Sein bestgehaßtes Buch war ein altmodischer Roman namens *Platz an der Spitze*. Er hatte irgendwie das Gefühl, daß es so etwas wie ein fotografisches Negativ von manchen Aspekten seines früheren Lebens war, so wie er es früher geführt hatte. Ein Negativ deshalb, weil er eigentlich niemals den Platz an der Spitze wirklich gewollt hatte. Pauline aber hatte ihn gewollt, und so hatte er sich eine Zeitlang als ehrgeiziger Aufsteiger verkleidet.

Greville hortete und suchte Bücher auf die gleiche Art, wie manche Transies noch immer Geld suchten und horteten. Keines von beiden, dachte er, würden in einer transnormalen Welt viel nützen. Das Bedürfnis jedoch war zwanghaft. Außerdem waren Bücher fast so gut wie Cognac. Sie boten eine Fluchtmöglichkeit an, und bei ihnen war der Kater nicht ganz so schlimm. Außerdem waren sie erheblich leichter als Cognac zu finden. Schon bald würde der Cognac ausgehen, aber der Nachschub an Büchern war noch für eine lange Zeit gesichert. Nur die Ratten fraßen sie; und obwohl sie zum Feuermachen ganz gut waren, taugten sie als Brennstoff nicht viel...

Greville war versucht, Liz zu ignorieren und es sich mit einem Buch gemütlich zu machen, sie zu behandeln, als sei sie nicht da. Der einzige Haken an dieser Taktik war das letztere. Er konnte sie nicht so behandeln, als sei sie nicht da. Er hatte lange genug allein gelebt, um die Anwesenheit von jemand anderem genau und schmerzhaft zu spüren. Außerdem hatte er eigentlich zu der Anzahl ihrer gestrigen Vergewaltigungen selbst noch eine beigesteuert.

„Ich zeige dir wohl besser, wo alles ist“, sagte er schließlich. „Dann brauchst du nicht wegen jeder Kleinigkeit zu mir gelaufen zu kommen.“

Die Speisekammer hatte Liz schon entdeckt. Sie war erstaunlich gut mit Konserven, Schinken, Eiern und sogar frischer Butter ausgestattet.

Greville führte Liz in das Wohnzimmer, warf einen Teppich zurück und hob eine Falltür an.

„Der Weinkeller eines gewissen Augustus Rowley, Träumer, Philosoph und Literat“, verkündete er.

Liz lachte. „Der an Müdigkeit und tiefer Melancholie gestorben ist.“

Greville war überrascht. „Wer hat dir das gesagt?“

„Du selbst – gestern morgen, als wir bei Cleopatra's Needle

gefrühstückt haben ... Eigentlich komisch. Das scheint schon jetzt ein Jahr her zu sein."

Seltsamerweise erinnerte sich Greville nicht daran, aber er freute sich darüber, daß sie sich noch daran erinnerte. „Zeit ist subjektiv", sagte er trocken. „Ich hätte gedacht, daß du sie als ‚verschiedene Nummern her' definiert hättest."

„Ich dachte, du hast es nicht gern, wenn du mit mir über das Bumsen sprichst."

„Da hast du auch wieder recht. Jetzt komm und schau dir an, was es da im Keller alles gibt."

Im Keller gab es eine bunte Mischung von Vorräten, die Greville geduldig und manchmal unter größter Gefahr in einer langen Zeit angesammelt hatte. Da waren Stapel von Konservendosen – meistens Suppe, Gemüse und Obst, aber auch einige Büchsen Corned Beef.

Außerdem waren da noch zwei fünfundvierziger Revolver, ein kleiner 38er und eine uralte 303er-Flinte sowie Kisten voll Munition. Da gab es auch mehrere Handgranaten und einen Stapel von vielleicht dreißig Fünf-Gallonen-Kanistern Benzin und ein sehr großes Faß Heizöl. Da gab es Hosen und Jacken von verschiedenen Mustern und Größen, Hemden, Schuhe, Socken, Bierflaschen, Wein, Schnaps, Rattenfallen, eine Dose Strychnin, ein kleines astronomisches Fernrohr, Baumwollfäden in Ballen, Wollknäuel, einige Ballen bedruckten Stoffs, noch mehr Bücher, ein Erster-Hilfe-Kasten und eine Flasche Chloroform, ein Sack Kartoffeln (die zum Teil schon keimten), eine Kiste voll Seife und ein paar Blechschachteln voll Zigaretten.

„Das ist wunderbar", seufzte Liz und schaute sich die Schätze an. „Da hast du bestimmt ganz schön Mühe gehabt, bis du das alles zusammen hattest."

„Die Eichhörnchenmentalität", sagte Greville. „Du wirst es nicht glauben, aber das einzige, wofür ich jemanden erschießen mußte, war das Fernrohr. Ich habe es aus den Resten eines Trödelladens in Norwich herausgeholt. Ein alter Mann hat mich gesehen und sofort mit einem Schrotgewehr losgeballert. Ich konnte aus dem Laden nicht raus, wenn ich nicht zurückschoß. Er hat mich erwischt, und das hat so weh getan, und ich bin so wütend geworden, daß ich ihm beinahe den Kopf heruntergeschossen hätte ... Weißt du, Leute sterben für die komischsten Sachen. Der Witz dabei ist, daß ich das Fernrohr eigentlich überhaupt nicht gewollt habe. Das war nur noch eine Sache mehr, die zu schleppen war."

„Hast du es schon einmal benutzt?" fragte sie.

„Nein."

„Dann benutzen wir es mal eines Nachts, wenn der Himmel klar ist. Du baust es auf, und ich kann mir den Mond ansehen."

„Wozu denn, um Himmels willen?"

„Damit der alte Mann in Norwich nicht umsonst gestorben ist", sagte sie einfach.

Sie brauchten nicht lange, um die Besichtigungstour durch Grevilles Haus abzuschließen. Liz sah sich seine Bücher an, und dann entdeckte sie seine große Schallplattensammlung und den Zwölf-Volt-Plattenspieler, der auf einer seiner früheren Plünderungsexpeditionen zu den größten Erfolgen gezählt hatte.

„Funktioniert der wirklich?" fragte sie und strich mit sichtlichem Vergnügen darüber.

„Probier's doch mal aus."

Liz suchte sich eine Platte von Strauß aus – den Kaiserwalzer –, und die Musik schien das kleine Haus zu erfüllen und für eine kurze Zeit die Gegenwart, Transnormalität und all die bitteren Erinnerungen der letzten Jahre daraus zu vertreiben. Nach Strauß versuchte sie noch eine weitere Platte, dieses Mal ein Lied, das ihr aus ihrer Kindheit einfiel. Der Name der Sängerin, Marlene Dietrich, bedeutete für Liz nichts; aber das Lied *Sag mir, wo die Blumen sind* füllte ihre Augen mit Tränen.

Greville blieb ungerührt – oder zumindest sah er so aus, als bliebe er ungerührt. Er wollte nicht, daß Liz von ihm glaubte, er würde auf diesen sentimentalen Unsinn ohne weiteres hereinfallen.

Der Morgen schritt voran. Sie bekamen beide Hunger. Weil es

zu naß war, um hinauszugehen und etwas zu schießen, und weil in der Speisekammer kein frisches Fleisch oder Gemüse war, erlaubte sich Greville den Luxus und machte Büchsen auf.

Zum Essen gab es Suppe, gebackene Bohnen und Ananas, und weil es irgendwie ein besonderer Tag war, wurde Greville wirklich verschwenderisch und machte eine Flasche *Asti Spumante* auf.

Der Wein entspannte sie. Greville gähnte, sah durch das Fenster in den tiefhängenden grauen Himmel und den glatten Regenvorhang. Es faszinierte ihn.

„Ein Regentropfen", sagte er plötzlich und zu seiner eigenen Verblüffung, „ist wie eine Kathedrale aus Glas. Das ist ein Ort zum Beten. Man müßte klein genug sein, da hineinzugehen und in flüssigen Gebeten zu ertrinken."

„Regentropfen fallen", erinnerte ihn Liz. „Sie werden zerstört."

Greville schluckte und schüttelte den Kopf. „Sie verändern sich, das ist alles. Sie kommen irgendwie wieder zurück ins Meer und dann wieder in den Himmel ... Ewige Bewegung ... Ewiges Gebet ... Komm, wir gehen ins Bett. Ich bin müde."

Eine Spur von Angst huschte über Liz' Gesicht. Sie erinnerte sich daran, wie wund sie noch zwischen den Beinen war, und außerdem erinnerte sie sich an die letzte Nacht.

Greville lachte. „Nicht dafür", sagte er. „Wir sind ganz keusche kleine Kinder und machen unseren Mittagsschlaf. Verdammt noch mal, was sollen wir denn sonst tun? Wir können doch nicht rausgehen und die Welt retten."

„Zuerst räume ich den Tisch ab", sagte Liz.

„Du kommst ins Bett. Hausfrauliche Tüchtigkeit paßt nicht zu dir."

„Soll ich mich ausziehen?"

„Mach doch, was du willst. Ich auf jeden Fall ziehe mich aus. Es gefällt mir besser so."

„Können wir noch ein bißchen Musik hören?"

„Nein. Ich will schlafen."

„Na gut", sagte Liz und schaute sehnsüchtig auf den Plattenspieler. „Ich schätze, dazu haben wir noch Zeit genug."

Greville tat so, als sei er verärgert. „Na gut, dann lege irgendeine blöde Musik auf, wenn du das willst. Mach es aber nicht so laut.“

Während Liz sich auszog, sah sie sich die Schallplatten an. Sie fand die Italienische Symphonie und legte sie auf. Dann ging sie in das Schlafzimmer. Greville hatte seine Augen schon geschlossen. Als sie sich jedoch ins Bett legte, legte er ihr eine Hand auf die Brust und ließ sie dort leicht ruhen.

„Vielleicht ist es ganz gut, daß ich dich nicht den Hunden überlassen habe“, murmelte er schläfrig. „Es besteht immerhin die Möglichkeit, daß du mir beibringst, wie man menschlich werden könnte.“

Liz sagte nichts. Sie hatte sich in der seltsam traurigen Beschwingtheit Mendelssohns verloren. Sie wollte der Musik nicht so sehr zuhören, sondern sie wollte sie einatmen und sich mit jedem Atemzug tiefer in das Meer der Körperlosigkeit versenken.

Lange bevor die Musik zu Ende war, hatte sie sich in Morpheus' Arme begeben. Greville ging es genauso. Trotz des Regens und ihrer Nähe schliefen sie beide tief. Greville wachte als erster auf. Es wurde bereits dunkel. Er schaute Liz in dem Zwielicht an und hatte plötzlich aus einem Grund, den er nicht verstand, Angst. Er hatte den Wunsch, sie zu töten oder vor ihr wegzulaufen – oder beides. Seine Hand lag noch auf ihrer Brust; aber der Impuls, sie hochgleiten und sich um ihren Hals verkrampfen zu lassen, kam plötzlich und übermächtig. Er versuchte, ihn unter Kontrolle zu bringen, aber es gelang ihm nicht.

Die Hand schien über einen eigenen Willen zu verfügen und setzte sich in Bewegung.

Liz wachte auf. Sie sah ihn an. Die Hand hatte ihren Hals schon erreicht.

„Es ist gleich“, sagte sie leise. „Du kannst machen, was du willst.“ In ihrer Stimme war keine Furcht.

Greville lachte unsicher. Der Bann war gebrochen. „Es regnet immer noch“, sagte er. „Um nichts in der Welt kann ich mich erinnern, wann es das letzte Mal so lange geregnet hat... Komm, stehen wir auf.“

13

Greville machte die erste Eintragung in sein Tagebuch spät an diesem Abend, als der Regen aufgehört hatte und Liz sich, nachdem sie sich in einer wahren Musikorgie satt gehört hatte, Haushaltspflichten zuwendete, das Bett machte und die Überreste eines späten Essens wegräumte. Das Tagebuch war ein altes Schulheft, das Greville in einem verlassenen Haus gefunden hatte. Auf dem Umschlag stand in ungelenker und verblaßter Schrift, daß es sich um das Englischheft eines gewissen Robert Andrew Cherry, Alter elf Jahre, handelte. Robert Andrew Cherry, der ohne Zweifel längst tot war, hatte entgegenkommenderweise auch das Datum vermerkt, an dem er sein Englischheft bekommen hatte: am dreißigsten April 1986.

Was auch immer dem Jungen geschehen sein mochte, es mußte bald nach diesem Datum geschehen sein, denn er hatte nur drei kurze Aufgaben geschafft. Davon war eine ein Aufsatz mit dem Titel *Was ich werden will, wenn ich erwachsen bin.* Dieser Aufsatz war es gewesen, der Greville dazu veranlaßt hatte, das Heft zu behalten.

„Wenn ich erwachsen bin", hatte Robert Cherry geschrieben, „möchte ich ein Mann sein, der Geschichten schreibt. Ich würde gute Geschichten schreiben. Ich würde keine Kindergeschichten schreiben. Ich würde Geschichten schreiben, die von vielen Erwachsenen gelesen werden. Dann wäre ich berühmt. Ich würde mir ein rotes Auto kaufen und ein großes Haus, und meine Frau wäre sehr stolz auf mich, weil ich berühmt bin. Ich würde Geschichten über Raumschiffe und ferne Planeten schreiben. Manche von meinen Geschichten würden verfilmt werden. Dann wäre ich reich und müßte nicht mehr arbeiten. Dann würde ich meinen Vater bei mir wohnen lassen. Er müßte im Garten arbeiten. Dann hätte er zuviel zu tun, um wegen des Todes meiner

Mutter traurig zu sein. Ich würde meinem Vater auch ein rotes Auto kaufen, aber er hat keinen Führerschein."

Greville hatte das Buch behalten, weil Robert Cherry, ohne Zweifel ein direktes oder indirektes Opfer des Schönwetterselbstmords, auch der Geist von Grevilles eigener Kindheit war. So war es früher bei ihm gewesen ...

Nun sollten die leeren Seiten von Robert Cherrys Englischheft endlich einer Bestimmung zugeführt werden. Greville überlegte sich, ob er den Aufsatz und die beiden Rechtschreibübungen, die ihm folgten, herausreißen sollte, entschied sich aber dagegen. Er drehte statt dessen das Heft um, so daß er hinten anfing.

Er suchte sich einen Stift und schrieb nach einigen Sekunden der Überlegung über die erste Seite: „Für Robert – der es besser gewußt hätte."

Dann machte er seine erste Eintragung:

„8. Juli 1995 (ungefähr). Jedenfalls Tag zwei. Gestern habe ich – völlig betrunken – ein Rendezvous mit Pauline auf der Chelsea-Brücke gehabt. Außerdem habe ich die Hunde um ein Frühstück namens Liz betrogen.

Das Mädchen kann, wie sie es ausdrückt, nichts als vögeln beziehungsweise bumsen. Darin hat sie erhebliche Erfahrung. Sie will ihre Zwillingsschwester suchen gehen; ich habe den Verdacht, daß ich mein Bestes tun werde, um sie davon abzuhalten ... Was war es doch, was dieser überschätzte Dichter einmal gesagt hat? ‚Lehr uns, zu lieben und nicht zu lieben. Lehr uns das Stillsitzen.'

Mit dem Stillsitzen, das weiß ich nicht so genau, aber den ersten Teil, den hätte ich gern. Gestern abend habe ich Liz ‚gevögelt' – zum ersten Mal überhaupt seit einer langen Zeit. Heute abend hätte ich sie beinahe umgebracht. Liz hat Leben, und vielleicht bin ich darauf neidisch. Was auch immer mit ihr geschieht, so habe ich auf jeden Fall den billigen Trost, daß sie ohne mich schon tot wäre ...

Es regnet schon den ganzen Tag. Ich kann mich nicht daran erinnern, wann es das letzte Mal den ganzen Tag geregnet hat. Das ist der Grund, warum mir im Kopf der verrückte Gedanke herumspukt, daß Geschichte verlorengeht. Meine Geschichte. Der Regen hat mir klargemacht, daß ich noch immer voller Eitelkeit stecke. Ich möchte nicht, daß meine Geschichte verlorengeht. So sieht mein Versuch aus, Unsterblichkeit zu finden – mit Hilfe des Regens und Robert Cherrys. Jetzt aber ins Bett.“

Greville ging jedoch nicht sofort ins Bett. Der Regen hatte aufgehört, der Himmel war klar und Liz mit ihrer Arbeit fertig. Sie wollte noch kurz Luft schnappen, und so führte er sie rund um die winzige Insel. Sie sahen über den See und betrachteten den matten Glanz der Sterne in einem verwaschenen Himmel. Und bevor sie in das Haus zurückgingen, küßte er sie. Er hatte sie schon gebumst. Er hatte sie schon umbringen wollen. Dieses aber war das erste Mal, daß er sie küßte. Es überraschte ihn festzustellen, daß es auf eine merkwürdige Weise schmerzte wie ein Messerstich.

Sie legten sich züchtig in das Bett und drückten sich in einer seltsam unpersönlichen Zärtlichkeit aneinander. Eine Zeitlang unterhielten sie sich mit leiser Stimme über Belanglosigkeiten, fast so, als hätten sie Angst davor, daß jemand ihnen zuhörte. Greville hatte dieser Kuß Schwierigkeiten gemacht. Die Schwierigkeiten hatten noch nicht aufgehört – also versuchte er es rein experimentell noch einmal. Und wieder waren die Schmerzen da.

Eigentlich war es nicht Schmerz, viel eher eine schreckliche Enge. Die Enge begann in seiner Brust und schien sich um seinen Körper zu schlingen, bis seine Atemzüge flach wurden und er auf seinem Kopf die Feuchtigkeit von Schweiß spürte. In der Dunkelheit begannen seine Gedanken, sich Pauline zuzuwenden. Er wollte nicht an Pauline denken, aber der Kampf dagegen war heftig und ihm bewußt; und die Enge breitete sich von seinem Körper in die Muskeln seiner Arme und Beine aus.

Liz bemerkte seine Spannung, sagte aber nichts dazu. Sie war schon mit vielen Männern zusammengewesen, die die Belastungen, denen sie sich ausgesetzt fühlten, auf viele verschiedene Arten zeigten. Sie glaubte sich stolz selbst dazu in der Lage, diese Dinge zu nehmen, wie sie kamen; und zur Zeit hatte sie Bequemlichkeit,

Sicherheit und Gesellschaft gefunden. Sie hatte das Gefühl, daß es nicht mehr gab, was man hätte verlangen können – außer wenn der Tod einmal kommen würde. Dem würde sie nicht ausweichen können, und sie hoffte nur, daß er schnell und schmerzlos sein würde.

Sie hielten sich noch immer in den Armen und versanken nach einiger Zeit in einen unruhigen Schlaf. Liz hatte Alpträume und wachte einmal schreiend auf. Sie träumte, sie säße nackt in einem großen übelriechenden Raum in einem Käfig. Sie träumte, daß ihr jemand zwischen den Stäben hindurch eßbare Brocken hereinwarf und daß man ihr eine Schale hereinreichte, aus der sie trank. Als sie jedoch trank, brannte die Flüssigkeit in ihrer Kehle. Kurz darauf ging die Tür auf, und Männer kamen in ihren Käfig. Sie waren groß und grob und schwitzten vor Lust. Sie begannen damit, Dinge mit ihr anzustellen, und das Entsetzliche dabei war, daß sie sich nicht wehren konnte. Noch entsetzlicher war, daß sie anfing, Spaß daran zu gewinnen. Sie haßte deren üblen Mundgeruch, die Grunzlaute, das Gewicht auf ihr, den plötzlichen Schmerz, der sie durchzuckte. Sie haßte es, wie ihre Gliedmaßen darauf reagierten, wie ihr Mund sich öffnete, wie ihre Brüste anfingen, gegen sie zu arbeiten, als seien sie unabhängige Saboteure. Die ganze entsetzliche Situation war ihr zutiefst zuwider, aber irgendwie wollte sie doch nicht, daß sie aufhörte.

Und es war das Gefühl, daß es Zwänge gab, die sie dazu brachten, das, was sie haßte, zu mögen, das sie zum Schreien brachte.

Greville schüttelte und schlug sie. Die Schreie lösten sich zu unterdrücktem Stöhnen auf, und das Stöhnen verwandelte sich in haltloses Schluchzen. Schon bald fühlte sie sich erschöpft und ausgehöhlt. Bald darauf schlief sie wieder ein – aber Greville mußte sie so sehr festhalten, daß ihm schon bald die Arme schmerzten. Es dauerte lange, bis der Morgen kam.

Als er dann endlich kam, war es, als sei – abgesehen von einer gewissen Frische – der Regen von gestern überhaupt nicht gefallen. Die Sonne stieg in einen wolkenlosen blauen Himmel hinein. Und

Tag drei war, wie Greville später in seinem Tagebuch vermerkte, die glücklichste Zeit, die er in seinem ganzen Leben erlebt hatte. Trotz der Jahre der Transnormalität und der Not, trotz des millionenfachen Todes der normalen Menschen, trotz des Ausflugs in ein London der Toten und Sterbenden, trotz mörderischer Halbwüchsiger, Erniedrigung und Hinterhalt fühlte sich Greville, als gäbe es keinen Kummer in der ganzen Welt.

Nach dem Frühstück schlug er ein Picknick vor. Ein weiterer extravaganter Angriff auf ihre Wein- und Konservenbestände wurde unternommen. Dann ruderten sie zum Festland, solange die Sonne noch niedrig am Himmel stand, und Greville zeigte Liz den Friedhof, auf dem Augustus Rowley beerdigt lag.

Zusammen lasen sie die Inschrift unter der Marmorstatue:

Dem unsterblichen Andenken an Augustus Rowley, Träumer, Philosoph und Literat. Geboren: 1833 – 1873 an Müdigkeit und tiefer Melancholie gestorben. Hier erwartet er seine Ehrenrettung durch Zeit und Verhältnisse, sicher in der Überzeugung, daß er seine Berufung durch seinen Schöpfer richtig erkannt hat.

Greville entkorkte die Weinflasche. „Auf Augustus Rowley, Wächter und Schutzheiliger aller guten Transies.“ Er trank aus der Flasche und gab sie Liz weiter.

„Auf Augustus“, sagte sie, „ohne dessen Träume und Philosophien zumindest zwei Transies erheblich ärmer wären.“

Sie verbrachten den ganzen Tag auf dem Friedhof. Sie lasen noch einige Grabinschriften und liebten sich dann im hohen Sommergras zwischen einem Grabstein, der an das Begräbnis von Abigail Sarah Busterd erinnerte, die 1909 zu ihrem Schöpfer gerufen worden war, und James Jolly, der 1923 dem Ruf Gottes gefolgt war.

Danach schliefen sie friedlich und ruhig, obwohl Grevilles Hand die ganze Zeit auf seinem Schrotgewehr blieb. Dann wachten sie auf, lasen noch einige Inschriften und tranken noch etwas Wein. Niemand störte sie, und in der Hitze der Nachmittagssonne badeten sie sich in ihrem hypnotischen Glanz und unterhielten sich voller Freude und in aller Freiheit über eine Welt, an die sie sich beide nur noch sehr schwer erinnern konnten. Schließlich, als wollten sie das weitere Ausbleiben von Katastrophen irgendwelcher Art feiern, liebten sie sich am späten Nachmittag noch einmal, bevor sie sich auf den Weg zurück zum See und zu ihrer Inselfestung machten.

Es war ein herrlicher Tag. Sie sahen niemanden. Sie wurden von keinerlei Räubern, menschlichen oder tierischen, bedroht. Sie hätten in einer völlig normalen Welt allein einen Tag auf dem Land verbracht haben können – nur mit dem Unterschied, daß es keine Flugzeuge gab, die den Himmel mit ihren Kondensstreifen aufteilten und für plötzliche Geräusche sorgten. Auch Autos gab es nicht, die die überwucherten Straßen in Schlachtfelder hätten verwandeln können. Außerdem gab es keine gesunden Vertreter der Bürokratie, die sich über die freudige und sorglose Entweihung des Friedhofs und seines heiligen Bodens beschwerten.

Bevor sie den Friedhof hinter sich ließen, flocht Liz aus Butterblumen und Gänseblümchen einen Kranz, den sie um den Marmorhals von Augustus Rowley hängte; und Greville stellte sorgfältig die leere Weinflasche auf den überraschend flachen Kopf der Statue.

14

Das schöne Wetter hielt an. Die Tage gingen sanft ineinander über. Der Juli schien seinen gesamten Regenvorrat an dem einen Tag verbraucht zu haben. Greville fing an, den optimistischen Glauben zu hegen, daß Liz schließlich doch die dumme Idee aufgeben würde, sich in unbekannte Fernen aufzumachen, um ihre Zwillingsschwester zu suchen. Er hatte dabei aber nicht an die Alpträume gedacht. Sie stellten sich relativ regelmäßig ein – etwa alle zwei oder drei Tage.

Das Mädchen in dem Käfig, so hatte ihm Liz ganz nüchtern erklärt, war nicht wirklich sie selbst, sondern Jane. Irgendwo hielten die aus dem Norden, die sie von den Leuten aus Richmond entführt hatten, Jane gefangen und behandelten sie wie ein Tier – ein Tier, das nur für primitive Unterhaltung gut war. Greville glaubte weder an Telepathie noch glaubte er nicht daran; er legte jedoch eine starke Skepsis an den Tag, um damit gegen die plötzlichen Anfälle von Ruhelosigkeit und Depressionen anzugehen, unter denen Liz zu leiden begann. Er hatte einen Grad von Zufriedenheit und Ruhe gefunden, wie er ihn vorher nicht für möglich gehalten hatte. Das würde ein Ende finden, wie alle Dinge ein Ende finden, aber er wollte es so lange anhalten lassen, wie es möglich war.

Liz war bis zum Rand voller Konflikte. Sie fing an, sich an Greville zu gewöhnen. Er behandelte sie weitaus besser, als sie in Richmond behandelt worden war; und sie begann zu lernen, mit seinen schlechten Stimmungen fertig zu werden. Trotzdem war da noch dieser Ruf von Jane. Und da waren die Alpträume, in denen sie eigentlich und für eine kurze schreckliche Zeit Jane *wurde,* ihre Erniedrigungen erfuhr und die Hoffnungslosigkeit ihrer Lage spürte.

Greville fing an, sich Ablenkungen zu überlegen. In dem Dorf Ambergreave lebten noch zehn oder zwölf Menschen, von denen nur zwei wirklich gefährlich waren. Der Rest schien gemäß einem unausgesprochenen und gemeinsamen Übereinkommen nach dem Prinzip der gegenseitigen Duldung zu leben und dabei einen grundsätzlichen Rest von gegenseitiger Abhängigkeit anzuerkennen, den die Auflösung der Gesellschaft noch nicht gänzlich zerstört hatte. Greville stellte Liz den wenigen Leuten vor, mit denen er zu tun hatte, und er sagte ihr, daß sie die Hütte meiden solle, in der Big Willie Crutchley mit seiner Mutter im Inzest lebte. Er versuchte aus Prinzip alles umzubringen, was sich bewegte.

Big Willie war halb Idiot und halb Genie. Er war ein halber Idiot, weil er nur zerstören wollte, und halbes Genie, weil er sich an die neuen Bedingungen perfekt angepaßt hatte. Weil es ihm klar geworden war, daß Feuerwaffen und Munition einmal zu Ende gehen würden, hatte Willie sich selbst beigebracht, ohne sie auszukommen. Er kehrte zu einfacheren Methoden zurück. Für die Jagd und für seine persönliche Verteidigung wurde er ein Experte im Gebrauch des Bogens und der Schleuder – die er beide ohne die Hilfe der früheren Erfahrungen der Menschheit herstellte, da Big Willie nicht lesen und schreiben konnte. In den alten Zeiten war er allen anderen unterlegen gewesen; aber zehn Jahre Omega-Strahlung hatten ihn in die überlebende Elite gehievt. Für die großen halbwilden Tiere wie Rehe, Schweine und Bullen grub er Fallgruben mit angespitzten Stöcken darin. Für kleinere Tiere wie Hunde und Katzen entwickelte er ausgeklügeltere Fallen.

Big Willie und seine Mutter aßen alles – auch, so munkelte man, Menschen. Aber auch sie akzeptierten das Toleranzprinzip zumindest teilweise, und man hatte nie davon gehört, daß sie jemanden aus Ambergreave gegessen hätten. Wenn sich jemand unvorsichtig seinen Fallgruben und Schlingen näherte, so schoß er mit seiner Armbrust nur Warnschüsse ab. Wenn diese Warnschüsse natürlich ignoriert wurden...

Big Willie und Greville gaben sich die beste Mühe, einander nicht über den Weg zu laufen. Greville war es klar, daß Big Willie wahrscheinlich nur darauf wartete, daß ihm die Munition ausging. Wenn es aber soweit war, das schwor sich Greville, dann würde er daran denken, vorher noch mit Big Willie fertig zu werden.

Wahrscheinlich das nützlichste und tüchtigste Mitglied der kleinen Gemeinde – wenn man sie so beschreiben konnte – war Miss Worrall.

Miss Worrall wohnte in einer kleinen, halbverfallenen Windmühle. Zumindest war die Windmühle, ein alter Turm, fünfzig Jahre lang halb verfallen gewesen, bis Miss Worrall darin eingezogen war. Das war in den Anfangstagen der Schönwetterselbstmorde gewesen, bevor es den normalen Menschen klargeworden war, daß ihr Spiel aus war. Miss Worrall war eine Musiklehrerin von unbestimmbarem Alter gewesen, die eine Leidenschaft für Hunde und das einfache Leben entwickelt hatte.

Sie kam mit zwei Schäferhunden nach Ambergreave und wählte sich die verfallene Mühle zum Heim aus. Die Schäferhunde pflanzten sich fort und wurden sehr sorgfältig erzogen. Zur selben

Zeit begann Miss Worrall (niemand bekam je ihren Vornamen heraus), vielleicht in einem Anfall von Erkenntnis oder Hellseherei, die Windmühle zu renovieren. Die überlebenden Dorfbewohner waren der Meinung, dies sei unmöglich; es gab Leute, die sich noch an den Krieg von 1914 erinnerten, aber es gab niemanden, der sich daran erinnerte, die Mühle jemals mit Segeln gesehen zu haben. Miss Worrall konstruierte trotzdem Segel, machte alle Arbeiten, die dazu nötig waren, selbst und holte sich nur Hilfe, um die neuen Segel in Position zu bringen. Dann fand sie einen Steinmetz, der noch genug von seinem alten Handwerk beherrschte, um ihr zwei passable Mühlsteine anzufertigen – und siehe da, die Windmühle war wieder in Betrieb.

Miss Worrall fing an, Korn zu mahlen. Während die Omega-Strahlung jahrelang in der Welt draußen wütete, mahlte sie weiter Korn; eine Zeitlang ging ihr Geschäft gut, als alle mechanischen Mühlen ihren Betrieb einstellten. Aber dann lösten sich die Bauernhöfe auf, und es gab immer weniger Korn zu mahlen. Klug, wie sie war, ließ Miss Worrall ihr Schäferhundrudel auf acht Tiere anwachsen. Einmal – weil es bekannt war, daß sie in ihrer Mühle immer einen guten Mehlvorrat hatte – wurde die Mühle von ungefähr einem Dutzend bewaffneter, entschlossener und hungriger Männer angegriffen. Mehl bekamen sie nicht; einigen von ihnen aber wurde von den Schäferhunden die Kehle zerrissen. Seitdem lebte Miss Worrall in Frieden. Es gab immer noch ein bißchen Korn zu mahlen, denn die überlebenden Dorfbewohner bauten es auf kleinen Feldern hier und dort an; Miss Worrall nahm nie mehr als ein Zehntel der Ernte als Preis. Sie lebte allein mit ihren Hunden, einem alten Klavier und ungefähr zwanzig vergilbten Fotografien desselben Mannes. Greville mochte sie. Er hatte dafür einen guten Grund; sie hatte ihn einmal vor dem Hungertod gerettet.

Also stellte er Liz Miss Worrall vor, und er stellte sie der Familie Cuthbert vor – Charles Cuthbert, ein großer stämmiger Mann mit zwei Frauen und zwei halbwüchsigen Kindern, war der lokale Schmied und für Maschinenreparaturen zuständig – und auch

Alaric Newton, einst Angehöriger der Royal Artillery, der in einem Baumhaus wohnte, Ölbilder malte und einmal einer der besten Gewehrschützen Englands gewesen war.

Liz kam mit Miss Worrall gut aus und besuchte sie ab und zu allein. Bald schon war sie mit den Schäferhunden fast ebenso vertraut wie ihre Besitzerin.

Dann und wann nahm Greville Liz mit auf die Jagd. Dazu war es nicht nötig, weite Ausflüge zu unternehmen, denn das Land war, mit Ausnahme von ein paar Landstücken in der Nähe des Dorfs, in einem Ausmaß verwildert, das überraschend war, wenn man bedachte, daß es nur ein paar Jahre her war, seit die Gesellschaft die Kontrolle darüber verloren hatte. Bei diesen Gelegenheiten bewaffnete sich Greville mit einem Gewehr und einer Pistole, und Liz trug eines von den Schrotgewehren. Er war der Meinung, daß sie so über genügend Feuerkraft verfügten, um mit allem außer Ratten fertig zu werden ... Und vielleicht außer mit Menschen ...

Grevilles Lieblingsbeute waren Schweine – die halbwilde und überraschend gefährliche Abart, die sich so gut an die neugewonnene Freiheit angepaßt hatte. Das Schwein hatte sich von allen Haustieren am besten an das Verschwinden des normalen Menschen gewöhnt; die Schweine waren in England nun zahlenstärker als die Transies.

Die Stärke der Schweine lag in ihrer Fähigkeit, praktisch alles fressen zu können – einschließlich ihrer Artgenossen, wenn es sein mußte. Greville entwickelte sich mehr und mehr zu einem Schweineexperten. Er konnte fleischfressende Schweine mit einem Blick erkennen. Er wich ihnen aus, wann immer es ging; ihr Fleisch nämlich hatte einen starken und äußerst un-schweinischen Geschmack. Sie gaben kein gutes Fleisch her, und auch Schinken von ihnen waren nichts wert. Sie taugten nur für den Eintopf – und auch dafür mußten sie sehr gut und lange gekocht werden.

An einem Nachmittag waren Greville und Liz ein paar Meilen von Ambergreave entfernt auf der Jagd und wurden Zeugen einer erstaunlichen Szene. Sie waren gerade in einem kleinen Waldstück, und es war einer von jenen Sommertagen, an denen

Geräusche enorm weit zu hören sind, so daß es fast möglich scheint, sich durch Zuruf von einem Land zum anderen zu verständigen.

Greville und Liz hatten gerade eine leichte Mahlzeit zu sich genommen und ruhten sich nun unter einer großen und offensichtlich uralten Eiche aus, deren dichtbelaubte untere Äste sich zu einem Schirm ausbreiteten, der den blauen Himmel durch sein Grün und Braun verdeckte. Greville döste vor sich hin, als er plötzlich ein schwaches und weit entferntes Flüstern bemerkte, das lauter zu werden schien. Greville hatte ein solches Flüstern schon früher gehört. Er sah Liz an, aber sie war davon völlig unberührt. Sie hatte es wahrscheinlich bisher noch nicht gehört.

Das Flüstern verstärkte sich, und dann kam noch ein weiteres Geräusch dazu – ein dumpfes Donnern, das den Boden erzittern ließ und aus einer anderen Richtung kam. Dieses Donnern war nicht so leicht zu identifizieren. Es konnten Schweine sein oder auch Pferde oder Rehe.

Greville rutschte unruhig hin und her. Das Donnern wurde lauter, und zur gleichen Zeit schien sich das Flüstern zu verteilen, bis es sie von allen Seiten erreichte. Er sah den Eichbaum und dann Liz an.

„Ich glaube, es ist Zeit für eine kleine Kletterpartie", sagte er. „Wir bekommen bald Besuch."

Liz kannte sich mit den Geräuschen auf dem Land schon recht gut aus.

„Das ist eine ziemlich große Herde – was es auch immer ist. Hört sich schwer genug für Pferde an... Was bedeutet das andere Geräusch?"

„Wenn es das ist, wofür ich es halte", gab Greville zurück, „dann kann ich mir gut vorstellen, daß wir wünschen werden, es wäre es nicht. Los, wir haben keine Zeit zu verlieren. Ich helfe dir hoch."

Liz hängte sich ihr Schrotgewehr um die Schulter und machte sich daran, auf den Baum zu klettern. Greville stieg hinter ihr hoch.

Das Donnern hörte auf, fing wieder an, hörte wieder auf und fing wieder an. Pferde, Schweine oder Rehe – sie kamen jedenfalls näher. Das Flüstern aber, das nun viel lauter geworden war, kam von überall her.

Greville und Liz saßen auf den beiden Ästen einer dicken Astgabel ungefähr fünfzehn Fuß über der Erde. Greville keilte sich so ein, daß er eine einigermaßen gute Schußposition hatte. Er nahm Liz das Schrotgewehr ab und gab ihr die Pistole. Unter den gegebenen Umständen schien das Schrotgewehr ihre beste Garantie für ein Überleben zu bieten.

Von ihrer Astgabel aus war ihre Sicht auf den Boden auf ein kleines, unregelmäßiges Stück von ein paar Quadratyards beschränkt. Das war kein großer Nachteil, dachte Greville, denn wenn sie nichts sahen, wurden sie auch nicht gesehen.

Kurz darauf kam ein Schwein unter dem Baum vorbei. Dann noch eines und noch eines. Obwohl es Hochsommer war, sahen sie wie äußerst hungrige fleischfressende Schweine aus. Greville war überrascht. Er war jedoch weniger überrascht, als ihm klar wurde, wie viele davon dort unten waren, denn das Grunzen und Schnauben schien zu signalisieren, daß der ganze Wald von ihnen voll war.

Über den Geräuschen der Schweine und um sie herum erklang jedoch das allgegenwärtige Flüstern. Sogar die Schweine wirkten verängstigt. Sie rannten hin und her, als wüßten sie nicht, in welche Richtung sie davonlaufen sollten.

Dann kam die erste Welle der Ratten.

Eine braune Flut schien sich über das Gras und sogar die Schweine zu ergießen. Plötzlich waren überall Ratten. Greville hatte vorher noch nie so viele gesehen. Er hatte manchmal die verrückte Illusion, daß die Ratten in drei oder vier Lagen übereinander flossen. Der Gestank war ekelerregend.

Die Ratten hatten offensichtlich die Schweine gejagt, und jetzt war es ihnen gelungen, sie einzukreisen. Nun kam der letzte Teil der Jagd.

Die Schweine waren jedoch keineswegs hilflose Opfer. Die Ratten sprangen ihnen an die Ohren, Rüssel, Beine und Schwänze; oft schienen Schweine völlig von Ratten bedeckt zu sein. Sie rannten jedoch herum und trampelten die Ratten zu Hunderten tot. Sie rollten sich auf sie, schnappten nach ihnen und schrien sie sogar an. Trotzdem ließ der Ansturm der Ratten nicht nach.

Es war ein Kampf, in dem keine der beiden Seiten einen entscheidenden Sieg für sich beanspruchen konnte, denn schließlich durchbrachen die überlebenden Schweine den Ring der sie umgebenden Ratten, der inzwischen dünner geworden war. Für ihre Flucht erwies sich ihre Schnelligkeit als der entscheidende Faktor. Bald befanden sich unter dem Baum nur noch ein paar tote Schweine, die völlig von Ratten bedeckt waren.

Liz übergab sich.

Sie klammerte sich mit aller Kraft an die Eiche, aber die Reste ihres Essens fielen dampfend auf den Boden. Die Ratten sahen nach oben. Glänzende Knopfaugen erkannten Bewegung. Manche der Ratten ließen von den Schweinekadavern ab und liefen zu dem Baumstamm hin.

Greville wartete, bis ungefähr ein Dutzend angefangen hatten, daran hochzuklettern. Dann gab er ihnen eine Ladung Schrot aus der großen Flinte zu schmecken. Die meisten Ratten fielen tot oder tödlich verwundet zu Boden. Der Rest lief weg. Ein paar Sekunden später jedoch versuchten sie es wieder.

Greville benötigte zehn Schrotpatronen – mehr als die Hälfte der Schrotmunition, die sie mitgenommen hatten –, bis die Ratten es aufgaben. Dann mußten er und Liz den halben Nachmittag auf ihrem Baum sitzen bleiben, während die überlebenden Ratten die toten Schweine abnagten. Dann endlich liefen sie weg, und es war wieder still.

„Ich glaube, es ist jetzt sicher genug, um hinunterzuklettern", sagte Greville schließlich.

„O Gott", sagte Liz blaß und zitternd. „Bring mich schnell heim, damit ich in Ruhe meinen hysterischen Anfall bekommen kann."

Greville kletterte zuerst hinunter und sah sich im Umkreis um, ob noch Ratten übrig waren. Er fand keine einzige, die noch am Leben war. Die toten Schweine waren ebenso wie die toten Ratten bis auf die Knochen abgefressen. Die Flut der Zerstörung war vorbei und hatte nur den warmen, widerlichen und obszön intimen Geruch des Todes hinterlassen.

Als sie hastig zum See zurückliefen, dachte Greville still und voll geheimer Befriedigung daran, daß Liz in einem Augenblick von extremer Belastung das Wort ‚heim' gebraucht hatte.

15

Auszug aus Grevilles Tagebuch:

„August. Tag einunddreißig, glaube ich. Verdammt, ich habe die Übersicht verloren. Die Sterne ziehen auf ihrer vorbestimmten Bahn dahin, die Sonne brennt langsam zu einer himmlischen Schlacke aus, der Mond umkreist noch immer die Erde – und die Menschheit ist in kleinen Stückchen auf dem ganzen Planeten verstreut, als sei sie der Rest einer gigantischen und völlig zerstörten Uhr.

Wo aber ist die Feder? Was hat uns funktionieren lassen? Was hat uns schnatternd aus den Bäumen geholt und uns in verchromte Städte geschickt? Worum ging es überhaupt beim gesunden Ticken der Kultur? Und warum ist das alles so erbärmlich in die Luft geflogen wie eine selbstgebastelte Bombe, als ein brennendes kleines Schlagloch auf der Sonne eine private Radiostation eingerichtet hat, um zu uns hinüberzufunken: ‚Es ist Zeit, meine Herren.'

Lieber Gott, ich kann nicht einmal Fragen stellen, die zu stellen sich lohnen würde. Die Götter haben einen merkwürdigen Sinn für Humor. Daher schaffe ich sie ab. Es gibt keine Götter mehr auf Befehl von Matthew Greville, Transnormaler und Analphabet, Wächter über das Erbe von einer Million Jahre Evolution, Menschenaffe der zweiten Generation . . .

Ich liebe Liz. Der Gedanke macht mir Angst. Es ist eine Krankheit. Das ist der gemeinste transnormale Scherz, den sich irgendein Transie überhaupt selbst antun könnte. Welchen Platz hat die Liebe in dieser besten aller möglichen Welten? Liebe nur dich selbst, Bruder, denn der Tag der großen geistigen Masturbation naht. Liebe, das ist nur noch die schnelle Nummer und die plötzliche Gewalt und der Schlaf, der manchmal ohne Träume bleibt.

Trotzdem liebe ich Liz, bei Gott – und es tut verdammt weh und es macht mir Angst, und manchmal habe ich sogar die Illusion, daß ich nicht mehr allein bin.

Was ist sie? Ein geiles Stück, das für ein oder zwei Mahlzeiten am Tag ihren Körper verkauft hat und mit jedem ins Bett gegangen ist. Es soll aber der, der ohne Sünde ist, sich als erster aufregen.

Mein Gott! Manchmal ist sie schön. Da steht sie in ihrem zerrissenen Hemd und einem Paar geflickter Jeans und zieht ein Kaninchen ab und sieht aus, als könne sie tausend Schiffe in Bewegung setzen. Und manchmal legt sie sich hin und hat nichts an, und dann macht sie die Beine breit, und dann würde man denken, da ist nichts dran als Material, um zehn angenehme Minuten lang einen Hammer kleinzukriegen.

Aber die Sache mit dem Sex ist auf einmal gar nicht mehr wichtig. Ich schaue ihr in die Augen und finde da etwas, das ist weiter weg als die Sterne und heller als die Sonne. Etwas, das singt und weint und träumt und trauert. Etwas, das so nahe ist, daß es erstickt, und so weit, daß ich es nie berühren werde.

Sie ist eine Hexe. Kein Besenstiel. Nur Alpträume von einer Zwillingsschwester und der Zwang, den Regenbogen zu finden, an dessen Ende ein glitzernder Haufen Katzengold liegt.

Sie ist weggelaufen. Vor drei Tagen ist sie weggelaufen, nachdem sie ein Schrotgewehr, zehn Patronen, sechs Dosen Suppe und zwei von Miss Worralls Schäferhunden gestohlen hat. Ich hatte mich schon gefragt, warum sie sich soviel Mühe gegeben hatte, sich bei den Hunden beliebt zu machen. Sie hatte die ganze Zeit ihren kleinen Ausflug still geplant.

Wir sind um Mitternacht herum ins Bett gegangen und haben uns geliebt, daß es sich wirklich gelohnt hat, und dann sind wir eingeschlafen. Als es dämmerte, war das Biest weg. Sie hat natürlich das Boot genommen, so daß ich zum Ufer hinüberschwimmen mußte. Dann bin ich wieder zurückgerudert, weil ich noch einige Sachen holen mußte.

Eigentlich glaube ich nicht, daß ich sie gefunden hätte, wenn ich nicht gewußt hätte, daß sie nach Norden wollte. Und außerdem – und das geschieht ihr recht – haben die Hunde sie verraten. Es hätte ihr klar sein müssen, daß ihr Gebell ein erstklassiger Hinweis sein würde. Es war ihr aber Gott sei Dank nicht klar. Und so habe ich sie kurz vor Sonnenuntergang eingeholt.

Sie war wild und entschlossen genug. Sie hetzte die Hunde auf mich, und ich mußte sie beide erschießen – und das waren gute Hunde –, bevor sie es aufgab.

Ich habe sie geschlagen. Herrgott noch mal, wie habe ich sie geschlagen! Zwölf Stunden lang bin ich durch die Hölle gegangen und habe geglaubt, ich würde sie nie wiedersehen, und dafür mußte sie bezahlen. Eines von ihren Augen war zugeschwollen, und am Mund hat sie was abgekriegt, und ich habe Dinge mit ihr angestellt, daß sie sich gewünscht haben muß, sie wäre nie geboren worden. Und dann habe ich geweint wie ein Kind und sie darum gebeten, mich zu erschießen.

Wie transnormal kann man denn noch werden? Sie hat es natürlich nicht getan. Sie konnte sich kaum bewegen, aber dann hat sie einfach die Hosen ausgezogen. Vielleicht hat sie gedacht, daß dies ein Heilmittel für alles sei, oder vielleicht hat sie gedacht, daß ich nur dies eine wollte.

Ich wollte dies keineswegs. Ich habe ihr gesagt, daß ich sie liebe, und dann fing sie auch an zu weinen. Es war eine schöne Nacht mit einem großen Erntemond – wenn sich jemand die Mühe machte zu ernten –, und wir schliefen unter einem großen Baum im Freien neben zwei toten Hunden, die uns Gesellschaft leisteten. Wir haben uns nicht geliebt. Wir wollten uns nur berühren und wissen, daß wir am Leben waren.

Am nächsten Morgen tat uns das Kreuz elend weh, und die arme Liz sah aus, als sei sie in ihrem ganzen Leben noch nie so verprügelt worden. Sie konnte kaum gehen, und der Weg zurück wollte kein Ende nehmen. Wir sind erst in den frühen Stunden des nächsten Morgens zurückgekommen. Statt zusammenzubrechen, mußte sie dann noch Musik hören.

Also hieß es: *Rhapsody in Blue*, dann Schinken und Rotwein zum Frühstück und dann endlich ins Bett.

Da sind wir also wieder, verrückte Insulaner, und teilen ein Liebesidyll mit blauen Augen, Alpträumen, schmerzenden Lenden und dem Wissen, daß jeder Tag des gemeinsamen Überlebens, jeder Augenblick des Glücks (und wer, der sie nicht alle beieinander hat, würde es wagen, dieses Wort zu gebrauchen?) unsere Chancen beim kosmischen Roulett verbessert.

Es kann nicht andauern. Wir wissen, daß es nicht andauern kann. Wer kann sich einen solchen Größenwahn in der Welt erlauben, in der wir jetzt leben? Ich weiß, daß es so eine Art psychischer Ratenkauf ist – aber deshalb müssen wir später trotzdem auf jeden Fall bezahlen.“

16

Ein Tag glitt in den anderen, August wurde zu September, und der braune und goldene Mantel des Altweibersommers senkte sich rauchig über das Land. Greville war überrascht und nur leicht beunruhigt, als es ihm klar wurde, daß sich das Leben mit Liz zu einer Routine entwickelte – oder vielleicht zu einem Ritual. Sie gingen nur noch dann auf Plünderungsexpeditionen, wenn es absolut notwendig war, wenn einer von beiden Kleider oder Schuhe brauchte oder wenn die Vorräte gefährlich knapp wurden. Die meiste Zeit lebten sie einfach als ‚Insulaner‘. Liz hatte noch immer ihre Alpträume und hegte noch immer die Hoffnung, daß sie eines Tages Jane wiederfinden würde; aber sie schien bereit zu sein, Grevilles Anspruch auf ihre Person zu akzeptieren, und sie schien auch bereit zu sein, mit ihm die gefährliche Illusion der Liebe zu teilen.

Es konnte nicht ausbleiben, das dic Plünderungsaktionen immer schwieriger und immer gefährlicher wurden. Die Klein- und Großstädte boten noch immer die besten Möglichkeiten; aber da die nackte Notwendigkeit die überlebenden Transies dazu zwang, sich zu wie auch immer gearteten Gruppen zu organisieren, wurde die Wahrscheinlichkeit, daß die unorganisierten Plünderer in Fallen gingen, immer größer.

Bei einer Gelegenheit nahm Greville Liz bis nach Ipswich mit. Sie waren in erster Linie auf der Suche nach Kleidung. Unter normalen Umständen hätte man von Ambergreave mit dem Auto eine Stunde gebraucht; aber wegen des Zustands der Straßen und wegen der Umwege, die man auf sich nehmen mußte, brauchten sie für die Fahrt den größten Teil des Tages.

Die Innenstadt von Ipswich war vollständig ausgeräumt; in den Vorstädten jedoch bestand noch die Aussicht auf Beute, da sich nämlich die Stadt-Transies langsam nach außen bewegten, nachdem sie das Zentrum geplündert hatten. Während Greville und Liz die Möglichkeiten eines großen Hauses in der Vorstadt untersuchten, das in ungefähr zwei Morgen Gartendschungel stand, trafen sie zum erstenmal auf organisierte Transnormalität.

Greville hatte es geschafft, den Lieferwagen in die überwucherte Einfahrt hineinzuzwängen, und nun stand er vor dem Haus, während Greville und Liz die oberen Stockwerke untersuchten. Das Haus war ein solide gemauertes Gebäude aus dem neunzehnten Jahrhundert mit drei Stockwerken und hatte sogar einen Dachboden mit einer Falltür, die zu einer kleinen, eingezäunten Aussichtsplattform auf dem Dach führte. Während Liz einige altmodische Kleider anprobierte (vor allem Abendkleider und Cocktailkleider), die sie gefunden hatte, vertrieb sich Greville die Zeit damit, daß er auf das Dach kletterte.

Er hatte Glück gehabt, daß er dies tat, denn so konnte er beobachten, wie ungefähr fünfzehn Männer sich näherten. Sie kamen nicht durcheinander oder heimlich, wie man das von gewöhnlichen Transies erwartet hätte. Sie marschierten in Dreierreihen hinter einem Anführer her. Einige trugen Schrotgewehre, einer oder zwei hatten Repetiergewehre, und zwei waren sogar mit Speeren bewaffnet. Der Anführer trug ein Schwert und eine Pistole und sah so aus, als würde er eigentlich besser in die Seiten von *Im Westen nichts Neues* gehören.

Der ganze Trupp war offensichtlich gut ausgebildet, denn die Männer marschierten zielbewußt in den Spuren, die Grevilles Wagen in dem Unkraut hinterlassen hatte. Sie wollten sich offensichtlich den Eindringling in ihr Revier ansehen.

Greville selbst hätte es sich vielleicht überlegt, ob er mit ihnen verhandeln sollte, aber wegen Liz wollte er kein Risiko eingehen. Wenn es in der Gegend eine Frauenknappheit gab – und selbst wenn nicht –, sah ihre Zukunft mit einer Truppe transnormaler Pseudo-Soldaten nicht besonders rosig aus.

Glücklicherweise war Greville gut bewaffnet. Es war Selbstmord, wenn man auf eine Plünderungsexpedition ging und nicht gut bewaffnet war. Also trug er ein Gewehr, eine Pistole und hatte die Taschen voller Granaten. Liz, die ohne Zweifel noch immer vor dem gesprungenen Spiegel in einem der Schlafzimmer Kleider anprobierte, hatte eine Pistole und ein Schrotgewehr.

Greville sah auf die Männer, die sich dort unten näherten, mit einem seltsamen Gefühl von olympischer Gelassenheit hinab. Sie hatten zweifellos Frauen und vielleicht Kinder, die von ihnen abhängig waren, aber in der transnormalen Welt der neunziger Jahre war es nur eine Frage von *Rette sich, wer kann.*

Er drückte sich eng an den Kamin, so daß er nur schwer auszumachen war, und zog aus einer seiner kostbaren Granaten den Sicherungsstift heraus. Es blieb keine Zeit mehr, Liz zu warnen; außerdem würde sie nur zu bald merken, was sich abspielte.

Er wartete, bis die kleine Gruppe ungefähr dreißig Yards von dem Lieferwagen entfernt war. Dann warf er die erste Granate. Er wartete nicht ab, um sich ihre Wirkung anzusehen, sondern zog sofort den Stift aus einer zweiten Granate und warf die ebenfalls. Das Glück – oder welche Mächte auch immer das Geschick lenken – war auf seiner Seite. Die erste Granate fiel ein wenig hinter die Männer und die zweite ein wenig vor sie. Zwischen den beiden Explosionen lag kaum mehr als eine Sekunde. Acht oder neun Männer wurden anscheinend sofort getötet, zwei lagen schreiend und sich windend auf dem Boden, und drei, die nur leicht verletzt waren, rafften sich auf und flohen.

Greville hatte angenommen, daß der Anführer getötet worden war, aber das war offensichtlich nicht der Fall. Er lag im Gras und fingerte an seinem Schwert herum. Kurz darauf hob er es in die Luft und zeigte ein schmutzig-graues Taschentuch, das er hastig daran festgebunden hatte. Dann stand er auf. Zur gleichen Zeit trat Greville von dem Schornstein weg und rief ihn an. Während er jedoch zu ihm hinüberrief, kam ein heller, gedämpfter Knall. Der Mann mit dem Schwert drehte sich um die eigene Achse und fiel zu Boden. Liz hatte ihn aus dem Schlafzimmerfenster erschossen.

Greville ging zu ihr hinunter. Sie war halb in und halb aus einem Cocktailkleid aus grünem Samt.

„Komm", sagte Greville. „Schnapp dir deine Sachen. Vielleicht haben unsere Freunde noch mehr Freunde. Wir verschwinden hier besser, so schnell wir können."

Liz raffte einige von den Kleidern auf, die zu ihren Füßen lagen, und rannte hinter ihm her die Treppe hinunter. Sie versuchte die ganze Zeit noch vergeblich, den Reißverschluß des grünen Kleids zu schließen.

Draußen untersuchte Greville schnell die Toten und Sterbenden im Licht der Nachmittagssonne. Zwei Verwundeten gab er hastig den Gnadenschuß und drängte Liz in das Auto. Dann wendete er den Lieferwagen, fuhr ihn in halsbrecherischer Geschwindigkeit auf die Straße und machte sich wieder auf den Weg nach Ambergreave.

Sie kamen erst sehr spät nach Hause, aber Liz bestand darauf, alle neuen Kleider anzuprobieren, um seinen Kommentar zu hören, bevor sie sich hinlegten. Greville war müde, nervös und deprimiert als Reaktion auf die Begegnung am Nachmittag. Sie würden nicht immer das Glück auf ihrer Seite haben. Früher oder später würden auch sie am anderen Ende sitzen. Er bemerkte überrascht, daß er sich über seinen eigenen Tod Gedanken machen konnte, die Vorstellung aber nicht ertragen konnte, Liz tot zu wissen.

„Ich hoffe, daß die Kleider dir gefallen", sagte er brutal. „Ich hoffe, sie passen dir. Kleider werden heutzutage immer teurer. Diese dort haben zwölf Menschenleben gekostet."

„Nichts ist jemals den Preis wert", sagte Liz ruhig, „aber er muß immer bezahlt werden... Komm, gehen wir ins Bett. Das hat schließlich auch seinen Preis, nicht wahr?"

Greville gab ihr keine Antwort. Er wollte sie in die Arme nehmen, aber das Wissen, daß er mit jedem Tag mehr zu verlieren hatte, ließ ihm das Blut gefrieren.

17

In dieser Nacht kam zum erstenmal echter, dichter Herbstnebel, wie Greville später in seinem Tagebuch vermerkte. Es war eine Nacht, um am offenen Feuer zu sitzen, zu lesen, sich zu unterhalten, Musik zu hören, zu nähen, unmögliche Pläne zu machen und diese Pläne in einem tiefen und herrlich warmen Meer von Schlaf aufzulösen. Im Verlauf der Nacht machten Liz und Greville all diese Dinge mit einer stillen Zufriedenheit, die man schon fast Glück hätte nennen können. Und in dieser Nacht begann das, was von dem Dorf Ambergreave noch übrig war, zu sterben – gewalttätig und auf eine Art, die selbst in der Welt der Transnormalität noch bizarr war.

Greville besaß drei Uhren, aber keinerlei Verlangen, die richtige Zeit herauszufinden. Die erste Uhr zeigte immer eine Stunde mehr an als die zweite, und die dritte eine Stunde mehr als die erste. Wenn eine stehenblieb, konnte sie immer nach den anderen gestellt werden, und das gleiche traf zu, wenn eine von ihnen falsch ging. So hatte er seiner Meinung nach einen willkürlichen Standard, der aufrechterhalten wurde – und außerdem war es möglich, das Konzept Zeit den persönlichen Wünschen anzupassen. Wenn er spät aufstand, brauchte er nur auf die richtige Uhr zu sehen und konnte die Illusion hegen, er sei früh aufgestanden. Wenn ihm danach zumute war, früh schlafen zu gehen, konnte er sich bei der passenden Uhr davon überzeugen, daß es Zeit dazu war. Eigentlich hatte er schon lange das Interesse an jener Art von Zeit verloren, wie sie die Uhren zeigten; trotzdem wollte er sich das Gefühl erhalten, daß sie zu seiner Verfügung stand, wenn er sie brauchte. Daher gab er sich Mühe, die Uhren regelmäßig aufzuziehen. Dies war ein privater Witz, den Liz nie verstehen konnte.

Uhr Nummer drei (Greville war heute in der Stimmung, früh ins Bett zu gehen) schlug gerade Mitternacht, als die Schießerei begann. Greville starrte Liz an; Liz starrte Greville an. Sie machten sich nicht sonderlich Gedanken – sie waren nur interessiert, da die Schießerei offensichtlich weit entfernt war. Außerdem waren sie ja sowieso durch mehr als hundert Yards Wasser von allem getrennt. Wenn jemand sie angreifen wollte, mußte er erst einmal ein Boot finden.

„Was ist denn da los, zum Teufel?“ fragte Liz ohne viel Interesse, während sie versuchte, eine Nadel einzufädeln, weil sie an ihrem Hemd einen Knopf annähen wollte.

„Hunde“, sagte Greville. „Eventuell auch Ratten, aber Hunde sind wahrscheinlicher. Der Nebel hat sie wahrscheinlich in das Dorf gelockt. Die sind auf leichte Beute aus. Sie brauchen nicht soviel Sicht wie die Menschen.“

Liz schüttelte sich, denn sie dachte an ihre eigene Begegnung mit Hunden auf der Chelsea-Brücke. „Ich hoffe nur, daß sie unangenehm überrascht werden. Es ist schon schlimm genug, wenn man von Hunden aufgefressen wird, aber in dieser Waschküche von Hunden aufgefressen zu werden, das ist wirklich das allerletzte.“

Greville lachte. „Die Gedanken von Frauen werden mich wohl

immer verblüffen. Wenn man schon stirbt, was macht es da noch aus, ob man im Sommer oder im Winter, in der Sonne oder im Nebel stirbt?"

„Eine ganze Menge", meinte Liz. „Wenn ich sterbe, dann will ich doch mit meinem letzten Blick noch etwas wirklich Sehenswertes sehen... Wir müssen uns bald wieder auf Plünderfahrt begeben. Ich habe nur drei Arbeitshemden, und die fallen alle in Stücke."

„Ich habe keine Lust, wegen drei Hemden eine Kugel in den Bauch zu riskieren", sagte Greville. „Wir warten, bis unsere Einkaufsliste länger ist. Und jetzt hör auf, dich wie eine ausgestorbene Hausfrau zu benehmen, und komm ins Bett. Morgen früh gehen wir mal rüber und schauen uns an, wen die Hunde gefressen haben."

„Wie wäre es denn erst noch mit ein bißchen Musik?" fragte Liz. Ihre Lust auf Musik wurde langsam unersättlich. Sie hatten sich schon Tschaikowskys „1812" und das zweite Klavierkonzert von Rachmaninov angehört.

„Scheiß auf die Musik. Wir haben schon zuviel davon gehabt. Ich will Sex."

Sie lächelte.

„Ich habe Hunger. Es ist schon lange her, seit wir etwas gegessen haben."

„Na, dann geh doch und schneide dir eine Scheibe Schinken ab, während du dir das Höschen ausziehst. Ich bin müde."

„Wenn du müde bist, dann hast du auch keine Lust."

„So müde bin ich auch wieder nicht."

Es wurde wieder geschossen, aber in noch weiterer Entfernung.

„Ganz klar Hunde", sagte Greville. „Wenn sie mit den Hunden an der Windmühle zusammentreffen, dann dürfte das ein interessantes Duell werden. Die Bösen kennen die Guten nicht, aber die Guten werden von den Bösen ganz entschiedene Vorstellungen haben... Ich möchte gern mal wissen, ob dir Miss Worrall schon verziehen hat, daß du ihr zwei Hunde geklaut hast."

„Du hast sie schließlich umgebracht", erinnerte ihn Liz.

„Und du hast sie schließlich auf mich gehetzt, damit sie mich umbringen, du kleines Raubtier."

Greville streckte sich und gähnte. Die Schießerei schien jetzt vorbei zu sein. „Also, entweder kommst du jetzt ins Bett, oder ich schleife dich hin. Was von beiden willst du?"

Liz kicherte.

„Ein bißchen von beidem", sagte sie.

Aber als Liz sich an Schinken sattgegessen hatte, war ihm die Lust auf Liebe abhanden gekommen. Sie hatte einem beunruhigenden Gefühl von Zärtlichkeit Platz gemacht. Er wollte Liz nur noch in den Armen halten und die Welt vergessen.

Am Morgen war der Nebel noch immer da. Es gab nichts zu tun, und sie mußten nirgendwo hin, und so blieben sie im Bett liegen, bis der Hunger sie zum Aufstehen bewegte. Dann frühstückten sie in aller Ruhe und legten sich wieder hin. Dieses Mal liebten sie sich, denn es war so, als hätte der Nebel sie praktisch und permanent von der gesamten Menschheit abgeschnitten. Es war, als seien sie völlig allein auf dem Planeten – so allein, daß es möglich wurde, Visionen von unendlicher Isolation aufzubauen, von Unsterblichkeit und einer Nähe und Abhängigkeit voneinander, die so befriedigend war, daß es fast schmerzte.

In der Nacht hatten sie keine weiteren Schüsse mehr gestört, und es gab keine, um sie in dem betäubten, sinnlichen Niemandsland ihres Morgens zu stören. Um die Mittagszeit hatte sich der Nebel jedoch gelichtet. Liz war bereit, den ganzen Tag zu einem sexuellen Feiertag zu erklären, aber Greville begann unruhig zu werden.

Als die Sonne durchbrach, verspürte er das plötzliche Bedürfnis, aufzustehen und hinauszugehen, um herauszufinden, was sich in der Welt draußen abgespielt hatte. Er hatte das Bedürfnis, andere Menschen zu sehen, eine Welt zu erfahren, die größer war als diejenige, die von vier Schlafzimmerwänden begrenzt war.

So ruderten er und Liz bald von ihrem verwunschenen Eiland weg. Nun, da der Nebel verschwunden war, war es ein perfekter und herrlicher Herbsttag. Es rührte sich kein Windhauch, und die Blätter der Bäume um Ambergreave und den See – braun und golden, orange und tiefrot – sahen aus, als seien sie an die bewegungslose Luft befestigt worden.

Die Landschaft lag bewegungslos da. Sie sah in den goldenen Strahlen der tiefstehenden Sonne wie versteinert aus – die phantastische und herrliche Sicht auf ein Stilleben.

Auch in dem Dorf Ambergreave gab es Stilleben zu besichtigen; es enthielt jedoch nichts Schönes – nur den tiefhängenden Schrecken der Gewalt, die obszöne Erniedrigung des Schmerzes und den staubigen Geschmack willkürlicher Zerstörung.

Der erste bizarre Gegenstand, auf den Liz und Greville stießen, war eine Leiche, männlich, die mit einem Kleidungsstück bekleidet war, bei dem es sich offensichtlich um eine Mönchskutte handelte. Sie lag in einem unordentlichen Haufen mitten auf der Dorfstraße. Dem Mann war die Kehle zerrissen worden. Außerdem hatte er in seiner Brust eine Schußwunde.

Liz und Greville starrten sich an. Sie traten instinktiv von der Leiche zurück und schauten vorsichtig die umliegenden Häuser an. Sie sahen nichts als die leeren Augen der Fenster.

Greville fingerte nervös an seinem Gewehr herum. Überrascht stellte er fest, daß seine Hände schweißnaß waren. Der Tod selbst war ihm ebensowenig fremd wie Gewalt, aber das hier war etwas Absurdes, etwas völlig Groteskes.

„Mein Gott“, flüsterte Liz. „Das sieht ja entsetzlich aus!“

„Sei ruhig und paß auf“, fuhr Greville sie an. „Und halte dein Gewehr schußbereit.“

Es gab nichts, worauf man hätte aufpassen können – nur eine schreckliche Stille, das beängstigende Nichts völliger Ruhe. Sie warteten bewegungslos, waren gefaßt auf Angriff, Lärm, irgend etwas. Es kam nichts.

„Na gut“, sagte Greville schließlich. „Es will scheinbar nicht zu uns kommen, also müssen wir gehen und es suchen. Halte dich ungefähr fünf Schritte hinter mir und beobachte die linke Straßenseite. Ich übernehme die rechte. Hier muß irgend etwas völlig Verrücktes passiert sein.“

Sie gingen vorsichtig die Straße hinunter. Haus um Haus spuckte nichts als Stille aus. Es war so, dachte Greville, als habe sich das ganze Dorf in eine leere Filmkulisse verwandelt.

Dann sahen sie einen Kopf, der auf einen an einer Gartentür befestigten Pfahl gesteckt war. Es war Big Willies Kopf, und er grinste, wie er auch im Leben oft gegrinst hatte. Eine Botschaft war in groben weißen Buchstaben auf die Straße geschrieben. Greville hatte einen Moment lang die hysterische Vorstellung, daß Willie versuchte, sie zu lesen.

Sie bestand nur aus wenigen Worten: *Verzweifelt! Der Herr befiehlt es euch!*

Greville murmelte eine Obszönität und drehte sich Liz zu. Sie starrte ihn mit blassem Gesicht an.

„Schauen wir uns doch mal im Haus um“, sagte Greville grimmig. „Wollen doch mal sehen, ob Big Willies Mutter ebenfalls Buße getan hat.“

Sie gingen zu der Eingangstür. Greville trat sie auf und sprang mit dem Gewehr im Anschlag hinein. Er hätte sich keine Gedanken zu machen brauchen.

Ob Big Willies Mutter für Inzest und wahrscheinlich Kannibalismus Buße getan hatte, das war jetzt höchstens noch von akademischem Interesse. Sie lag mit angewinkelten Knien und hochgeschobenem Rock auf dem Boden. Ihre Knöchel waren an ihre Hände gefesselt, und durch ihre Brust war ein Holzpfahl getrieben worden.

Sie war noch keine sehr alte Frau gewesen – wahrscheinlich in den späten Vierzigern, dachte Greville –, und auf eine zigeunerhafte Art war sie recht hübsch gewesen; mit großen dunklen Augen und vorstehenden Backenknochen.

Wie bei Big Willie standen ihre Augen offen. Sie zeigten jedoch weder Belustigung noch Schmerz. Nur eine entsetzlich komische Überraschung.

In dem Zimmer lagen zwei tote ‚Mönche‘. Einer hatte ein Messer im Rücken, und der andere hatte eine Wunde am Kopf, die wahrscheinlich von einer Axt stammte, denn neben ihm lag eine blutbeschmierte Axt.

Liz war Greville in das Haus gefolgt. Er schob sie fast sofort wieder hinaus. Die Szene, meinte er, war nicht für eine genauere Untersuchung geeignet.

„Zum Teufel mit dem Ganzen hier", sagte er rauh. „Komm, wir schauen nach, was in der Windmühle passiert ist."

Weder Big Willie noch seine Mutter waren für die Gemeinschaft ein unerträglicher Verlust. Miss Worrall jedoch fiel in die Sparte ‚Schlüsselpersönlichkeiten'. Ohne ihre Dienste als Müllerin war es praktisch unmöglich, Brot zu backen. Außerdem mochte Greville sie sehr. Sie kam ihm wie eine Transie vor, die auf eine fast exzentrische Art und Weise normal war.

Die Mühle lag auf der anderen Seite des Dorfes. Greville mußte die gesamte Dorfstraße zurücklegen, um dorthin zu kommen. Sie kamen noch an weiteren Leichen vorbei, darunter auch der von Charles Cuthbert, dem Schmied, und an der von weiteren drei Pseudo-Mönchen. Cuthbert war offensichtlich die Kehle durchgeschnitten worden. Die Mönche waren zum Teil durch Schußverletzungen, zum Teil durch Hundebisse getötet worden.

Die Windmühle selbst jedoch war die Szene der größten Verwüstung. Sie zeigte die Spuren einer Auseinandersetzung, die praktisch eine Schlacht gewesen sein mußte. Miss Worralls Schäferhunde – Greville zählte fünf Kadaver – hatten phänomenale Dienste geleistet, denn sie schienen mindestens die doppelte Anzahl von ‚Mönchen' mit sich genommen zu haben.

Die Schäferhunde waren an Schußverletzungen, Messerstichen und mit Prügeln ausgeführten Hieben gestorben. Die ‚Mönche' waren zum größten Teil durch Wunden an Gesicht und Hals ums Leben gekommen. Hunde und Menschen schienen sich im Tod fast liebevoll zu umarmen – als bereuten sie nun die Exzesse, zu denen sie Angst, Blutgier, Schmerz und primitive Brutalität getrieben hatten.

Der Mühlenturm war aus massiven Steinen gemauert, die Miss Worrall schon vor langer Zeit mit Pech bestrichen hatte. Die ‚Mönche' – zumindest die Überlebenden – hatten eine so dauerhafte Oberfläche offensichtlich unwiderstehlich gefunden:

Sie hatten noch weitere ausgesuchte Schlagworte darauf geschrieben.

Nur Gott wäscht weißer als weiß... Die Stellen im Himmel werden knapp... und schließlich einfach: *Transies go home*...

Weder Greville noch Liz kümmerten sich jedoch um diese Worte. Ihre Blicke wurden von den Flügeln der Windmühle angezogen, die sich in einer kaum merklichen Brise langsam und knarrend drehten.

Die Segel waren als Behelfskreuz benutzt worden. Wo das Gerüst mit dem zentralen Angelpunkt der Mühle verbunden war, hing Miss Worrall. Sie war auf traditionelle Weise gekreuzigt worden.

Liz versuchte sich zu übergeben, aber es wollte nichts kommen. Greville wollte etwas finden – irgend etwas – und es in Stücke schlagen.

Sie hatten Glück, daß er sein Schrotgewehr bereitgehalten hatte, denn als sie auf diesen entsetzlichen Anblick starrten, hörten sie ein dumpfes Knurren. Ein überlebender Schäferhund schleppte sich, vor Blut triefend, wie in Zeitlupe aus der Mühle. Er nahm seine ganzen Kräfte für einen letzten Angriff zusammen. Zweifellos war er vor Schmerz halb verrückt und wußte nicht mehr, wer Freund und wer Feind war, und es kümmerte ihn auch nicht. Es war ihr Glück, daß die Reaktionen des Schäferhunds nicht mehr so schnell wie normal waren, denn bei Greville war es genauso. Es gelang ihm gerade noch, ihn mitten in der Luft zu erschießen. Durch die Nähe des Schusses aus der großen Schrotflinte wurde das Tier fast in zwei Stücke gerissen. Es war tot, bevor es den Boden berührte.

Liz gab ihre Versuche auf, sich zu übergeben, und fing an zu weinen.

„Sei still!" sagte Greville. „Heb dir das für später auf. Jetzt ist nicht die Zeit dafür."

Liz sah ihn an und war ruhig. In der eintretenden Stille bemerkten sie beide ein anderes Geräusch. Es hörte sich an wie das leise Stöhnen eines Tieres, das sich in einen Hustenanfall auflöste.

Einige Momente lang war es still. Dann kam es wieder. Dieses Mal hörte es sich menschlich an.

„Einer von den Bastarden ist noch am Leben“, rief Greville frohlockend. „Vielleicht können wir noch etwas aus ihm herausbekommen.“

Sie ließen alle Vorsicht fallen und rannten zu der offenen Eingangstür der Windmühle. Greville stolperte hastig die Holztreppe hinauf, während Liz ihm ängstlich folgte.

Im ersten Stock fanden sie nichts als einen halben Sack Mehl, einige Säcke mit Korn und das alte Klavier von Miss Worrall. Greville rannte hinauf in das zweite Stockwerk mit dem Schlafzimmer von Miss Worrall und dem Nachtquartier ihrer beiden Lieblingshunde. Auch dort fanden sie nichts.

Im dritten Stock stießen sie auf das Mahlwerk mit den Mühlsteinen, einen Stapel leerer Säcke – und die Quelle des Geräuschs, das Liz und Greville gehört hatten. Einer der ‚Mönche‘ lag auf dem Stapel Säcke. Es war Blut in seinem Gesicht und – symbolischerweise – Blut an seinen Händen.

Greville verspürte ein plötzliches Aufwallen von Befriedigung. Hier war zumindest jemand, den er für das ganze Leid, das sie vorgefunden hatten, leiden lassen konnte.

Er hob das Schrotgewehr. Der Mann auf dem Stapel Säcke lächelte leicht.

„Die Rache könnte sich vielleicht als etwas unbefriedigend erweisen“, sagte er in entschuldigendem Tonfall. „Ich glaube eigentlich, daß ich auch so schon sterbe.“

Greville war von der Stimme ebenso überrascht wie von ihrem Eigentümer. Und von den Worten selbst war er nicht weniger überrascht.

„Vielleicht können wir dich überreden, dieses glückliche Ereignis noch eine Weile zu verschieben“, fuhr Greville ihn an. „Also, wer zum Teufel bist du, und welchen Sinn soll das ganze Gemetzel da draußen gehabt haben? Und rede schnell und überleg dir, was du sagst, oder ich werde mir das Vergnügen gönnen, dir nacheinander die Hände und Füße wegzuschießen.“

Der Mann auf den Säcken schien von dieser Drohung nicht besonders beeindruckt.

„Ich möchte etwas Wasser", sagte er. „Ich hätte es nie für möglich gehalten, daß ich mich so ausgetrocknet fühlen könnte."

Greville drehte sich zu Liz um, die hinter ihm stand. „Hol ihm Wasser. Draußen ist eine Pumpe."

Sie ging die Treppen hinunter und kam kurze Zeit später mit einem Tonkrug zurück. Der Mann auf den Säcken leckte sich die Lippen.

Greville nahm den Krug und ging nahe zu dem Mann hin. „Also, jetzt sprich."

„Erst das Wasser, bitte."

Greville goß ein wenig von dem Wasser vor seinen Füßen auf den Boden.

„Ich sagte: Sprich."

Der Verwundete unterdrückte ein Stöhnen. „Das wird Ihnen zwar auch nicht viel nützen", sagte er schwach. „Aber wenn Sie an mir im wahrsten Sinne mehr als nur ein akademisches Interesse haben, dann möchte ich Ihnen mitteilen, daß Sie zu einem gewissen Professor Francis Watkins, ehemaliger Lehrstuhlinhaber am psychologischen Seminar der einstigen und nicht sonderlich beweinten Universität von East Anglia, unbarmherzig sind ... O Gott! Töten Sie mich, um Himmels willen." Die letzten Worte erhoben sich zu einem Schrei, und der Schrei ließ ihm von neuem Blut auf die Lippen treten.

Greville goß wieder Wasser vor die Füße von Professor Francis Watkins. „So, und jetzt erzähl uns mal etwas von deinen religiösen Überzeugungen", sagte er freundlich. „Wenn sich das interessant anhören sollte, bekommst du vielleicht sogar etwas Wasser zu trinken. Wenn du uns davon überzeugen kannst, daß es so richtig Spaß macht, Menschen zu zerhacken und zu kreuzigen, dann tun wir dir vielleicht sogar den Gefallen und bringen dich um. Aber langweile uns nicht. Langeweile mögen wir nicht."

Der Mann auf den Säcken brachte trotz seines erschreckenden Aussehens und trotz seiner Schmerzen ein Lächeln zustande. „Für

Wasser würde ich alles tun", murmelte er. „Mein werter Herr, Sie sprechen zu einem gepreßten Laienbruder des äußerst merkwürdigen Ordens der Frevelbrüder. Ich war am Verhungern, und sie haben mir Essen gegeben. Ich war nützlich, und sie ließen mich am Leben... Der Witz dabei ist nur, daß ich einmal die Kühnheit besessen habe, mich als Kapazität auf dem Gebiet der anomalen Psychologie zu betrachten."

Er fing an zu lachen, aber sein Gelächter erstarb zu einem dünnen, blubbernden Schrei.

Plötzlich nahm Liz Greville den Krug aus der Hand. Sie beugte sich hinab und nahm Professor Watkins wie ein zu großes Kind in die Arme. Dann gab sie ihm Wasser zu trinken.

„Vielen Dank, meine Liebe. Es tut weh, wissen Sie. Es tut sogar weh, wenn man entdeckt, daß es in England noch Mitleid gibt."

18

Trotz seines Optimismus – und unter den gegebenen Umständen war es durchaus gerechtfertigt, seine Haltung so zu beschreiben – war Professor Francis Watkins, Kapazität auf dem Gebiet der anomalen Psychologie und zeitweise Frevelbruder, nicht tödlich verwundet. Er hatte einen Durchschuß in der Schulter, und eine weitere Kugel war ihm durch den Oberschenkel gegangen, und an Armen und Händen hatte er Bißwunden von den Hunden. Mit ein wenig Pflege würde er jedoch überleben.

Soviel entdeckte Liz, als sie ihm, trotz Grevilles offensichtlicher Ablehnung, die ‚Mönchskutte' herunterriß und sich daran machte, seine Wunden, so gut sie konnte, zu reinigen. Das Blut, das Professor Watkins aus dem Mund floß, war einfach der Tatsache zuzuschreiben, daß er sich ziemlich heftig auf die Zunge gebissen hatte, als die Wunden noch frisch waren und sehr stark schmerzten.

Greville konnte den Mann auf den Säcken nicht leiden. Er konnte ihn nicht leiden, weil seine eigene Blutgier nachließ und weil er sich, gefangen zwischen Mitleid und Haß und Ekel, seiner selbst nicht mehr sicher war. Professor Francis Watkins war kein junger Mann. Er war ein fetter, erbärmlicher Mann in den sechziger Jahren. Er war die Art Transie, dem es bestimmt war, daß ihm irgendwelche Dinge passierten, einfach deshalb, weil ihm die Kunst, ihnen aus dem Weg zu gehen, vollständig fehlte. So wie manche Menschen zu Unfällen neigen, neigte dieser Mann zu Katastrophen. Das, dachte Greville, konnte man auf einen Blick erkennen. Wenn sich irgend etwas Schreckliches ereignen sollte, so war er die Art Mensch, die davon natürlich wie ein Magnet angezogen wird.

Das Wasser und die Pflege von Liz – so wenig sachkundig sie auch war – belebten ihn etwas. Während sie ihn säuberte, strömten ihm die Tränen der Dankbarkeit über das Gesicht; und als er darüber hinaus war, begann er in einer spontanen Beichte – trotz der schmerzenden Zunge – seine Geschichte sprudelnd zu erzählen.

Während die Zivilisation in sich selbst zusammenbrach, zog sich Professor Francis Watkins, dessen eigene Psychologie sich als anomaler erwies, als er das vorher angenommen hatte, mit umfangreichen Vorräten, die er sich zusammengestellt hatte, in seine Bibliothek zurück. Er war bereit, das Ende dieses Rückfalls in die Barbarei, den er zunächst als zeitweilig und recht interessant empfand, abzuwarten.

Die Barbarei wurde jedoch immer barbarischer statt zivilisierter, seine Vorräte nahmen langsam ab, und schließlich war er gezwungen, hinauszugehen und sein Leben zu riskieren – und, was noch wichtiger war, die Zukunft seiner Bibliothek –, weil er solche Delikatessen wie Kartoffeln, Rüben und zum Schluß sogar Aas benötigte.

Er war kein Koch, aber er machte die Entdeckung, daß man praktisch alles essen konnte, wenn man es lange genug kochte.

Die Schwierigkeit dabei war nur, daß er die Nahrungssuche nicht sehr gut beherrschte. Früher oder später würde er seine geliebte Bibliothek verlassen müssen, oder er würde verhungern. Er konnte nicht fahren, er konnte nicht kämpfen, und er brachte es gerade noch fertig, den Abzug einer Pistole durchzuziehen. Es war ein Wunder, daß er überhaupt überlebte.

Schließlich, als er zwei Tage lang nichts zu essen gefunden hatte, kam ihm die Erleuchtung. Die Zivilisation war zwar zusammengebrochen, aber es mußte doch ganz sicher irgendwo Zentren der Kultur und Wissenschaft geben, die noch blühten. Er konnte sich eine Welt nicht vorstellen, in der alles verschwunden war, was er für wertvoll gehalten hatte.

Wenn man also davon ausging, daß es irgendwo Gruppen von intelligenten Leuten gab, die mehr Glück als er gehabt hatten – Leute, die zweifellos in erster Linie darum besorgt waren, das zu erhalten, was erhaltenswert war (das hieß für ihn vor allem: Bücher), bis es wieder eine vernünftige soziale Organisation gab –, dann brauchte er nur noch eine solche Organisation zu finden, sich ihr anschließen, und dann könnte er geduldig abwarten, bis die Welt wieder soweit war, die Bedeutung von Freud und Jung, von Adler und Pawlow, von Lewtuschenko und Eysenck anzuerkennen.

Soweit seine Theorie. Sie schien ihm eine gute Theorie zu sein. Es gab da nur ein Problem. Professor Francis Watkins hatte sich eine der besten Privatbibliotheken auf dem Gebiet der Psychologie in ganz England zusammengestellt. Er wollte sie nicht aufgeben. Es war sogar seine Pflicht, sie nicht aufzugeben. Er konnte also entweder bei ihr bleiben und sterben, oder er konnte die besten Bücher mitnehmen. Bedauerlicherweise hatte er keine Transportmittel.

Er war jedoch ein erfindungsreicher Mann. Der Hunger hatte seinen Verstand geschärft. Er verstand sich zwar nicht darauf, ein Auto zu fahren, aber einen kleinen Karren konnte er auf jeden Fall schieben. Wenn er einen kleinen Karren finden würde.

Er fand keinen. Er fand jedoch einen Ersatz – oder, um genau zu sein, er fand drei Ersatzmöglichkeiten. Es waren Kinderwagen, die er in einem verlassenen Geschäft für Babyausstattung entdeckte. Sie waren die einzigen Transportmittel, die er finden konnte.

Die füllte er also mit Büchern. Die Auswahl zerriß ihm fast das

Herz. Selbst wenn er die Kinderwagen bis zum Bersten anfüllte, faßten sie nur ungefähr zwanzig Prozent der Bücher, die er für die Gründung einer annehmbaren psychologischen Bibliothek für unabdingbar hielt.

Er füllte also seine Kinderwagen mit seinen besten Büchern – die Auswahl allein kostete ihn fast drei volle Tage – und machte sich auf den Weg ins Unbekannte. Er hatte keine Ahnung, wo er hingehen sollte, aber er hatte das Gefühl, daß er, wenn er in irgendeine Richtung lange genug gehen würde, früher oder später eine Zuflucht finden müßte.

Seine Fortbewegungsmethode war einfach. Er schob seinen ersten Kinderwagen ungefähr hundert Yards weit, ging für den zweiten zurück und dann für den dritten. Nach seiner Berechnung war er in der Lage, so ungefähr fünf Meilen am Tag zu schaffen, wenn er genug Essen fand, um bei Kräften zu bleiben. Er sagte sich selbst, daß es bei dieser Geschwindigkeit nicht länger als einen Monat dauern könne, bis er Menschen fand, die ebenso von der Entschlossenheit beseelt waren, die intellektuellen Errungenschaften der Welt am Leben zu erhalten.

Dieser geniale Plan hatte nur zwei Fehler. Er wußte nicht wirklich, wohin er ging; und selbst, wenn dies anders gewesen wäre, hätte er wohl kaum genug Essen gefunden, um sich über Wasser zu halten, bis er dorthin kam.

Sechs Pfund sehr alte Kartoffeln und eine Dose mit zwei Pfund ranziger Butter lieferten ihm die Energie dafür, acht oder neun Tage umherzuwandern. Immer wieder schob er seinen ersten Kinderwagen hundert Yards vor, ging zurück, um den zweiten und dann den dritten zu holen. Es war ein Wunder, daß er nicht von Hunden oder Ratten aufgefressen wurde. Vielleicht hatte er auf diese Art seine gesamte Ration an Wundern aufgebraucht.

Als er nämlich den letzten Rest seiner Kartoffeln und seiner Butter verzehrt hatte, wurde ihm plötzlich klar, daß seine Wanderschaft zu Ende war, und er legte sich zum Sterben nieder. In dieser Situation fanden ihn die Frevelbrüder.

Wenn er noch mehr als nur halb am Leben gewesen wäre, hätten sie ihn sicher umgebracht. Da er aber offensichtlich mehr als halb tot war, taten sie ihr Bestes, um ihn zu retten. Ihr Bestes bestand einfach darin, daß sie ihm zu essen gaben und ihn warm hielten. Einen Tag oder zwei halluzinierte er und glaubte, da er von Köpfen mit Tonsuren über Kutten aus grobem Stoff und sogar aus Sackleinwand umringt war, er sei nun tatsächlich ins Mittelalter und in die Barbarei zurückgefallen. Dann aber bekam er wieder einen klaren Kopf und fing an, sich zu erholen.

Also schnitten ihm die Frevelbrüder eine Tonsur, gaben ihm eine Mönchskutte und führten ihn gezwungenermaßen als Novizen in den Orden ein. Die Einführungsriten der Frevelbrüder waren einfach und außerordentlich wirksam; der Novize wurde gezwungen, das zu tun, was er am wenigsten gern tat. Männer, die von Natur aus Feiglinge waren, wurden gezwungen, gegen Veteranen des Ordens mit Messern, Rasiermessern oder Flaschenhälsen zu kämpfen. Männer, die von Natur aus mutig waren, mußten alle möglichen Erniedrigungen über sich ergehen lassen, ohne daß sie dagegen etwas tun konnten. Männer, die heterosexuell veranlagt waren, wurden einer Gruppe von Homosexuellen übergeben. Männer, die nicht schwimmen konnten, wurden in den Fluß geworfen. Männer, die es nicht ertragen konnten, allein zu sein, wurden lange in Einzelhaft gesperrt. Und so weiter. Jeder hat seine schwache Stelle, und jeder wurde mit dieser schwachen Stelle an die Öffentlichkeit gezerrt und erniedrigt.

Professor Francis Watkins war an Frauen nicht besonders interessiert, und so fanden die Frevelbrüder für ihn eine halbverhungerte Nymphomanin, die sie auf ihren Wanderungen aufgelesen hatten und die sie nur deshalb nicht vergewaltigt oder getötet hatten, weil ihr beides willkommen gewesen wäre.

Die Nymphomanin, eine hagere und physisch starke Frau, die ungefähr doppelt so alt aussah, wie sie tatsächlich war, erhielt eine Flasche Whisky, und man versprach ihr für jeden vollendeten Sexualakt, den sie mit Professor Francis Watkins erreichte, eine feste Mahlzeit. Die beiden wurden einen Tag und eine Nacht lang in einen Keller eingeschlossen. Nach dem Ablauf dieser Zeit war

Professor Francis Watkins hysterisch, und die Frau hatte sich drei Mahlzeiten verdient. Die Erniedrigung wurde von einem älteren Bruder überwacht, der für diesen Zweck eine zwar lange, aber recht unterhaltsame Wache auf sich nahm.

Das war jedoch nur der erste Teil der Einführung. Den Brüdern war aufgefallen, daß Professor Francis Watkins vor allem seine Bücher erhalten wollte. Also ließen sie ihn die Bücher verbrennen. Es war dies die einzige Gelegenheit, bei der er versuchte, Mut zu zeigen. Er lehnte es ab, den Scheiterhaufen mit ihnen anzuzünden, und sagte ihnen, er ließe sich lieber umbringen.

Die Frevelbrüder hatten nicht den Wunsch, ihn umzubringen. Sie stellten ihn vielmehr vor die Wahl, entweder die Bücher zu verbrennen oder eine nicht näher bestimmte Zeit mit der Nymphomanin eingeschlossen zu werden. Er entschloß sich, die Bücher zu verbrennen. Ihm erschien alles und jedes besser als jene Art von Vergewaltigung, die, soviel er wußte, in den Büchern, die er nun zerstören sollte, nicht untersucht oder auch nur angedeutet worden war.

Erst später, als seine Willenskraft gebrochen war, wurde ihm klar, daß es auch Vorteile hatte, wenn man ein Mitglied der Frevelbrüder war. Der Orden war zwar in der Geschichte nicht einmalig, aber in der neueren Geschichte war er es. In ihm manifestierte sich eine Form von Wahnsinn, die an sich schon faszinierend war. Die Frevelbrüder hatten sich nämlich der Überzeugung verschworen, Gott sei verrückt, grausam und völlig absurd.

Gott, so glaubten sie (oder zumindest die Fanatiker unter ihnen glaubten das), hatte der Menschheit die Omega-Strahlung und den Schönwetterselbstmord deshalb geschickt, weil die Gefahr bestand, daß die Menschen eine rationale, gesunde und blühende Gesellschaft entwickelten. Sie glaubten weiter, daß Gott die Zerstörung absichtlich unvollständig gelassen hatte, weil er den Erwählten die Möglichkeit der Erlösung geben wollte. Die Erwählten waren selbstverständlich die Frevelbrüder. Es war ihre Aufgabe, Gottes Werk bei den geringeren Sterblichen zur Vollendung zu bringen; und wenn sie die Aufgabe erledigt hatten, den Planeten zu reinigen, dann durften sie das letzte Privileg genießen und sich selbst umbringen. Ihrer Theologie nach war es ihnen an diesem Punkt bestimmt, in unsterblichem Wahnsinn in einem unbeschreiblich psychotischen Himmel zu existieren, bis Gott sich entschloß, noch interessantere Alpträume zu verwirklichen und sie in einem weit entfernten und unendlich absurden Anti-Eden wieder zu Fleisch werden zu lassen.

Das Überraschende dabei war nicht, daß Transnormale solche Vorstellungen entwickelten, sondern daß es so vielen Transnormalen gelang, sich so effektiv zu organisieren; die Anzahl der Frevelbrüder nämlich ging inzwischen in die Hunderte. Ihre Todesrate war hoch, aber ihre Rekrutierungsrate war es auch. Und ihr Anführer, der sich Bruder Luzifer nannte, hatte demagogische Qualitäten, für die ihn frühere Tyrannen beneidet hätten.

Da er von der Voraussetzung ausging, daß Leben, da von Gott gegeben, absurd war, gab er sich die beste Mühe, diese Absurdität noch dadurch zu vergrößern, daß er auf einem Weg von beliebigen Handlungen die absolute Frustration erreichen wollte. Er gestattete es dem Orden, rituellen Kannibalismus zu praktizieren, weil das absurd war; Tod durch Folter aber drohte jedem, der es wagte, Schweinefleisch zu essen, weil er ein Gesetz erlassen hatte, daß Schweine, weil sie fast völlig absurd waren, erhaben seien und die reinste Manifestierung von Gottes Willen darstellten. Bei einer Gelegenheit hatte er sogar ungefähr hundert Brüder geopfert, weil er den vergeblichen Versuch angestellt hatte, ein halbes Dutzend Schweine vor einem riesigen Hunderudel zu retten.

Obwohl Professor Watkins ständig mit Erniedrigungen überschüttet wurde, wie dies das Konzept der absoluten Frustration verlangte, begann er, an seinen Erfahrungen auf eine masochistische Art fast Gefallen zu finden. Er befand sich in einer einzigartigen Position für Forschungsarbeit, dachte er. Er hatte die Hoffnung noch immer nicht aufgegeben, daß der Alptraum früher oder später ein Ende finden würde und er es schaffen könnte, wieder in eine Welt des akademischen Friedens und der Sicherheit zurückzukehren; in der Zwischenzeit würde er, der geschulte Beobachter, die ursprünglichen, nackten Erscheinungsformen menschlicher Verrücktheit und Verkommenheit aufzeichnen. Eines Tages würde er all das, was hier geschehen war, auswerten und seine Erkenntnisse dazu verwenden können, das herauszubekommen, was bisher noch niemand herausbekommen hatte – durch negative Bezüge die grundsätzlichen Kriterien der geistigen Gesundheit herauszuarbeiten.

Doch dann wurde er von den Zufallskonsequenzen des Ordens der Frevelbrüder überholt. Die Brüder hatten sich im Nebel verlaufen, Ambergreave entdeckt und beschlossen, es durch ihre Aufmerksamkeiten in einen gottgefälligen Status zu bringen. Es war dies das erste Mal, daß Professor Francis Watkins erlebte, wie die Philosophie der Frevelbruderschaft in größerem Maßstab in die Praxis umgesetzt wurde. Was er da sah, ließ ihn vor Schreck erstarren. Er wurde außerdem schwer durch Bisse verletzt; in einem Zustand des physischen und moralischen Zusammenbruchs hatte er sich in der Windmühle versteckt und gehofft, daß die Brüder weiterziehen und ihn liegenlassen würden. Einer von ihnen fand ihn jedoch, bevor der Orden weiterzog. Als er sich nicht rühren wollte und da er bereits schwer verwundet zu sein schien, schossen sie zur Sicherheit zweimal auf ihn und ließen ihn zum Sterben zurück.

Das war die Geschichte, die er Greville und Liz erzählte. Er trank dabei dankbar in kleinen Schlucken Wasser und wälzte sich in eine bequemere Stellung.

Greville hatte gedacht, daß ihn nichts mehr überraschen könnte. Er hatte sich getäuscht. Professor Francis Watkins schaffte es und überraschte ihn. Greville dachte, daß es so wie dem Professor mit kleinen Veränderungen allen ergehen könnte, wenn sie nicht verdammt Glück haben würden.

„Ich möchte hinzufügen“, sagte Professor Francis Watkins und lächelte müde, „daß ich Ihnen trotz der Fürsorge Ihrer netten Gattin und Ihrer lobenswerten Geduld sehr verbunden wäre, wenn Sie dieses Zerstörungsinstrument so abfeuern würden, daß ich ein möglichst schmerzloses und schnelles Ende finde ... Ich fürchte fast, ich habe etwas zuviel gesehen."

„Wo sind die Frevelbrüder jetzt?" fragte Greville.

Der alte Mann zuckte die Achseln. „Das kann niemand sagen. Sie wollten nach Süden – das heißt, wie ich glaube, in Richtung Thetford –, aber irgendeine Laune kann sie auch ganz woandershin führen." Er schüttelte sich. „Sie könnten sogar hierher zurückkommen ... Wenn Sie jetzt also die Güte hätten, genau zu zielen und dann auf den Abzug zu drücken ... Also, ich darf Ihnen sagen, ich wäre Ihnen wirklich sehr verbunden."

Wenn er um sein Leben gebettelt hätte, hätte Greville ihn wahrscheinlich erschossen. Er bettelte jedoch um seinen Tod, und Greville, der vielleicht selbst etwas von der Philosophie der Absurdität abbekommen hatte, lehnte es ab, ihm diesen letzten Luxus zu gewähren.

Er sah Liz fragend an. Sie nickte.

„Wir nehmen dich mit nach Hause", sagte Greville. Er lachte grimmig. „Wir müssen schließlich unseren eigenen Frevelhaftigkeitsstandard bedenken."

Professor Francis Watkins fing wieder an zu weinen.

19

Francis – denn so nannten sie ihn nach einiger Zeit – brauchte eine recht lange Zeit, bis er sich von seinen Wunden erholt hatte. Da er ein alter Mann war und Anstrengungen oder Mangel ihm fremd waren, hatte er nicht viel Widerstandskraft. Außerdem hatte er keine Lust mehr zu leben. Aus diesem Grund und aus Boshaftigkeit beschloß Greville, daß er leben sollte. Greville hatte keinen Schimmer, was er mit einem ehemaligen Psychologieprofessor anfangen könnte; er hatte auch keine besondere Lust, sich um die Zukunft großartig Gedanken zu machen, denn er hatte eine Vorahnung, daß seine Zeit irgendwie bald gekommen sein würde.

Seine Schwierigkeit war, daß er, der nun so lange allein ausgekommen war und sich so lange hatte absondern können, es sich gestattet hatte, wieder mit der Menschheit durch die Person von Liz in eine emotionelle Beziehung zu treten. Er liebte sie, wie er Pauline nie geliebt hatte. Er liebte sie so sehr, daß er um sie mehr Angst hatte als um sich selbst. Sie waren über das Stadium hinweg, in dem man von dem anderen nur etwas nehmen will, und sie hatten es gelernt, einander etwas zu geben. Es war ein köstliches, herzzerreißendes, berauschendes Gefühl. Sie feierten verrückte Flitterwochen in einer Welt aus einem Alptraum. Es war vor allem eine äußerst verwundbare Beziehung... Und jetzt war da noch Francis... Und plötzlich war das Haus auf der Insel, das für zwei groß genug gewesen war, überfüllt. Aus der Festung war eine offene Stadt geworden. Die harte Welt der Realität, verkleidet als ein alter Mann mit Schußverletzungen und Hundebissen, hatte sich dank einer verrückten Einladung durch die Hintertür eingeschlichen.

Sie hatten Francis von der Windmühle in einer Schubkarre zum See gebracht. Sie hatten ihn zu der Insel hinübergerudert, ihn zum Haus getragen und auf das Bett gelegt, das noch vor so kurzer Zeit der Liebe gehört hatte. Dies, dachte Greville, als er den Alten auf Bettlaken legte, die noch den Abdruck und sogar die Wärme der Liebe und der Zärtlichkeit offenbarten, die die beiden dort geteilt hatten, war auf symbolische Art das Ende der Flitterwochen. Wenn sie Glück hatten, würden sie auch noch andere Zeiten erleben; aber so wie die Zeit, die sie gerade hinter sich hatten, würde es nie mehr sein können.

Es war noch Tag, aber die Sonne versank schon an einem ruhigen Himmel. Greville teilte Liz mit, daß er noch einmal zurück nach Ambergreave wolle, um die Lage dort etwas systematischer zu untersuchen.

„Aber was ist, wenn diese Irren zurückkommen?“ protestierte Liz.

„Das gehört auch zu den Dingen, um die ich mich kümmern will“, sagte Greville. „Meiner Ansicht nach hat uns gestern abend der Nebel gerettet. Wenn sie gewußt hätten, daß in dem See eine Insel liegt und daß auf dieser Insel ein Haus steht, hätten sie höchstwahrscheinlich einen Angriff gestartet. Nach unserem Freund hier haben sie sich nach Thetford abgesetzt. Vielleicht hat er recht, aber es wäre doch verdammt unvorsichtig, wenn man das nicht nachprüfen würde. Ich nehme mir das Auto und fahre ein Stück in Richtung Thetford. Ich möchte doch sichergehen, ob sie nicht zurückgekommen sind."

„Du paßt aber auf dich auf, nicht wahr?"

„Natürlich passe ich auf. Verdammt noch mal! Meinst du vielleicht, ich habe Lust, mich umbringen zu lassen?" Grevilles Reizbarkeit diente dazu, seine Sorge zu verdecken.

„Ich weiß nicht", gab Liz zurück. „Transies stellen verrückte Sachen an, meinst du nicht auch?"

Greville drückte sie einen Augenblick lang an sich und ging dann aus dem Haus. Das Leben, dachte er, ist eine verrückte Angelegenheit. Man konnte sich in jahrelanger Arbeit beibringen, sich um nichts in der Welt zu kümmern. Man konnte Zeuge von Selbstmord, Mord, Gewalttätigkeit, Hungersnot, Krankheit und Massaker werden und sich einigermaßen heraushalten. Doch dann wurde man plötzlich kopfüber in ein Schlammbad von Gefühlen gestürzt. Man wehrte sich dagegen, man suhlte sich darin, und schließlich ertrank man darin – und machte sich alle möglichen Gedanken um jede verdammte bedeutungslose Tragödie in einer bedeutungslosen Welt.

Er ruderte an Land, überprüfte seine Feuerwaffen und startete den Motor des Autos. Dann fuhr er langsam durch Ambergreave, sah sich das Grauen noch einmal an und spürte die Verlassenheit, die ihn nun in dem schwächer werdenden Licht umgab. Er fühlte sich wie der letzte Überlebende in einer Welt, die unwiderruflich zu Verwesung und Tod verurteilt ist.

Es war lange her, seit er sich das letzte Mal so allein gefühlt hatte. Der Tag war noch warm, aber es war lange her, seit er sich das letzte Mal so kalt gefühlt hatte. Die Flügel der Windmühle drehten sich noch langsam, und das, was von Miss Worrall noch übrig war, drehte sich mit ihnen. Plötzlich konnte er den Anblick nicht mehr ertragen. Er hielt das Auto an und stieg aus.

Nach ein paar Minuten Suche fand er Miss Worralls sorgsam gehüteten Heizölschatz. Er goß drei Viertel davon in das Erdgeschoß der Mühle und verwandte den Rest dazu, die Bespannung der Flügel damit zu tränken, sobald sie unten vorbeikamen. Dann benutzte er eines von seinen kostbaren Streichhölzern, um das Trauerfeuer zu entzünden. Alles flammte sofort auf, und die Flügel der Mühle brannten wie riesige Feuerräder und schleuderten Funken und Holzstückchen in die Luft. Das Steingehäuse der Mühle wirkte wie ein Kamin und sog das Feuer in sich hinein, bis das Brausen der Flammen und die Hitze Greville dazu zwangen, weit zurückzutreten.

Die Mühle anzustecken war sehr dumm gewesen, überlegte er sich. Jetzt aber, nachdem er es getan hatte, fühlte er sich besser. Er wartete, bis die Flügel herunterkrachten, um die Überreste von Miss Worrall unter sich zu begraben und sie restlos zu verbrennen. Dann startete er wieder den Motor des Autos und fuhr vorsichtig auf der Straße nach Thetford.

Er fuhr ungefähr fünf Meilen weit und entdeckte nur zwei Frevelbrüder, die am Straßenrand lagen. Sie hegten zweifellos die Hoffnung, die Hauptmasse im Verlauf der Nacht einzuholen.

Keiner von ihnen trug Waffen, und es hätte wohl auch keinen großen Unterschied gemacht, falls sie im Besitz von Waffen gewesen wären. Sie waren beide durch Schmerzen und Blutverlust stark geschwächt. Sie lagen auf einem Grasstück hinter einer Kurve, und Greville war schon fast an ihnen vorbei, bevor er sie bemerkte. Er bremste das Auto ungefähr fünfzig Yards weiter ab und ließ sich für den Fall, daß er in eine Falle geraten war, herausfallen.

Er wartete, aber nichts rührte sich. Dann stand er wieder auf und ging mit dem Schrotgewehr in der Hand auf die beiden Männer zu. Sie sahen ihn kommen. Einer von ihnen versuchte wegzukriechen, aber der andere war zu schwach oder zu verletzt, um sich zu bewegen.

Greville war in der Laune, ein wenig Melodrama zu genießen. Er blieb ungefähr fünf Yards entfernt von ihnen stehen. Der Mann, der versucht hatte wegzukriechen, gab den Versuch auf, drehte sich um und sah ihn an.

„Steht auf", sagte Greville.

Sie versuchten es beide, aber keiner von ihnen schaffte es.

„Dieser Gerichtshof hat entschieden", sagte Greville, „daß ihr noch ein wenig Zeit zum Überlegen haben sollt."

Er schoß allen beiden aus nächster Entfernung in den Magen. Ungerührt von ihren Schreien, wendete er dann den Wagen und fuhr langsam nach Ambergreave zurück.

20

In den ersten Tagen nach dem Massaker in Ambergreave unternahm Greville jeden Tag Erkundungsfahrten in verschiedene Richtungen, die er sich mehr oder weniger beliebig aussuchte. Bei zwei Gelegenheiten fand er kleine Dörfer, durch die der Orden offensichtlich erst vor kurzer Zeit gekommen war und dabei einen Pfad der Zerstörung hinter sich gelassen hatte, der dem in Ambergreave sehr ähnlich war; er traf jedoch keinen der ‚Mönche' mehr lebend an. Sie schienen sich in südlicher Richtung zu bewegen. Vielleicht waren sie auf dem Weg nach London. Greville hoffte eigentlich, daß dies der Fall war. In London und Umgebung war die Möglichkeit groß, daß sie auf Widerstand stoßen würden, der zu heftig für sie war, um damit fertig zu werden. Das schlimmste Schicksal, das er ihnen wünschen konnte, war nicht, daß sie auf eine Gruppe von Menschen stoßen würden, die zahlreicher und besser bewaffnet waren als sie. Vielmehr hoffte er, daß sie die Aufmerksamkeit eines großen Rattenschwarms erregen würden – am besten hungrige Ratten und am besten bei Nacht.

Währenddessen ging es Francis trotz seines Alters und trotz seiner mangelnden Widerstandskraft besser. Greville hatte unter seinen Schätzen im Keller eine große Menge von uralten und völlig nutzlosen Penicillin-Tabletten. Die verfütterte er wie Süßigkeiten an Francis, und der alte Mann entwickelte eine Vorliebe für sie, weil sie noch Reste des synthetischen Orangengeschmacks aufwiesen. Sie schienen ihm nicht zu schaden, und möglicherweise halfen sie ihm sogar ein wenig.

Greville gestattete es Francis, weiter jenes Bett in Beschlag zu nehmen, in dem er und Liz ihre private Welt der Ekstase aufgebaut hatten. Das Schlafzimmer wurde zum Privatbereich von Francis. Greville fand ein riesiges Himmelbett in einem der verlassenen Häuser Ambergreaves. Stück für Stück schleifte er es hinunter zum See und transportierte es, indem er es auf dem Wasser treiben ließ, auf die Insel. Weiteres Suchen brachte ihm eine Schaumgummimatratze ein.

Das Himmelbett war herrlich, handgeschnitzt und offensichtlich sehr alt. Als es im Wohnzimmer zusammengesetzt war, war Liz so entzückt davon, daß sie einen Himmel und Vorhänge dafür nähte. Das Bett beherrschte das Zimmer vollständig, und abends, wenn Francis sich taktvoll in sein eigenes Revier zurückgezogen hatte, machten Liz und Greville mit einem leicht sündigen Gefühl ein Riesenfeuer im Kamin und zogen sich in das Bett zurück, nur um dort zu reden und in die Flammen zu schauen. Dann, nach einiger Zeit, wenn die Stimmung richtig war, zog Greville die Vorhänge zu und reduzierte den Kosmos zu einem Würfel, der einen Mann und eine Frau enthielt.

Trotz des ausreichenden Essens und des doppelten Luxus des Sex, aus dem Liebe geworden war, konnte die Welt draußen doch nicht ganz und gar ignoriert werden. Der Herbst neigte sich, und die Tage wurden länger, Liz litt immer häufiger unter Alpträumen über Jane, die Chancen für das Überleben wurden ständig schlechter, und hinter ein paar Metern Wasser lag das Dorf Ambergreave, still, stinkend und verlassen – eine ständige Erinnerung daran, daß das, was gestern geschehen war, sich in ähnlicher Form morgen wiederholen konnte. Die Menschen hatten sich ebenso wie die Schweine und die Ratten dem Kannibalismus zugewandt. Die überlebenden Transies lebten von der Vergangenheit und voneinander und waren aus diesem Grund zu einem sicheren Untergang verurteilt. Früher oder später würde ihre Anzahl sich auf eine kritische Zahl senken; und dann würde der Mensch wie der Dodo und der Phoenix zu einer Legende in einer Welt werden, in der sich niemand um Legenden kümmerte.

Wäre er auf sich allein gestellt gewesen, so hätte sich Greville sicher damit zufriedengegeben, von einem Tag zum anderen zu leben und jeden Tag so zu nehmen, wie er kam, dankbar für weitere vierundzwanzig Stunden Aufschub. Aber da war Francis, und wenn Greville jemals versucht gewesen wäre, diese Insel als eine Art schäbiges Eden anzusehen, dann wäre Francis auf jeden Fall die Rolle der Schlange zugekommen.

„Weißt du", sagte Francis an einem Nachmittag, als sie vor der Tür saßen und eine Stunde späten Sonnenschein genossen, „was mich am traurigsten macht, ist der Umstand, daß es wahrscheinlich nicht mehr genug Leute gibt, die sich Gedanken machen."

„Gedanken über was?" fragte Greville. Er sah Liz zu, die ein Huhn rupfte – ein Huhn, das sich selbst das Todesurteil unterschrieben hatte, weil es das Eierlegen verweigert hatte –, und er war voller Staunen darüber, daß es möglich war, eine so alltägliche Handlung wie das Rupfen eines Huhns in eine Reihe von Bewegungen zu verwandeln, die zugleich Grazie und Charme besaßen und ein merkwürdig symbolisches Versprechen enthielten.

„Über die Zukunft der Menschheit", sagte Francis düster. „Es ist einfach, sich über eine individuelle Zukunft Gedanken zu machen, am allerleichtesten, sich über die eigene Zukunft Gedanken zu machen. Aber es ist verdammt schwer, sich über eine Abstraktion Gedanken zu machen ... Eigentlich ist es ungeheuer schade. Wir haben eine halbe Million Jahre gebraucht, um ein Bewußtsein, die Sprache und abstraktes Denken zu entwickeln. Dann haben wir noch eine halbe Million Jahre gebraucht, bis wir gelernt hatten, was man damit anfangen kann. Dann bekommt die Sonne plötzlich ein Kratzen im Bauch, die Reizung wird durch hundert Millionen Meilen Weltraum geschickt und löst eine Todessehnsucht aus, der dreitausend Lebewesen zum Opfer fallen, von denen jedes potentiell größer als die Sonne ist, weil diese weder lachen noch weinen kann."

Greville, der in den Anblick von Liz versunken war, die wiederum in ihr Huhn versunken war, hatte nur mit halbem Ohr zugehört.

„Es gibt immer noch ein paar Menschen, die lachen und weinen können", sagte er.

Francis seufzte. „Ja, aber kann sich von ihnen irgend jemand Gedanken machen? Kann sich von ihnen wirklich irgend jemand Gedanken machen? Wollen sie sich überhaupt Gedanken machen? Ich bin nur ein müder, alter Mann, der von der Paranoia ausgelaugt ist, und ich hätte gern das Gefühl, daß sich jemand Gedanken macht."

„Warum?" fragte Greville.

„Damit ein Affe mit einer Seele, der den Mond angeschnattert hat und mit einem Werkzeug in der Hand gestorben ist, nicht umsonst gestorben ist. Ich weiß, ich bin ein Romantiker, aber das ist wirklich eine erbärmliche Art für die Menschheit, zugrunde zu gehen. Da wäre es besser gewesen, wenn die Sonne eine Nova geworden wäre, besser, wenn alle Menschen an einer schleichenden und unheilbaren Krankheit gestorben wären. Es wäre sogar noch besser gewesen, wenn wir uns alle in die Luft gejagt hätten, weil wir irgendwelchen Ideen nachjagten ... Aber nicht so. Es ist so sinnlos, so unsauber."

„Ja", sagte Greville bitter. „Wir hatten eine große Kultur. Wir hatten Atomwaffen, bakteriologische Kriegsführung und Gehirnwäsche. Ein Drittel von uns bekamen Herzfehler wegen Überfettung, und zwei Drittel bekamen andere Krankheiten wegen Unterernährung. Eine ganz tolle Kultur! Wir hatten den heißen Draht von Washington und London nach Moskau und Peking. Aber von den Slums in Bombay zu denen in New York hat es keinen gegeben. Die Nase konnte man sich richten oder das Doppelkinn entfernen lassen, und das für nur fünfhundert Pfund in einer Klinik in London, aber in Zentralafrika haben wir sie an Beri-Beri, Malaria, Aussatz oder einfach an Hunger sterben lassen, und zwar ganz umsonst."

Francis lächelte. „Mein lieber Freund, für einen Transie hörst du dich langsam abnorm normal an ... Sicher hat es Ungerechtigkeiten gegeben. Sicher gab es auch Tyrannei und Angst und eine namenlose Verschwendung. Und wie hätte deiner Meinung nach die Antwort aussehen sollen? Kommunismus, Utopismus, Humanismus oder sonst irgendein Ismus? Also, laß dir sagen, daß Ismen noch nie irgend etwas für irgend jemanden erreicht haben. In dem Augenblick, in dem der Ismus da ist, friert die Idee ein. Orthodoxie entwickelt sich zu Tyrannei, und dann ist man wieder – wie heißt das doch gleich? – zurück am Ausgangspunkt. Nein, Greville, mein Freund; das einzige, was die Menschheit gebraucht hat, war Zeit, einfach Zeit.

Noch zehntausend Jahre. Wenn man das kosmisch betrachtet, ist das wirklich nicht viel verlangt. Aber die Sonne hat Verdauungsbeschwerden bekommen, und jetzt sitzen wir hier. Vielleicht ist das ja irgendwie lustig, aber mein Sinn für Humor ist nicht mehr so, wie er früher mal war."

Greville machte die Diskussion Spaß. Er wußte, daß sie zu nichts führte, weil es keine Ziele mehr gab. Trotzdem hatte er Spaß daran. Fast zwanzig Jahre lang hatte er keine Anstrengungen unternommen, die Probleme der Welt zu lösen, und jetzt, da es für eine Lösung zu spät war, hatte er das Gefühl, daß ihm eine fast olympische Neutralität gelingen könnte. Es gab keine Probleme mehr zu lösen – außer den gewöhnlichen persönlichen. Jetzt blieb nur noch die Aufgabe, einen Urteilsspruch zu fällen.

„Die Menschheit", sagte er, „war keine zehntausend Jahre mehr wert. Sie war verfault."

Auch Francis hatte seinen Spaß. Es war eine lange Zeit her, seit er das letzte Seminar abgehalten hatte. „Beethoven war also verfault? Und Buddha und Leonardo da Vinci und Sokrates und – da kommen wir unserer Zeit ein wenig näher – Dag Hammarskjöld und Albert Schweitzer?"

Greville lachte. „Transies“, sagte er, „bekloppte Transies, völlig daneben. An Größenwahn haben sie gelitten – genau wie Attila, Dschinghis Khan, Julius Caesar, Napoleon, Hitler, Stalin... Und sogar Jesus Christus... Alles Transies... Extrem gefährliche Exemplare in einer Welt von zu schnell gewachsenen Affen.“

Francis erlaubte sich, eine Empörung zu zeigen, die er nicht wirklich empfand. „Die Schwierigkeit mit dir ist die, daß du dich nicht traust, zuzugeben, was wir verloren haben. Du traust dich nicht, etwas zuzugeben, denn wenn du das machen würdest, wärst du zu Tränen gerührt... Ja, wir haben im zwanzigsten Jahrhundert Menschen abgeschlachtet, wie wir sie in der gesamten Geschichte abgeschlachtet haben. Wir haben ihre Körper und ihren Geist getötet. Zur gleichen Zeit ist aber Blinden das Augenlicht wiedergegeben worden, Tauben das Gehör, Verstümmelte bekamen neue Gliedmaßen. Wir konnten eine Stimme über den ganzen Planeten hören, ein Orchester konnte für drei Kontinente spielen. Wir haben es fertiggebracht, denkende Maschinen auf dem Mond landen zu lassen. Was wir verloren haben, als sich die Sonne zu einem himmlischen Schluckauf entschloß, war nicht so sehr die Masse von ein paar tausend Millionen Menschen, sondern eine Vision von Größe... Wir hätten groß sein können, weißt du. Mit der Zeit hätten wir sogar so groß werden können, daß wir in die Gedanken Gottes hätten eindringen können.“

„Jetzt weiß ich endlich, warum ich überlebt habe“, gab Greville zurück. „Du bist nichts als ein weiterer frustrierter Retter der Menschheit. Du hast in deiner kleinen akademischen Welt gelebt und mit dem Allmächtigen Kreuzworträtsel gelöst, und Erektionen hast du keine gehabt, weil du der Meinung warst, das sei doch ein ganz klein wenig zu ungehobelt. Du bist nichts als ein Affe mit einem Computerkomplex. Du glaubst, weil du ein paar Millionen graue Zellen oben auf deiner Wirbelsäule sitzen hast, seist du besser als ein Baum. Woher zum Teufel weißt du denn, ob ein Baum nicht viel besser dazu geeignet ist, in das einzudringen, was du so großspurig die Gedanken Gottes nennst?“

„Weil“, sagte Francis, „ein Baum nie mehr als ein Baum ist. Es hat aber Augenblicke gegeben, da waren Menschen größer als die Menschheit ... Das mit dem Affen will ich dir zugeben. Nenn du mir dafür ein paar Konzepte, die die Existenz von Leben auf dieser ausgebrannten Schlacke rechtfertigen könnten, die sich da albern um einen mickrigen Stern dreht."

„Heiß oder kalt?" fragte Liz. Sie hatte das Huhn fertiggerupft, und das war ihr erster Beitrag zu der Unterhaltung.

„Wie bitte?" sagte Francis.

„Ich sagte: heiß oder kalt?"

„Wir lassen im Augenblick die Gedanken Gottes kurzfristig beiseite und machen uns Gedanken über die Zukunft eines toten Huhns", erklärte Greville trocken. „Liz ist weniger intellektuell als praktisch. Du und ich, wir können uns vielleicht über das theoretische Potential der Menschheit unterhalten, wie es jetzt aussieht, aber sie sorgt dafür, daß wir das mit vollem Bauch tun. Außerdem ist sie für die Erleichterung von sexuellem Druck gut, und das hält mehr als alles andere die ewige Kälte fern."

Liz musterte sie. „Ihr seid beide von einer Frau geboren worden", sagte sie. „Ich hoffe nur, daß die Nummer, die dafür notwendig war, befriedigender war als das Endprodukt ... Also, heiß oder kalt?"

„Heiß", sagte Francis.

„Kalt", sagte Greville.

Liz grinste. „Ihr lügt alle beide." Sie nahm das Huhn und ging damit ins Haus.

Greville sah ihr nach, und das Herz wollte ihm zerspringen.

Francis sah Greville an. „Eigentlich hat sie recht. Wir sind beide Lügner. Du glaubst das, was du sagst, genausowenig, wie ich glaube, was ich sage."

Doch dann konnte er nicht widerstehen und fügte eine Spur bösartig hinzu: „Auf der anderen Seite sieht es so aus, als seien noch ein paar Dinge übrig, die noch nicht verlorengegangen sind."

21

Auszug aus Grevilles Tagebuch:

„Oktober. Tag neunzig – eine Genauigkeit, die ich mir als kleinen Luxus erlaube. Es ist natürlich ungenau. Ich halte nie etwas durch, noch nicht einmal die Memoiren eines Totengräbers im Beinahe-Ruhestand.

Francis ist tot. Er war nicht lange genug bei uns, daß dies wirklich eine große Rolle spielen sollte. Und doch hat er eine Rolle gespielt. Was war es, das er an sich hatte? Er war nichts als eine einsame, traurige Kreatur, ein absurder alter Mann mit dem Kopf voller Abstraktionen und langer Wörter. Er war nicht für das Überleben programmiert. Er war sogar noch zu dumm, richtig für sich selbst zu sorgen.

Oft hat er sich tagelang nicht gewaschen. Wenn Liz ihn nicht zu einem Minimum von Hygiene gezwungen hätte, dann hätte er alle seine Kleider getragen, bis sie stanken oder in Fetzen von ihm herunterfielen. Er war faul, er war unpraktisch, er war hochnäsig. Und doch ... Und doch mochte ich ihn. Warum zum Teufel soll ich eine solche Zuneigung zu jemandem verspüren, der so absurd war? Meine Schwierigkeit ist es, daß ich wieder lerne, jemanden zu mögen. Das ist gefährlich.

Francis war absurd genug, auf absurde Art aus einem absurden Grund zu sterben. Oder vielleicht aus zwei Gründen. Ich werde es nämlich nie wissen, ob er für das Wörterbuch gestorben ist oder für einen halbverhungerten Jungen in Katzenfellen. Wahrscheinlich war es im Grunde mein Fehler. Ich hätte ihm nicht nachgeben sollen. Was war er denn schließlich? Nichts weiter als ein menschliches Wrack, zu dessen Rettung mich Liz wider besseres Wissen überredet hat.

Schon gut, mein lieber Greville! Spiel dich als Herrgott auf! Fälle dein göttliches Urteil über eine weitere Maschine, die versagt hat!

Die Wahrheit ist die, daß über Francis kein Urteil als der übliche offene Spruch zu fällen ist. Ich mochte ihn, das ist alles.

Es passierte auf einer Plünderungsexpedition. Liz und ich hatten die übliche Wunschliste zusammengestellt – Essen, Kleider, Feuerwaffen, Munition, Benzin, Heizöl. Francis aber wollte nur Bücher. Ich sagte ihm, daß wahrscheinlich keine Zeit dazu bleiben würde, sich um Bücher zu kümmern, aber er wollte trotzdem mitkommen. Er hatte wahrscheinlich die Theorie, ihm würde es gelingen, mich davon zu überzeugen, daß wir uns die Zeit nehmen müßten. Er hatte Erfolg damit – und starb.

Wir hatten eigentlich Glück gehabt. Das Auto lief gut, die Straßen (oder was noch davon übrig war), die wir uns ausgesucht hatten, bargen keine unangenehme Überraschungen, und sogar das Wetter war schön. Ich hatte mich entschlossen, Städten oder Dörfern soweit wie möglich aus dem Weg zu gehen. Einzeln stehende Häuser, vorzugsweise große – und vorzugsweise unbewohnte – waren unser Hauptziel. Wir wollten gegen niemanden kämpfen. Wir wollten nur plündern. Falls es aber doch zum Kampf kommen sollte, so waren wir darauf so gut vorbereitet, wie uns das möglich war: ein Gewehr, ein Revolver und zwei Schrotgewehre. Mit Munition waren wir nicht schlecht versorgt, denn ich hatte einiges in den Ruinen von dem gefunden, was die Frevelbrüder von Ambergreave übriggelassen hatten.

Die ersten zwei Häuser, die wir untersuchten, waren so kahl wie ein abgenagter Knochen. Das dritte war bewohnt, und wir schafften es gerade noch, das Auto zu wenden und uns so schnell wie möglich davonzumachen, bevor die Schüsse treffsicherer wurden. Das vierte Haus aber war eine Goldmine. Es war schwer zu verstehen, warum es noch nicht vorher ausgeräumt worden war. Vielleicht lag es zu isoliert. Wir entdeckten es nur zufällig. Liz entdeckte etwas, das wie eine schmale Straße aussah, die in den Wald führte – und an ihrem Ende lag das Haus.

Unsere Beute bestand aus drei Hosen, fünf Hemden, einigen Decken, zwei Abendkleidern (etwa aus dem Jahre 1974), ungefähr einem Dutzend Büchsen ohne Schilder (später fanden wir heraus, daß in allen Fruchtsaft war), zwei Öllampen, verschiedenen Werkzeugen und ungefähr sechs oder sieben Gallonen Heizöl in einem Fünfundvierzig-Gallonen-Faß. Glücklicherweise hatten wir zwei leere Fünf-Gallonen-Kanister mitgebracht.

Das nächste Haus, das wir fanden, war noch besser. Es lag ganz in der Nähe und war wahrscheinlich früher die Hütte des Jagdaufsehers gewesen. Dort erwischten wir ein rostiges Schrotgewehr, eine Schachtel Kerzen, ein großes Glas mit eingelegten Zwiebeln, zwei kleine Gläser mit Marmelade, drei Schachteln Streichhölzer (feucht, aber wenn man sie trocknete, waren sie in Ordnung), eine alte Schaffelljacke und ungefähr hundert Pfund Mehl. Das Mehl war – wer weiß wie lange – in Steinguttöpfen gelagert worden, aber es war noch frisch und trocken. Das war der Hauptgewinn.

Francis half uns dabei, diese ganzen Schätze in dem Lieferwagen zu verstauen und sagte ganz nebenbei: ‚Wie wär's denn, wenn wir über Bury St. Edmunds zurückfahren würden? Die Strecke ist kürzer.'

‚Zu gefährlich', sagte ich. ‚Ich mag Städte nicht, und heutzutage schon gar nicht. Wir fahren dieselbe Strecke zurück, die wir gekommen sind. So kriegen wir keine Schwierigkeiten.'

‚In Bury gibt es eine öffentliche Bibliothek', sagte Francis schüchtern. ‚Da könnten gut und gerne noch ein paar interessante Bücher übriggeblieben sein.'

‚Scheiß auf die Bücher. Die kann man nicht essen.'

Francis seufzte.

‚Im übertragenen Sinn kann man das selbstredend. Dazu sind Bücher da.'

Liz unterstützte Francis überraschenderweise, aber ich setzte meinen Willen gegen die beiden durch. Wir fuhren auf dem gleichen Weg zurück, auf dem wir gekommen waren. Auf dem Rückweg hatten wir jedoch nicht so viel Glück. Wir stießen auf eine Straßensperre.

Vielleicht hatten die Leute, die sie aufgebaut hatten, uns schon beim ersten Mal gehört und angenommen, daß wir zum Plündern unterwegs waren, oder vielleicht legten sie einfach in beliebigen Zeitabständen Straßensperren an.

In diesem Fall war die Straßensperre nichts weiter als ein sehr alter Traktor, der die enge Straße mehr oder weniger ausfüllte. Wer auch immer die Sperre angelegt hatte: Es war ein schlechter Platz. Die Sperre lag zwar hinter einer Kurve, aber mir blieben noch immer fünfundzwanzig Yards als Warnung, die mir reichten, um das Auto zu wenden, nachdem ich rückwärts wieder um die Kurve gefahren war. Wir schafften es wegzukommen, noch bevor sie zu schießen anfingen.

Zur großen Freude von Francis führte die einzige alternative Strecke, die ich kannte, zurück nach Ambergreave durch Bury St. Edmunds. Es war später Nachmittag. Bald würde es dämmern. Ich war der Ansicht, daß wir das Risiko eingehen konnten.

In den Vororten von Bury gab es keine Schwierigkeiten. Alles sah aus wie in einer Geisterstadt. Wir fuhren weiter, bis wir zum Marktplatz kamen. Noch immer keine Schwierigkeiten.

Und dort lag die öffentliche Bibliothek, und hier war Francis in unserem Auto und lechzte nach ein paar erbärmlichen Büchern.

‚Gebt mir fünf Minuten – nur fünf Minuten', flehte er uns an. ‚Der Mensch lebt nicht vom Brot allein. Außerdem ist der gesamte Ort ausgestorben. Wer wollte wohl hier leben, wenn er noch seine fünf Sinne beieinander hat?'

Ich war geneigt, ihm zuzustimmen. ‚Also, hör zu', sagte ich ihm. ‚Ich stelle mich mit dem Auto mitten auf den Platz, damit jeder, der auf uns schießen will, das aus der Entfernung tun muß. Ich gehe nicht aus dem Wagen heraus, und Liz bleibt auch hier. Wir decken dich, so gut wir können, aber du beeilst dich besser.'

‚Greville, mein Freund', sagte Francis, der sich beinahe in seiner Hast, aus dem Auto herauszukommen, überschlug, ‚du bist fast ein zivilisierter Transnormaler. Man sollte es nicht zulassen, daß ein gebildeter Mensch geistig verhungert. Das ist die schlimmste Art von Vandalismus.'

‚Drei Minuten', sagte ich. ‚Du redest zuviel.'

Francis strahlte über das ganze Gesicht und rannte wie ein Kind aus einer anderen Zeit, das zu dem Süßigkeitsladen bei der Schule läuft, über den Platz.

Liz und ich saßen nebeneinander, mit den Schrotgewehren in der Hand, die wir aus dem Fenster strecken könnten, wenn es nötig werden sollte.

Es ist eine besondere Kunst, aus einem Auto heraus zu schießen. Um diese Zeit fing sogar Liz an, darin Übung zu bekommen, aber da war nichts, auf das wir hätten schießen können. Der Abend kam, die Welt war still, und wir waren, soweit wir das sehen konnten, die einzigen Menschen weit und breit.

Ich freute mich darüber, daß das Licht schwächer wurde. Das Auto schien so völlig ungedeckt, wie es da mitten auf dem Platz stand, aber das war für uns die beste Stelle. Jeder, der es sich anschauen wollte, mußte mindestens vierzig Yards offenes Gelände überwinden, und wenn jemand aus dem Schutz des nächsten Hauses auf uns schießen wollte, dann konnte er sein Ziel kaum erkennen.

Liz schüttelte sich. ‚Wir sind nicht allein', sagte sie.

‚Woher weißt du das?'

‚Das fühle ich.'

‚Reicht deine übersinnliche Wahrnehmung auch aus, um dir mitzuteilen, wo der Gegner steckt?'

‚Nein.'

‚Dann konzentriere dich darauf.'

Francis hatte eine kleine aufladbare Taschenlampe mitgenommen. Wir konnten ihren tanzenden Lichtschein auf den Innenwänden der Bücherei erkennen. Viele von den Fenstern waren zerbrochen. Ich hatte das Gefühl, daß er ein wenig enttäuscht sein würde. Wahrscheinlich hatten die Ratten die meisten Bücher schon aufgefressen.

Es kam mir wie eine lange Zeit vor, aber wahrscheinlich waren es nur zwei oder drei Minuten, bis er schwer mit Büchern beladen aus dem Haus gewankt kam. Er warf sie hinten in den Lieferwagen und legte sie unordentlich auf unsere übrigen Schätze.

‚Viel ist nicht mehr da', sagte er, vor Anstrengung schnaufend.

‚Die *Britannica* scheint aber noch relativ unberührt zu sein. Wenn ich noch zweimal reingehe, habe ich die anderen Bände auch noch.‘

‚Wozu, zum Teufel, brauchst du ein Lexikon?‘ fragte ich gereizt.

‚Wozu, zum Teufel, willst du noch weiterleben?‘ gab Francis zurück.

‚Dann beeile dich. Liz glaubt, daß wir nicht allein sind.‘

‚Gut‘, sagte Francis ungerührt. ‚Einsamkeit ist nicht der Weg zum Glück.‘ Er trottete in die Bibliothek zurück.

Der zweite Ausflug dauerte nicht so lange.

‚Ich habe Geräusche gehört‘, sagte er unbekümmert, während er seine Bücher verstaute. Er lachte leise. ‚Vielleicht ist das ein später Kunde in der Romanabteilung.‘

‚Steig ein. Wir hauen ab.‘

‚Nicht, bis ich nicht den Rest der *Britannica* auch noch habe.‘ Wieder rannte er in das Haus.

Die Minuten verstrichen. Es dauerte lange, bis er zurückkam. Ich wollte gerade hineingehen, um ihn herauszuholen, als ich seine unverkennbare, bücherbeladene Gestalt im Halbdunkel ausmachte.

Er verstaute die Bücher zwischen dem Rest unserer Beute. ‚Ratet mal‘, sagte er aufgeregt, ‚was ich gefunden habe. Ich habe einen Jungen gefunden, der ist nur mit einem Fell bekleidet.‘

‚Wie schön‘, sagte ich. ‚Jetzt steig ein. Wir sind schon viel zu lange hier.‘

‚Nein‘, sagte Francis. ‚Mir ist gerade etwas eingefallen. Ich brauche ein gutes Wörterbuch ... der Junge ist am Verhungern. Meinst du vielleicht ...‘

‚Nein, verdammt noch mal, ich meine nichts dergleichen. Steig jetzt endlich ins Auto ein, bevor ich dich erschieße.‘

Francis lachte. ‚Stoße nie eine Drohung aus, die du nicht auch ausführen würdest. Nur noch eine Minute ... Äh, der Junge. Könnten wir nicht wenigstens ...‘

‚Gar nichts könnten wir wenigstens!‘ fuhr ich ihn ärgerlich an und zielte mit dem Schrotgewehr auf ihn. ‚Steig jetzt ein, bevor ich dich zur Hölle schicke.‘

Francis seufzte. ‚Tut mir leid, wenn ich euch hier zur Last falle. Ich hole nur noch das Wörterbuch!'

Und weg war er.

Ich hatte große Lust, ihn zu erschießen, ihm sein verrücktes Hirn mit dem Kolben einzuschlagen. Aber ich tat nichts dergleichen, sondern saß nur da und kochte.

Liz versuchte mich mit einer seltsamen Methode zu besänftigen. ‚Was macht das schon? Was macht schon irgend etwas? Reg dich nicht über ihn auf. Er braucht eben etwas, das er abends mit ins Bett nehmen kann.' Sie kicherte. ‚Auch wenn es nur ein Wörterbuch ist.'

Kurz darauf kam Francis aus der Bibliothek. Er trug mehr als nur ein Wörterbuch. Er hatte eine undeutliche, aber entfernt menschliche Gestalt in den Armen. Er taumelte ein wenig, und ich wäre ausgestiegen und hätte ihm geholfen – wenn ich nicht wieder so eine verdammte Wut auf ihn gehabt hätte. Verdammt noch mal, ich hatte diesem Mann das Leben gerettet, und es war ihm völlig egal, was ich dachte oder fühlte oder wollte. Ich ließ ihn über den Platz mit seiner Last aus Haut und Knochen torkeln. Ich konnte das Kind nicht sehr gut erkennen, dachte aber, daß ich mein kleines Haus ebensogut in eine Mischung aus Obdachlosenasyl und Waisenhaus verwandeln könnte.

Francis hatte die Autotür schon fast erreicht, als jemand – entweder aus Glück oder geplant – einen ausgezeichneten Schuß landete.

Im selben Augenblick glaubte Liz am anderen Ende des Platzes eine Bewegung zu erkennen und feuerte ihr Schrotgewehr ab. Ich auch. Beide Läufe. Jemand schrie.

Dann drehte ich mich um, um nach Francis zu sehen. Er war auf die Knie gesunken, hielt aber noch immer sein erbärmliches Menschenbündel umklammert. Es hatte den Anschein, als würde er sich nur noch mit reiner Willenskraft aufrecht halten. Ich sprang aus dem Auto und rannte zu ihm. Liz schoß noch immer.

Francis hielt einen Jungen von ungefähr neun oder zehn Jahren im Arm. Das Wörterbuch war zu Boden gefallen.

‚Tut mir leid, mein Bester', sagte Francis. ‚*Deus ex machina.* Sehr passend ... Geht es dem Jungen gut?'

‚Dem Jungen geht's blendend', versicherte ich ihm und nahm das kleine Bündel aus seinen Armen.

‚Mit mir ist es aus', sagte Francis. ‚Behalte unseren Neandertalerfreund als Souvenir ... Das arme Kind konnte sich nicht mehr bewegen ... Ich habe ihn mit einem selbstgemachten Bogen und zwei Pfeilen gefunden, wenn du dir das vorstellen kannst.'

Er sank auf die Knöchel nieder und grinste. ‚Er war dabei, *Grimms Märchen* bei Kerzenlicht zu lesen.'

‚Ich schaffe dich ins Auto zurück', sagte ich.

‚Zwecklos ... Nimm den Jungen ... Und, Greville ...'

‚Ja?'

‚Liebe jemanden ... Bau etwas auf.' Francis gab ein leises schreckliches Knurren von sich. Dann fiel er zu einem formlosen Haufen zusammen.

Ich sah mir das Kind an, das ich in den Armen hielt. Die Kugel war glatt durch Francis durchgegangen und hatte den Jungen in den Hinterkopf getroffen.

Meiner Ansicht nach war er ungefähr zehn Jahre alt. Er trug ein einziges Kleidungsstück aus Katzenfell, und er sah aus, als sei er seit Monaten am Verhungern. Wahrscheinlich hätte er sowieso nicht mehr lange gelebt.

Ich sah Francis an, und dann sah ich wieder zu dem Kind. Merkwürdigerweise sah das Gesicht des Kindes viel älter aus. Es sah aus, als hätte es schon alle Leiden der Menschheit ertragen müssen.

Francis war tot, und das Kind war tot, und Liz ballerte mit ihrem Schrotgewehr, als sei Sylvester angesagt.

‚Dem Jungen geht es gut', plapperte ich vor mich hin und legte ihn neben Francis.

‚Er möchte noch ein bißchen bei dir bleiben. Er will dir Gesellschaft leisten.'

Dann kam ich wieder zu mir und rannte zum Auto zurück, startete den Motor und sah zu, daß ich so schnell wie möglich wegkam. Liz konnte nie einen Blick auf das werfen, worauf sie geschossen hatte. Vielleicht wußten auch die anderen niemals, worauf sie geschossen hatten.“

22

Der Frost kam und brachte den scharfen und antiseptischen Geschmack des Winters mit sich. Die Landschaft erstarb in reifbetupfter Pracht. Blätter fielen auf kahle, unberührte Berge, totes Holz brach von den Bäumen herab, und der graue Schleier der Einsamkeit senkte sich auf die Novemberwelt.

Auf eine merkwürdige Art ernüchterte Francis' Tod Greville und Liz. Er erfüllte sie mit mehr Angst, als dies bei der Zerstörung von Ambergreave der Fall gewesen war, mehr als bei irgendeinem der vielen bizarren und sinnlosen Morde, die sie hatten sehen müssen – oder selbst herbeigeführt hatten –, seit sie sich getroffen hatten. Er erfüllte sie mit Angst, weil Francis im Lauf der Zeit einer von ihnen geworden war, weil sie, nachdem sie ihn in ihrer abgeschlossenen Welt aufgenommen hatten, unbewußt ihre eigene unbewußte Annahme von Unsterblichkeit auf ihn übertragen hatten.

Sicherlich lebten sie im Schatten der Gewalt und hatten selbst einige Erfahrungen in der Kunst des Mordens – besonders Greville –, so daß jeder Tag der Weiterexistenz begrüßt wurde und wahrscheinlich eine unverdiente Vergünstigung darstellte, aber all dies zwang sie nicht wirklich dazu, die Tatsache ihrer eigenen Unsterblichkeit anzunehmen.

Francis' Tod schaffte das, weil Francis in der kurzen Zeit, die sie ihn gekannt hatten, ein Teil von ihnen geworden war; und ein Teil von ihnen war gestorben.

Es war nun unmöglich geworden, sich in das kleine Haus auf der Insel zurückzuziehen und die Welt auszuschließen. Es war unmöglich, weil die Welt in der Gestalt eines Geistes eindrang.

Francis hörte unsichtbar ihrer Musik zu. Wortlos widersprach er den eher pragmatischen Aussagen Grevilles.

Wenn Liz einen ihrer üblichen logischen Sprünge machte, ertönte sein lautloses Lachen. Greville hätte es nicht für möglich gehalten, daß jemand, der tot war, so beharrlich und negierend am Leben bleiben konnte.

Die Fröhlichkeit war verschwunden, die Phantasie konnte nicht mehr länger aufrechterhalten werden. Selbst in der Liebe war nur noch Verlassenheit zu finden.

Schatten schienen hinter dem erregten Fleisch zu lauern, die Erinnerung an die Vergänglichkeit war stärker als Beethoven, Alkohol, Essen und Orgasmus.

Greville konnte es nicht verstehen, daß ein alter Mann, den sie nur so kurz gekannt hatten, sie so tief berühren konnte. Er konnte es nicht verstehen, daß ein unsichtbarer Wächter vor allen vertrauten Fluchtwegen stand.

„Liebe jemanden“, hatte ihn der sterbende Francis ermahnt. „Bau etwas auf.“

Also, jemand zum Lieben war da – obwohl die Liebe selbst ein äußerst schmerzhafter Luxus war. Was aber konnte er aufbauen? Was konnte er schaffen in einer Welt, die im Sterben lag, die all ihre Illusionen von Größe dem Gesetz des Dschungels opferte?

Man konnte nichts bauen als eine Pyramide aus Erinnerungen – an die Pracht der Supermärkte, die gelackte Herrlichkeit der Konsumtempel. In seiner leeren physischen Potenz wurde Greville von dem Wissen um seine geistige Impotenz niedergedrückt. Und dieser Druck war ansteckend.

Die Alpträume, die Liz bedrückt hatten, kamen mit gesteigerter Intensität zurück. Jane war ein weiterer Geist, der die bunte versunkene Welt der Dunkelheit bewohnte. Jane war Liz, und Liz war Jane; und zusammen ertrugen die beiden die Schrecken der Dämmerung in einem Haus der Nacht, des Wahnsinns, in dem Lust und Grausamkeit die einzigen Anzeichen für eine menschliche Gesellschaft waren.

Eines Morgens konnte Liz es nicht mehr aushalten. Sie stellte

Greville sein Frühstück hin und hielt ihm dann eine geladene Pistole unter die Nase.

„Ich gehe weg“, sagte sie ruhig. „Du kannst mitkommen, aber du kannst mich nicht aufhalten. Wenn du denkst, daß du mir den Gefallen tun kannst und mitkommst, um mich bei der ersten Gelegenheit wieder zurückzubringen, dann wird dir das wahrscheinlich gelingen, aber dann muß ich dich umbringen und wieder weggehen... Ich hab's schon einmal versucht. Du hast mich aufgehalten, und ich war froh darüber, daß du mich aufgehalten hast. Dieses Mal aber nicht.“ Ihre Stimme stockte ein wenig. „Dieses Mal meine ich es ernst.“

Greville sah auf die Pistole und aß dann ohne Hast sein Frühstück zu Ende. Liz hatte sich zu einer recht passablen Köchin entwickelt.

Der „Schinken“ schmeckte wie echter Schinken, und die Eier von den frei umherlaufenden Hühnern schmeckten besser als irgendein Ei, das er je in einem Laden gekauft hatte.

Er versuchte nachzudenken, während er sein Frühstück verzehrte; aber all seine normalen Gedankenbahnen schienen vernagelt zu sein.

Widerwillig legte er Messer und Gabel hin und widmete Liz seine Aufmerksamkeit.

Ich könnte höchstwahrscheinlich den Tisch umtreten und ihr die Pistole abnehmen, dachte er. Sie wäre zum Schießen zu überrascht.

Er trat jedoch den Tisch nicht um, noch versuchte er, irgend etwas anderes zu tun. Liz machte ihn traurig. Die plötzliche unausweichliche Erkenntnis, daß seine kleine Insel nicht mehr groß genug war, machte ihn traurig.

„Jane?“ fragte er ruhig.

„Jane“, bestätigte ihm Liz.

„Wie lange sind wir schon zusammen? Es kommt mir wie eine recht lange Zeit vor.“

Liz dachte einen Augenblick lang nach. „Drei Monate, schätze ich... Man verliert den Überblick.“

„Vier Monate“, verbesserte sie Greville. „Vier Monate und

ungefähr zwei Wochen. Wie die Dinge augenblicklich stehen, ist das praktisch ein Leben lang."

„Es ist vorbei", sagte Liz hart. „Es war schön, aber es ist vorbei. Ich gehe Jane suchen. Ich hätte schon vor langer Zeit gehen sollen. Du hättest mich nicht aufhalten sollen. So hätten wir uns an das Glück erinnern können."

„Ich liebe dich", sagte Greville. „Bedeutet das etwas?"

„Ja." Sie zögerte. „Aber nicht genug."

„Ich habe dich vor den Hunden gerettet."

„Darüber freue ich mich auch." Sie lächelte verschmitzt. „Dich selbst hast du aber auch gerettet, nicht wahr?"

„Vor den Hunden?"

„Nein. Vor dem Tod... Es hat keinen Zweck. Ich habe mich entschlossen. Ich muß Jane finden, oder ich finde keine Ruhe."

Greville sah sie düster an. „Jetzt will ich dir mal was sagen. Ich bin nicht sicher, ob ich an Jane glaube."

Liz schloß ihre Hand fester um die Pistole. Ihr Knöchel schien weiß durch, wo ihr Finger den ersten Druck auf den Abzug ausübte. „Was meinst du damit, verdammt noch mal?"

„Ich bin nicht sicher, ob ich an Jane glaube", wiederholte Greville ruhig. „Meiner Meinung nach könnte sie auch gut eine Ausgeburt deiner verzerrten Einbildung sein. Ich glaube, sie ist vielleicht nichts weiter als eine Entschuldigung für dich, damit du das tun kannst, was dir gerade in deinen Transie-Sinn kommt. Ich glaube, sie ist vielleicht nichts als eine sorgfältig aufgebaute Entschuldigung, die du dir selbst dafür gibst, daß du noch am Leben bist."

Ein paar kurze Augenblicke lang dachte er, sie werde ihn erschießen; doch dann fing sie plötzlich an zu lachen. Es war ein schrilles, hysterisches Lachen. Die Art Lachen, dachte Greville, das man sich leisten würde, wenn man schockiert oder verletzt war, oder wenn man Angst hatte.

„Du bist ein selten blödes Stück", sagte Liz. „Glaubst du vielleicht, ich quäle mich monatelang mit Alpträumen herum – und all das wegen einer Frau, die es gar nicht gibt?"

„Ja. Wir sind alle leicht verrückt, oder wir wären nicht hier. Vielleicht paßt es dir, wenn du eine eingebildete Schwester hast. Was weiß denn ich, vielleicht hast du ja eine gehörige Portion Schizophrenie abbekommen.

Jane ist vielleicht nur deine eigene private Therapie – du nimmst alle möglichen Übel und Erniedrigungen auf dich, bloß weil du dich schuldig dafür fühlst, daß du noch am Leben bist. Vielleicht hattest du sogar wirklich eine Zwillingsschwester. Vielleicht ist sie gestorben. Welchen Beweis hast du denn, daß du nicht nur psychologische Spielchen spielst?"

„Ich brauche für nichts und niemanden einen Beweis", sagte Liz einfach. „Für mich ist Jane real, und nur darauf kommt es an. Und ich muß sie finden... Erinnerst du dich noch an den Morgen auf der Chelsea-Brücke? Verdammt noch mal, glaubst du vielleicht, ich hätte solche Risiken nur aus Spaß auf mich genommen?"

„Warum nicht?" gab Greville zurück. „Ich hatte ja auch einen völlig schwachsinnigen Grund dafür, daß ich auf der Brücke war. Warum solltest du nicht genauso verrückt sein wie ich?"

Liz lachte. „Das bringt uns alles nichts ein. Das einzige Problem, das zur Zeit ansteht, ist, ob ich dir eine Kugel in den Bauch schicken soll oder ob ich in Frieden ziehen kann... Wie ich bereits gesagt habe: Du kannst mich aufhalten. Aber dann gibt es ein nächstes Mal, und dann kannst du mich nicht mehr aufhalten, das lasse ich nicht zu."

Greville sah sie an und dachte an die schöne Zeit, die sie zusammen verbracht hatten, erinnerte sich an die leidenschaftlichen Nächte, an ihren unersättlichen Hunger nach Musik, die Gefahren, die sie geteilt hatten, und an die Entdeckungen, die sie zusammen gemacht hatten.

„Wo ist denn diese angebliche Jane?" fragte er schließlich. „Haben dir deine Alpträume, Einbildungen, oder was es auch immer ist, einen Ort auf der Karte gezeigt?"

„Sie ist in einer Art Bordell bei Manchester", antwortete Liz ruhig. „Es ist eine Art Keller – ich glaube, es ist unter der Bürgermeisterei oder so was. Sie halten sie in einem Käfig, und sie wird ungefähr viermal am Tag gevögelt, und wenn sie Glück hat, kriegt sie gerade genug zu essen. Aus dem Keller lassen sie sie aber nie heraus. Sie weiß nicht, ob draußen Sommer oder Winter ist. Sie glaubt, daß sie seit ungefähr einer Million Jahre dort ist... Sie ist krank."

„Das sieht ja geradezu wunderbar aus", explodierte Greville. „Nehmen wir mal an, daß du dir das alles nicht nur in deinem kranken Hirn einbildest. Was willst du denn machen – den psychischen Strahlungen wie eine Lenkrakete folgen? Und selbst wenn du das schaffst, was kannst du denn schon groß machen, wenn du hinkommst? Allein alles zu Klump schießen? Verdammte Scheiße noch mal! Wenn du dich umbringen willst, warum marschierst du dann nicht einfach in den See?"

„Vielen Dank für die aufmunternden Worte. Wenn ich gar nichts anderes machen kann, kann ich wenigstens zu ihr gehen. So könnten wir die Last teilen... Wenn du also keine weiteren aufschlußreichen Bemerkungen auf der Pfanne hast, packe ich jetzt meinen Kram zusammen – natürlich vorausgesetzt, daß du nicht zuerst erschossen werden willst. Ich brauche das Auto, denke ich, aber du dürftest eigentlich keine großen Schwierigkeiten haben, ein anderes zu finden, das noch funktioniert... Bleibt also nur noch die Frage, ob ich jetzt den Abzug durchziehe oder nicht."

„Du verrücktes kleines Luder", sagte Greville ruhig. „Du elende kleine Fickmaschine." Er stand von dem Tisch auf, drehte ihr den Rücken zu und ging durch die Tür.

„Wo zum Teufel gehst du hin?" fuhr Liz ihn an.

„Ich gehe die Scheißkarte suchen", rief er über seine Schulter zurück. „Irgendwo habe ich noch eine. Wenn wir unser trautes Heim hier schon auflösen und nach Manchester fahren – was so ziemlich die umständlichste Art zu sterben ist, die ich mir vorstellen kann –, dann müssen wir uns eine Route aussuchen, die die größte Sicherheit mit der größten Geschwindigkeit verbindet. Wenn ich nur daran denke, daß ich für so einen hirnverbrannten Ausflug Benzin gespart habe!"

Liz starrte ihn mit aufgerissenen Augen an. Dann ließ sie die

Pistole fallen und fing an zu weinen. Greville tat so, als bemerke er es nicht. Er fand die Karte – eine uralte Straßenkarte, übel mitgenommen und mit zwei großen Lücken – und breitete sie auf dem Bett aus. Dann suchte er sich einen Stift und machte sich daran, ein kompliziertes System von Strichen zu ziehen, die die Hauptstraßen kreuzten und alle Städte vermieden.

Er war noch mit der Planung einer Route beschäftigt, die weniger als zweihundert Meilen lang war – vorsichtigerweise hatte er pro Gallone fünfundzwanzig Meilen veranschlagt, als Liz ihm in das Schlafzimmer folgte.

Sie trug die Pistole nicht mehr. Sie trug auch keine Kleider mehr. Sie zitterte ein wenig. Sie hob die Karte von dem noch ungemachten Bett und kletterte hastig zwischen die Bettücher.

„Sonst habe ich nichts", sagte sie grinsend.

„Außerdem – was kannst du von einer Fickmaschine schon anderes erwarten?"

Greville zog sich langsam sein Hemd aus. „Wir brechen morgen früh auf", sagte er. „Früh. Es ist mir eigentlich ziemlich egal, ob es Jane wirklich gibt oder nicht. Es ist mir auch ziemlich egal, ob wir nach Manchester kommen oder nicht, aber ich werde mein Bestes tun ... So oder so, es mußte so kommen."

„Ja", murmelte Liz. „Es mußte so kommen."

Merkwürdigerweise liebten sie sich trotz ihres physischen Drangs nicht. Es waren zu viele Geister in den Räumen. Da war Jane, und da war Francis, und vor allem war da der traurig bedrückende Geist einer kleinen Zuflucht, die es bald nicht mehr geben würde.

Bis zu diesem Augenblick, dachte Greville, hatte er diese Hütte auf der Insel in dem See bei Ambergreave nie richtig gewürdigt. Es war der einzige Ort, an dem er gelernt hatte, was es heißt, am Leben zu sein. Es war der einzige Ort, an dem er je geliebt hatte, weil es der einzige Ort war, an dem er es gewagt hatte, sein gesamtes Ich zu unterwerfen.

Er lag da mit Liz in den Armen und berührte sie nur aus Freude an der Berührung. Es machte nichts aus, daß Jane und Francis am

Fuß des Bettes standen. Es machte nichts aus, daß die Menschheit am Ende war und daß sein eigener Tod um die Ecke auf ihn lauerte.

Das einzige, was etwas ausmachte, war die Tatsache, daß zwei Menschen einander nahe genug kommen konnten, um sich anzusehen und sich zu verstehen und nicht Angst voreinander zu haben. Der Mensch, so überlegte er, war zu ewiger Einsamkeit verurteilt, obwohl er dafür nicht programmiert war. Der Mensch – jeder Mensch – war ein geschickter Imitator, aber dann und wann war es nicht mehr notwendig, jemanden oder etwas zu imitieren. Es reichte zu leben.

Er sah Liz an, die ruhig an seiner Seite lag, und hatte das Gefühl, als sähe er sie zum ersten- und letztenmal. Er schaute auf die sanften Kurven ihrer Brüste, die feste Rundung ihres Bauchs und auf den kleinen braunen Wald, der zwischen ihren Beinen wuchs.

Hier, dachte er, ist das Leben. Hier ist das uralte Lied. Hier ist die wortlose Antwort auf all die wortreichen Spitzfindigkeiten, die die Menschen dazu benutzt haben, um sich selbst und andere zu zerstören, seit es Menschen gibt.

Dann sah er aus dem Fenster in das graue Novemberlicht, auf die reglosen Blätter mit ihrem Strahlenkranz aus tausend Kristallen, auf die schlafenden Zweige des Apfelbaums, und wieder schaute er auf das traurige lange Licht der Straflosigkeit.

Er wollte Liz nicht lieben. Er wollte sie nur an sich drücken und beten.

Die einzige Schwierigkeit war, daß er zu stolz, zu leer und zu einsam zum Beten war.

23

Sie hatten fast drei Tage dazu gebraucht, um bis Leicester zu kommen. Greville hatte die optimistische Berechnung angestellt, daß sie mit ungefähr hundertzwanzig Meilen Fahrt bis Leicester auskommen würden, was etwas mehr als die Hälfte des Wegs war.

Sie hatten statt dessen fast zweihundert Meilen gebraucht; wenn das so weiterging, reichte das Benzin nur für den Hinweg, wenn er unterwegs nicht noch irgendwo erfolgreich plündern konnte. Wahrscheinlich, so überlegte er es sich als bitteren Trost, würde es sowieso bei dem Hinweg bleiben. Was Liz erreichen wollte, wenn und falls sie je nach Manchester kommen würden, das war ihm völlig schleierhaft. Es war ein verrücktes Unternehmen, aus einem verrückten Grund von zwei verrückten Leuten in einer verrückten Welt begonnen. Die Chancen für einen Erfolg – selbst wenn man Erfolg nur als Überleben definierte – waren praktisch gleich Null.

Sie waren erst spät aus Ambergreave aufgebrochen, da es noch mehr zu erledigen gab, als sie ursprünglich angenommen hatten. Sie wären vielleicht früher aufgebrochen, wenn Liz nicht die halbe Nacht geschrien hätte. Die Alpträume hatten kurz nach Mitternacht angefangen. Als sie zu schreien anfing, schlug er ihr ins Gesicht; sie aber öffnete nicht einmal die Augen. Es war so, als sei sie in Trance, unwiederbringlich verloren in den Schrecken ihrer privaten Welt. Der erste Anfall dauerte etwas länger als eine Stunde. Als Liz daraus erwachte, lehnte sie es ab, darüber zu sprechen. Sie sah ihn nur mit wirren Augen an, als sei er ihr völlig fremd. Greville stand auf und machte für sie beide etwas Warmes zu trinken. Dann bekamen sie beide ein wenig Schlaf – bis zum nächsten Anfall. Der dauerte nicht ganz so lange, aber vor der Morgendämmerung hatte sie noch zwei Ausbrüche der gleichen trancehaften Hysterie. Als sie endlich aufstanden, hatten beide rote Augen und waren bereits erschöpft.

Nach einem hastigen und sehr reichhaltigen Frühstück – sie hatten weit mehr Nahrungsmittel, als sie mitnehmen konnten – ruderte Greville an Land und überprüfte das Auto, während Liz damit beschäftigt war, Waffen, Munition und Vorräte zusammenzustellen.

In der Nacht hatte es stark gefroren, und die Scheiben des Lieferwagens waren zugefroren. Greville brauchte mehr als eine Stunde, bis er sie vom Eis befreit, die Reifen, den Ölstand und die Batterie überprüft und den Motor warmlaufen lassen hatte. Zuerst hatte er geglaubt, der Motor würde nicht anspringen – die Batterie schien nicht mehr genug Saft zu haben, um den Anlasser zu drehen. Schließlich, nachdem er es eine halbe Stunde lang probiert hatte, gelang es ihm, ihn in Gang zu setzen. Er ließ eine Zeitlang den Fuß auf dem Gas, bis der Motor warm war, schaltete dann die Zündung wieder ab und ruderte zurück auf die Insel.

Liz hatte den größten Teil ihrer Schätze aus dem Keller geholt und sie in einem Haufen auf den Fußboden gelegt. Sie hatten viel zuviel, um alles mitzunehmen, und so kostete sie die Auswahl weitere Zeit.

Als sie endlich zum Aufbruch bereit waren, hatten sie beide wieder Hunger; also setzten sie sich zwischen die Überreste ihrer kleinen Festung, um eine letzte Mahlzeit zu verzehren.

Greville sah sich düster in dem Haus um, das sein privater, sicherer und sehr bequemer Zufluchtsort gewesen war. Früher einmal hatte es sich wie ein Heim dargestellt, und er hatte es so empfunden. Er glaubte nicht, daß er es je wiedersehen würde. Was auch immer auf der phantastischen Expedition passieren würde, in die sie sich da stürzten, ganz umkehren würden sie nicht mehr können, davon war er überzeugt. Der Geist Augustus Rowleys konnte nun in Frieden ruhen – bis zur nächsten Heuschreckenplage.

Als sie endlich aufbrachen, stand eine rote Wintersonne hoch am wolkenverhangenen Himmel. Für Greville hatte sie die Farbe von Blut – ein entmutigendes Vorzeichen. Trotzdem grinste er Liz ermunternd zu und startete den Motor. Es ging los.

Dann fing alles an schiefzugehen. Greville hatte sich nicht klargemacht, wie schnell die Welt, in der sie lebten, zerfiel. Zwei von den Straßen, die er sich für den ersten Tag ausgesucht hatte, waren blockiert – eine von einem großen Baum, der quer darüber gefallen war, und die zweite von einem großen Loch, das mit Gras und Unkraut so gut getarnt war, daß er beinahe hineingefahren wäre.

Greville war von diesem Loch beeindruckt. Er stieg aus dem Auto aus, um es sich anzusehen. Das Gras, das es bedeckte, sah so aus, als sei es schon sehr lange dort, und die toten und sterbenden anderen Pflanzen – Nesseln, Kreuzkraut und Natterwurz – sahen aus, als seien sie schon seit dem Anfang der Welt da. Er kam zu dem Ergebnis, daß das Loch von Sprengstoffen herrührte, und zwar von einer ganzen Menge.

Er fragte sich, warum eine so ruhige Landstraße soviel Aufmerksamkeit verdient hatte. Er fragte sich das eine ganze Zeitlang. Nachdem er aber noch zwei Tage weitergefahren und auf mehrere von diesen Löchern gestoßen war, glaubte er die Antwort zu kennen.

Die Straßen, die er sich ausgesucht hatte, führten nur durch kleine Dörfer, und falls in diesen Dörfern noch jemand am Leben war, konnte man davon ausgehen, daß sie sich gegen Plünderer schützen wollten, und ganz besonders gegen solche Plünderer, die im Konvoi fuhren und eventuell in der Lage wären, jeden Widerstand in dem Ort zu brechen und sich das nehmen zu können, was sie wollten.

Greville sah plötzlich alle Straßen Englands – warum nur Englands? – vor seinem geistigen Auge. Alle Straßen der Welt wurden stetig von Gras und Unkraut überwuchert oder vorsätzlich von Menschen zerstört. Radio und Telefon gab es nicht mehr, die Möglichkeiten für Reisen waren auf solche Entfernungen beschränkt, die man zu Fuß zurücklegen konnte, und am Ende würde es in der ganzen Welt nichts mehr geben als Bewohner von einzelnen Oasen. Fremde würde man nicht deshalb fürchten, weil sie vielleicht gefährlich waren, sondern einfach, weil sie Fremde waren. Dann würde das Tabu sein unzerstörbares Haupt wieder erheben; jeder, der nicht zu der Familie, der Sekte, dem Clan oder dem Stamm gehörte, würde aus dem völlig einsichtigen und logischen Grund vernichtet werden, weil er nicht dazugehörte.

Greville war am ersten Tag gezwungen, vor Einbruch der Dunkelheit zwei größere und verschiedene kleinere Umwege zu fahren. Als es dunkel wurde, versuchte er, mit den Scheinwerfern weiterzufahren, aber das ermüdete ihn zu sehr. Er sah sich mit dem ständigen Risiko konfrontiert, daß jedes Grasbüschel eine Gefahr darstellte. Selbst wenn es nur ein Schlagloch war, das ihm eine Spurstange verbog, war es doch vielleicht noch tief genug, nicht nur das Unternehmen zu einem Ende zu bringen, sondern auch noch, um ihnen jegliche Überlebenschance zu nehmen. Liz und Greville waren nämlich bereits weit von jedem bekannten Zufluchtsort entfernt. Es wäre zwar noch möglich gewesen, zu Fuß zurück nach Ambergreave zu kommen – oder dies zumindest zu versuchen –, aber diese Möglichkeit war nicht geeignet, sie mit Optimismus zu erfüllen.

Sie fuhren von der Straße ab und verbrachten die erste Nacht auf einer kleinen Lichtung, die früher einmal ein großes Feld gewesen war.

Liz hatte den Ölkocher mitgebracht, und so konnten sie sich etwas aus ihren Büchsen aufwärmen und eine einigermaßen zufriedenstellende Mahlzeit zu sich nehmen.

Sie schliefen unruhig und unbequem in dem Auto mit geschlossenen Fenstern. Es war gut, daß Greville, trotz Liz' Einwänden, keine Lüftung zugelassen hatte.

Sie kuschelten sich in Verrenkungen aneinander, die sie am nächsten Tag bitter bereuen würden, und waren noch nicht lange eingedöst, als auf das gesamte Auto ein Prasseln herunterrauschte, das sich wie heftiger Regen anhörte. Es war jedoch kein heftiger Regen, wie Greville entdeckte, als er die Innenbeleuchtung anschaltete. Es waren Ratten – Hunderte oder wahrscheinlich Tausende –, die versuchten, hereinzukommen.

Sie rochen das Fleisch, und das Fleisch, das sie da rochen, war voller Angst. Liz starrte die Reihe von bösartigen kleinen Gesichtern auf dem Kühler an und begann unkontrolliert zu zittern. Greville lehnte sich mit einem Fluch nach vorn und drückte auf die Hupe. Die Ratten verschwanden fast sofort, aber nach ein oder zwei Sekunden waren sie wieder da.

Greville schaltete die Scheinwerfer an und beleuchtete einen wogenden Teppich von Ratten. Die Lichtung wimmelte von ihnen. Sie schienen hin und her zu fließen, eine bösartige, hungrige Flut, die dabei war, sie und das gesamte Auto zu überschwemmen.

Er warf den Motor an, und das Geräusch verjagte sie kurz, aber sie gewöhnten sich daran und waren bald wieder da.

In einem Anfall von Wut, Angst und Verärgerung legte Greville den ersten Gang ein und begann, in einem engen Kreis um die Lichtung zu fahren.

Die Ratten fielen von dem Kühler herunter. Jene, die schon auf dem Dach saßen, wurden durch die Bewegung heruntergeworfen. Dutzende wurden von dem Licht hypnotisiert und fanden ihr Ende unter den Rädern. Sie wurden sofort von denen in Stücke gerissen, die beim nächsten Mal starben.

Schließlich dämmerte es den Ratten, daß sie in diesem Spiel nicht gewinnen konnten. Die Überlebenden – und das war die große Mehrheit – verzogen sich, aber sie ließen ihren Gestank zurück, und der Gestank war so schlimm, daß Greville gezwungen war, das Auto auf die relativ ungeschützte Straße zurückzufahren.

Wieder versuchten sie, etwas Ruhe und Schlaf zu finden, aber der Schlaf wollte nicht kommen, und beim ersten Schimmer des neuen Tages machten sie sich voller Erleichterung wieder auf den Weg.

Am Morgen war wieder alles mit Juwelen besetzt. Die flache Landschaft von East Anglia, nun ohne Fesseln, frei von den geordneten Mustern der Landwirtschaft, den gierigen Aufmerksamkeiten des Menschen, war dabei, zu ihrem ursprünglichen Geheimnis zurückzukehren. Gestrüpp und Wälder verschmolzen ineinander, und die sanft geschwungenen braunen Flächen der gepflügten Felder waren verschwunden.

Es fror zwar stark, aber der Motor sprang sofort an. Während er warmlief, streckten sich Greville und Liz und stampften auf der Straße auf und ab, um sich zu erwärmen. Liz wollte etwas Heißes zum Trinken machen, aber Greville entschloß sich, erst noch ein Stück zu fahren. Was die Menschen – und Tiere – betraf, so war der frühe Morgen eine gute Zeit zum Fahren. Sehr wenige Vertreter der einen wie der anderen Art waren so früh am Morgen in der Lage, ihr aggressives Bestes zu geben. Der Frost machte aus der versteinerten Landschaft ein Bild von der Art, wie sie früher in altmodischen Kinderbüchern zu finden gewesen waren. Jeden Augenblick, dachte Greville, während er den Wagen vorsichtig mit fünfundzwanzig Meilen in der Stunde die Straße entlangtuckern ließ, könnte einem der unvermeidliche Ritter auf einem weißen Streitroß entgegentreten. Oder vielleicht ein Drache.

Weder Ritter noch Drache wagten es jedoch, in der verlassenen, weißumrandeten Welt zu erscheinen. Er und Liz waren allein in einem Auto voller Gerümpel und Verzweiflung.

Sie fuhren von nirgendwo nach nirgendwo, vom Nichts zum Nichts, durch gefrorene Wege der Zeit an einem Wintermorgen, den jede sensible Person als die nackte Manifestation der Ewigkeit erkannt hätte.

In zwei Stunden hatten sie fast dreißig Meilen geschafft. Wenn man die üblichen Pausen, Prüfungen der Karte (praktisch sinnlos, weil Schilder mehr oder weniger verschwunden waren) und drei kleine Umwege bedachte, so waren sie damit recht gut vorangekommen.

Greville war zufrieden mit sich selbst. Er hatte das Gefühl, daß er es verdiente, sich sein Frühstück schmecken zu lassen. Es bestand aus Eiern, selbstgebackenem Brot und ein wenig kostbarem Kaffee. Sie brieten die Eier in dem Fett von dem Schinken, benutzten das Brot, um die Pfanne sauberzuwischen, ließen sich den Kaffee wie einen köstlichen schmerzhaften Nektar heiß die Kehle hinunterlaufen, saßen am Straßenrand und waren fast glücklich. Greville sah Liz an, und seine Laune verbesserte sich noch weiter. Was auch immer geschah, sagte er sich bestimmt, sie würden zusammenbleiben.

Während des restlichen Tages kamen sie gut voran. Huntingdon war ohne Zwischenfall umfahren worden. Nun blieben vor Leicester nur noch Kettering und Market Harborogh als relativ große Städte übrig. Wenn er sich ein bißchen was einfallen ließ, würde es ihnen ohne allzu große Schwierigkeiten gelingen, um sie herumzukommen.

Welchen Weg sie jedoch auch wählten, an den Dörfern kamen sie nicht vorbei. Die zwei, durch die sie am Morgen kamen, lagen so still wie Gräber da. Kein Rauch kam aus den Schornsteinen. Die Fenster der Häuser starrten sie ohne Glas hohläugig und stumm an. In dem dritten Dorf, durch das sie kurz nach Mittag kamen, hatte offensichtlich ein Rudel Hunde die leeren Häuser als Unterschlupf gewählt. Voller Gier auf etwas, das sie töten und fressen könnten, kamen sie beim Geräusch des Autos aus den Türen und sogar aus den Fenstern im ersten Stock gestürzt. Greville sah ihnen zu, wie sie sich vergeblich auf die Reifen und die Karosserie stürzten, und die halbverhungerten Tiere taten ihm fast leid. Sie waren schließlich von denen, deren beste Freunde sie angeblich waren, im Stich gelassen worden; und ebenso wie die Menschen, hatten sie keine Ahnung, womit sie geschlagen worden waren.

Später am Nachmittag bot sich ihnen ein angenehmer Anblick, als Liz und Greville eine Herde Rehe entdeckten. Sie fuhren zu dieser Zeit durch relativ offenes Gelände, und die Herde rannte fast parallel zur Straße, voll des freudigen Überschwangs. Die Tiere freuten sich am Leben, an ihrer Freiheit und an dem wunderbaren Fehlen der eindämmenden und oft tödlichen Hand des Menschen.

Liz, die wie immer praktisch dachte, schlug vor, daß sie das Auto nahe genug an sie heranbringen sollten, um eines der Rehe des Fleisches wegen zu schießen. Greville lehnte den Vorschlag ab. Er sagte, er wolle keine Zeit mit Häuten und Zerlegen verschwenden, aber insgeheim war er von der offensichtlichen Lebensfreude der Tiere zu sehr bewegt, um sie irgendwie stören zu wollen. Außerdem hatten sie zur Zeit genug zu essen.

Rehe sollte man erst dann schießen, wenn es wirklich notwendig war, meinte er.

Als die Nacht kam, hatten sie fast siebzig Meilen hinter sich gebracht. Das war für den Anfang nicht schlecht. Gar nicht schlecht. Dieses Mal suchte sich Greville einen kleinen Hügel, der nach der Karte meilenweit von der nächsten Ansiedlung entfernt war. Er ließ das Auto am Straßenrand stehen, teils aus der Überlegung heraus, daß irgendwelche Tiere, die auf Beute aus waren, wahrscheinlich den nahegelegenen Wald vorziehen würden, und teilweise deshalb, weil sie so im Notfall leichter wegkommen würden.

Es gab jedoch keine Zwischenfälle – zumindest keine außer Liz. Die Alpträume schienen sie noch fester zu umklammern als vorher. Dieses Mal schrie sie nicht, sondern stöhnte nur und zitterte und weinte leise vor sich hin. Greville gelang es nicht, sie aufzuwecken. Sie blieb zusammengerollt auf ihrem Sitz liegen, schlief immer wieder kurz und gab die meiste Zeit traurige und unmenschliche kleine Geräusche von sich. Dies dauerte bis lange nach Tagesanbruch an.

Als sie endlich zu sich kam, schien sie Greville eine Zeitlang nicht zu erkennen, und für den Rest des Morgens war sie merkwürdig verschlossen. Sie hatte das Frühstück wie ein Automat zubereitet, der für die Aufgabe programmiert ist, und genauso hatte sie es auch verzehrt.

Greville respektierte ihre Stimmung und versuchte, nicht zu sehr in ihre privaten Gedanken einzudringen. Er hatte den Eindruck, daß sich im Verlauf des Morgens ihre Stimmung etwas verbesserte. Er nahm an, dies habe damit zu tun, daß sie sich Leicester näherten und sie das Gefühl hatte, der schlimmste Teil ihrer Fahrt läge hinter ihnen.

Es hatte jedoch nichts damit zu tun, wie weit sie noch von Leicester oder Manchester entfernt waren.

Während sie auf einem monoton geraden und relativ unbeschädigten Stück Straße entlangfuhren, sagte Liz abrupt: „Jane ist tot. Sie ist letzte Nacht gestorben ... Ich bekomme ein Kind."

Greville hielt das Auto an und sah sie verblüfft an. „Sag das noch einmal – langsam. Vielleicht bin ich mehr weggetreten, als ich gedacht habe."

„Jane ist tot", wiederholte Liz. „Sie ist letzte Nacht gestorben. Es war eine Art Fieber ... Scheiße, ich weiß nicht wirklich, was es war. Vielleicht war es nur Unterernährung und Kummer, oder vielleicht konnte sie das Vögeln nicht mehr aushalten ... Sie läßt dir auf jeden Fall ihren Dank ausrichten. Sie hat gesagt, du bist in Ordnung ... Wir brauchen also nicht mehr nach Manchester, oder?

Sie ist wirklich tot, weißt du... Ich bin... Ich bin abgeschnitten. Das ist ein komisches Gefühl... Vor langer Zeit habe ich einmal in einem Buch gelesen, daß Leuten Gliedmaßen amputiert werden mußten. Hinterher haben manche von ihnen noch die Finger und Arme gespürt, die nicht mehr vorhanden waren... Phantomgliedmaßen haben sie sie genannt, glaube ich... So was fühle ich jetzt auch... Eigentlich ist es komisch."

Greville sah sie an. Ihre Augen waren trocken, und sie war fast unnatürlich ruhig. In ihrer Stimme war nicht das leiseste Zittern.

„Jane ist also tot", brachte er schließlich heraus. „Das tut mir leid... Das tut mir wirklich leid... Bist du sicher, daß sie tot ist?"

„Ich bin sicher."

Ein oder zwei Minuten sagte Greville nichts. „Du hast noch etwas gesagt", erinnerte er sie schließlich. „Das hat offenbar nichts mit Jane zu tun gehabt."

„Stimmt. Ich kriege ein Kind."

Wieder war er eine Zeitlang still. Dann: „Seit wann weißt du das?"

„Seit drei Monaten", sagte Liz gleichgültig. „Vielleicht sind es auch vier... Man verliert das Zeitgefühl."

„Verdammt noch mal, warum hast du mir das nicht schon früher gesagt?" explodierte er heftig.

Liz lächelte.

„Das wird ein kleines Mädchen... Wahrscheinlich werde ich sie Jane nennen."

„Ich habe gesagt, warum, zum Teufel, hast du mir das nicht schon vorher gesagt?"

„Vielleicht hättest du mich rausgeworfen. Vielleicht hättest du mir gesagt, ich soll abhauen und das Kind im Feld auf die Welt bringen... Außerdem hättest du das wissen müssen. Du hast doch gesehen, daß ich dicker geworden bin, oder?"

„Als ich dich gefunden habe, da warst du nur Haut und Knochen. Ich habe angenommen, daß du ein bißchen zunimmst, weil du zur Abwechslung mal etwas einigermaßen Vernünftiges zu essen bekamst."

Liz lachte. „Das ist gut! Das ist die beste Entschuldigung für Blindheit, die ich je gehört habe."

„Warum hast du mir das bloß nicht gesagt!" tobte er.

„Weil", sagte sie ruhig, „ich noch nicht einmal weiß, ob du der Vater bist. Einer von den Leuten in Richmond könnte es auch sein. Einer von denen aus dem Norden könnte es sein. Es könnte sogar einer von diesen Saukerlen sein, die mich unterwegs aufs Kreuz gelegt haben, als wir aus London kamen... Ich hatte einfach Angst, es dir zu sagen. Aber jetzt habe ich keine Angst mehr, weil ich weiß, daß alles in Ordnung kommen wird... Es wird ein kleines Mädchen, und sie wird Jane heißen."

Greville starrte sie hilflos an. Er hatte ein Gefühl, als hätte ihm gerade jemand mit einem Holzscheit eins übergezogen – oder auch fünfzehn.

„Komm, laß uns versuchen, uns mal die Realität anzuschauen", sagte er mit sorgfältig kontrollierter Stimme. „Immer vorausgesetzt, es gibt eine Realität, die man sich anschauen kann... Du sagst, Jane ist tot. In Ordnung, das nehme ich dir ab. Ich war nie sicher, daß sie überhaupt gelebt hat, also kann ich mich über ihren Tod nicht herumstreiten... Aber das Kind... Verdammt, so ahnungslos kannst du doch einfach nicht sein."

„Keine Idee", sagte Liz direkt. „Als ich damals weggerannt bin, weißt du noch, das war nicht nur wegen Jane. Ich habe gedacht, ich könnte sie finden und mich mit ihr irgendwohin verziehen, wo es ruhig ist. Du hättest dann nie etwas davon erfahren. ... Das muß ich dir sagen. Mir ist es gleich, wer der Vater ist." Sie tätschelte sich behutsam auf den Bauch. „Sie gehört schließlich mir."

„Großer Gott!" sagte Greville hilflos. „Was, um Himmels willen, machen wir denn jetzt?"

Liz schien die Situation voll im Griff zu haben. „Wir gehen zurück", sagte sie.

„Wir gehen zurück in unser Haus, und du kannst mich bumsen, soviel du willst – bis auf eine kurze Zeit, bevor das Kind kommt, und eine kurze Zeit hinterher... Dann sind wir alle zufrieden und glücklich."

„Das kann man wohl sagen“, fuhr Greville sie an. „Das kann man wohl sagen!“

Er gab Gas, knallte den ersten Gang hinein und raste mit einem Ruck los. Er ließ alle Vorsicht fahren und fuhr fast vierzig Meilen in der Stunde. Seine Gedanken waren wie betäubt, und er nahm von seiner Umgebung nichts auf. Die Straße begann kurvig zu werden, aber er bremste nicht ab.

Er sah das Schild nicht: *Durchfahrt verboten! Sie betreten herrschaftliches Gebiet.* Es war ein großes, frischgemaltes Schild an der Seite der Straße, aber er sah es nicht.

Er sah noch nicht einmal die Straßensperre, bis es zu spät war. Es war sowieso eine verdammt alberne Straßensperre – ein paar Heuballen, besetzt (falls dies das richtige Wort dafür war) von ein paar irgendwie in Tweed gekleideten Männern mit Schrotgewehren.

Als er sah, daß es zum Wenden zu spät war, nahm er das Gas weg, als hätte er vor, anzuhalten. Dann, als er noch ungefähr fünfundzwanzig Yards von den Heuballen entfernt war, schaltete er in den zweiten Gang hinunter und gab Gas wie ein Teufel.

Der Motor heulte auf, das Getriebe krachte, und der Lieferwagen schoß nach vorne und schleuderte Heuballen und Männer zur Seite. Greville sah, wie sich einer der Männer überschlug. Das erfüllte ihn mit wilder Freude. Er hoffte, daß der Mann verletzt war – schwerverletzt. Er hoffte, daß er noch lange am Leben bleiben würde, um seine Schmerzen zu fühlen.

Der zweite Mann war vollständig aus der Sicht verschwunden, aber er schoß offensichtlich, denn es prasselte, als sei der Wagen von einem Hagelschauer getroffen worden. Dann waren sie durch die auseinanderfliegende Barriere aus Heuballen hindurch und rasten davon.

Greville stieß einen Triumphschrei aus. Die Straßensperre war gerade zur rechten Zeit gekommen. Sie war gekommen, als er es dringend nötig hatte, etwas zu tun und jemanden zu zerschmettern.

Er gab noch immer Gas, voll von einer schäumenden, kochenden Mischung aus Wut und Gewalt und Haß und Liebe, als plötzlich ein Geräusch wie das Ende der Welt kam. Die Straße schien sich in Zeitlupe ihm wie ein zerrissenes Band entgegenzuheben. Dann neigte sich das Auto zur Seite und begann, sich zu überschlagen.

Das letzte, was er hörte, war der Schrei von Liz.

Dann war unerklärlicherweise plötzlich nichts mehr da als Nebel. Aus dem Nebel wurde ein schwarzer Fluß, der ihn in sich einschloß.

24

Da war ein Käfig. Er konnte nicht hinein, und Liz konnte nicht heraus. Sie saß nackt allein in dem Käfig. Um sie herum war ein Kreis von Männergesichtern. Gierige Gesichter, leere Gesichter – vor Lust und Vorfreude verzerrt.

Francis stand neben Greville. Er war wie ein Zirkusdirektor angezogen. „Hereinspaziert! Hereinspaziert!“ rief er jovial. „Schauen Sie sich die größte kleine Schau der Welt an. Sehen Sie, wie die Dame von den größten Experten für Turmbau und Niederlegung, von Männern ohne Furcht, ohne Sattel geritten wird... Hereinspaziert! Hereinspaziert!“

„Halt!“ schrie Greville, und seine Stimme war lautlos. „Das ist doch Liz! Das kannst du doch nicht zulassen, daß sie das Liz antun.“

„Hereinspaziert! Hereinspaziert!“ sagte Francis, der sich nicht um ihn kümmerte.

„Das müssen Sie gesehen haben! Die große Nummer in drei Dimensionen und natürlichen Farben.“

Schlappohr war in dem Käfig. „Probieren wir sie doch mal aus“, bat er. „Wir haben doch sonst nichts zu tun.“

Auch Nibs war da. „Auf jeden Fall“, sagte er großspurig, „vorausgesetzt, du bereust hinterher eine solch niedere Fleischeslust. Wir wollen hoffen, daß das für unseren armen Onkel hier eine

Lehre sein wird. Ich fürchte, er hegt manchmal unreine Gedanken."

„Aufhören", rief Greville lautlos. „Sie gehört mir. Liz gehört mir."

Francis zog seinen Zylinder und legte einen Talar an. „Meine Herren", sagte er, „wir haben hier ein höchst interessantes Beispiel einer Paranoia. Der Patient leidet ganz erheblich unter Größenwahn. Beachten Sie seine einfache Wortwahl: Liz gehört mir. Meine Herren, der Patient scheint offensichtlich wirklich der Überzeugung zu sein, daß er imstande ist, einen anderen Menschen zu besitzen. Wenn ich das noch weiterführen darf, so glaube ich mit einiger Sicherheit sagen zu können, daß er auch noch an das Konzept der romantischen Liebe glaubt."

„Ich liebe sie", sagte Greville mechanisch. „Sie gehört mir."

„Fick dich doch selber", gab Grinser zurück.

Aus Francis wurde Pater Jack. Er sah Greville gütig an. „*Ego te absolvo*, mein Sohn."

Liz winkte Greville freudig zu. „Ich bin nur gut zum Vögeln", sagte sie.

Pater Jack schoß ihr genau durch die Stirn.

Und Greville wachte schreiend auf.

„Nur ruhig, mein Junge! Ruhig! Du bist bei Freunden."

Das Zimmer wurde deutlich und mit ihm das Gesicht eines Mannes. Er war groß, rund und rot, hatte einen dichten, grauen Schnurrbart und darüber einen dünnen, nach hinten versetzten Haaransatz. Der Mund lächelte, aber die Augen waren kalt und weit weg. Der Kopf saß auf einem Körper. Der Körper trug ein kariertes Hemd und ein Tweed-Jackett.

Greville hörte auf zu schreien. „Wo ist Liz?" Die Worte waren nicht mehr als ein erschöpftes Flüstern.

„Ah ja, die Frau." Die kalten Augen sahen ihn an. „Es hat keinen Sinn, um den heißen Brei herumzureden. Nimm es wie ein Mann, mein Bester. Das ist doch das beste, hab' ich recht? Sie ist tot, weißt du."

„Tot?" Greville fühlte sich wie betäubt.

„Tot“, wiederholte Kaltauge. „Das war ja auch ein bißchen ungezogen, meine ich. Man kann eben nicht mit einem Auto über eine Mine fahren, ohne daß dabei das eine oder andere passiert, oder?“

„Tot“, wiederholte Greville verständnislos. „Tot.“

„Ein bißchen ungezogen“, sprach Kaltauge weiter. „Oder? Meine Leute haben dich sehr höflich zum Anhalten aufgefordert. Aber du, du fährst einfach weiter, und noch nicht einmal höflich fragen konntest du. Fährst einfach weiter wie ein Verrückter. Eigentlich ein Wunder, daß du nicht auch tot bist, mein Bester. Das Auto ist ziemlich hinüber.“ Er lachte herzlich. „Auf der anderen Seite, was soll's. Über deinen Schadensfreiheitsrabatt brauchst du dir ja wohl keine Gedanken zu machen, was? Das wichtigste ist jetzt erst mal, daß du wieder auf die Beine kommst... Keine Knochen gebrochen. Kaum zu glauben! Der Teufel kümmert sich schon um die Seinen.“

„Wer... wer bist du?“ fragte Greville.

„Oldknow ist mein Name, mein Bester. Sir James Oldknow – aber das spielt ja heutzutage keine Rolle mehr... Meine Jungs scheinen mich gern Squire zu nennen.“

„Wo bin ich eigentlich, zum Teufel?“

„Ah, die klassische Frage“, sagte Kaltauge jovial. „Du bist im Hause Brabyns, mein Bester, in dem Dorf Ober-Brabyns, im Gebiet Brabyns, Leicestershire... Und jetzt bin ich dran. Wie heißt du?“

„Greville.“

„Vor- oder Nachname?“

„Beides.“

„Spiel hier keine Spielchen, mein Bester. Ich bin sehr beschäftigt.“ Kaltauge gab ein Zeichen, und ein zweites Gesicht kam in Grevilles Gesichtsfeld. Es saß auf einem riesigen Körper.

Der Neuankömmling schlug Greville zweimal ins Gesicht – hart. Als er versuchte, dem zweiten Schlag auszuweichen, bemerkte er, daß er in einem Bett lag.

„Benimm dich anständig“, sagte der kräftige Mann, „und gib

dem Squire Antwort auf seine Fragen. Er mag Leute nicht, die widerspenstig sind."

„Also", sagte Sir James Oldknow. „Vor- oder Nachname?"

„Nachname."

„Und dein Vorname lautet...?"

„Matthew."

Sir James lächelte wieder allein mit den Lippen. „Wie nett. Matthäus. Markus, Lukas und Johannes haben wir schon... Wie alt bist du?"

Über die Frage mußte Greville nachdenken. „Siebenunddreißig."

„Du siehst zehn Jahre älter aus... Das weiße Haar, nehme ich an."

„Ich fühle mich zehn Jahre älter."

Wieder schlug ihn der andere Mann. „Der Squire mag keine frechen Antworten", sagte er.

„Was warst du von Beruf?" fragte Sir James.

„Totengräber."

„Unartig", sagte Sir James. „Sehr unartig." Er gab ein Zeichen, und der kräftige Mann trat wieder zu Greville hin.

„Du lernst sehr langsam." Der kräftige Mann gab ihm einen Schlag gegen den Hals. Er war zu schwach, um dem Schlag auszuweichen. Sir James wartete geduldig, bis Greville nicht mehr hustete und würgte.

„Beruf?" wiederholte er. „Das heißt natürlich vor den Sonneneruptionen."

„Werbung."

„Wie bitte?"

„Werbefachmann... Ich habe Werbetexte geschrieben."

„Ausgezeichnet", sagte Sir James und rieb sich die Hände. „Ganz ausgezeichnet. Ich habe genau die richtige Aufgabe für dich. Wahrscheinlich ist das in gewisser Beziehung eine Beförderung... Es wird Sie freuen, Mr. Greville, zu erfahren, daß Sie schon bald wieder auf dem Gebiet der Werbung tätig sein werden."

Greville spürte, wie ein hysterischer Zwang zum Lachen in ihm hochkam. Er kämpfte dagegen an, denn das wäre gefährlich gewesen. Sir James sah nicht so aus, als würde er Gelächter billigen – es sei denn, es war sein eigenes.

„Werbung?“ wiederholte Greville ausdruckslos.

„Du hast mich schon beim erstenmal verstanden, mein Bester. Versuch dich mal zusammenzureißen. Das wird sich vorteilhaft auswirken – für dich... Also, wie sieht’s aus, wirst du jetzt vernünftig sein und dich wieder für das Leben um dich herum interessieren?“

„Ja.“ Er sah den kräftigen Mann zwar nicht mehr, hatte ihn aber nicht vergessen.

„Dann werde ich dir erklären, worum es geht.“ Sir James Oldknow machte es sich neben dem Bett bequem. „Meine Familie hatte in diesem Teil der Welt ungefähr drei Jahrhunderte lang einige tausend Morgen Land... Nicht, daß das an sich schon wesentlich wäre, weißt du, aber das gibt einem Mann Wurzeln. Dann weiß er, wo er hingehört... Verstehst du, was ich meine?“

„Ich denke schon.“

„Also gut. Hier bin ich also, in einer verrückten Welt, habe Land, kann damit umgehen, habe ein Gefühl für meine Bedeutung und – auch wenn ich das selbst sage – eine gewisse Begabung als Führer... Das Bild rundet sich, meinst du nicht auch?“

„Ja“, sagte Greville vorsichtig, „das Bild rundet sich.“

„Hier geht es doch um folgendes“, sagte Sir James weiter. „Die Sonne wird ein bißchen blaß, und die Leute fangen an, in die Kiste zu springen. Das kann üble Anarchie bedeuten – es sei denn, man hat Glück, und da ist jemand, der weiß, was gekocht wird.“

„Ich nehme an, du weißt, was gekocht wird“, äußerte Greville.

„Ganz genau, mein Bester, ganz genau. Ich weiß, was gekocht wird... Übrigens, weil ich gerade daran denke – hast du irgendwelches Negerblut in dir?“

Wieder kam der Impuls für Gelächter in Greville hoch, aber er schaffte es, ihn zu unterdrücken. „Ich glaube nicht.“

„Gut. Gut... Du siehst auch nicht so aus. Aber wie sieht es mit jüdischem Blut aus? Das ist schwerer festzustellen, nicht wahr?“

„Ich fürchte, ich habe auch kein jüdisches Blut in mir. Ist das schlimm?“

„Nein, mein Bester. Das ist ausgezeichnet. Je nachdem, wie du dich machst, könnte ich mir vielleicht sogar überlegen, ob ich dich für die Zucht einsetze. Intellektuelle sind hier ein bißchen knapp... Also, wo war ich stehengeblieben?“

„Was gekocht wird“, half ihm Greville weiter.

„Ah ja. Also, so bin ich. Worum es geht, mein Bester – ich stehe für Ordnung im Chaos. Stabilität. Dauerhaftigkeit. Da hat es einmal jemanden gegeben, der hat über die reichen dauerhaften Qualitäten der englischen Tradition geschrieben. Darum geht es mir. Verstehst du, so wie die Welt jetzt aussieht, müssen wir die Sache vernünftig angehen, und das bringt uns wieder zurück zum Lehenssystem, oder nicht?“

„Unausweichlich“, stimmte Greville zu. Bald, dachte er, bald werde ich um Liz weinen können. Wenn ich ihm recht gebe, dann geht dieser Clown vielleicht bald weg, und dann werde ich an sie denken können. Dann werde ich mir ein Bild zusammenstellen können, wie sie ausgesehen hat. Ich werde mir vorstellen können, welchen Ausdruck sie auf dem Gesicht gehabt hat, als ich sie geküßt habe – und ihren Ausdruck, als sie mir von dem Kind erzählt hat... Oh, Liz! Liebe, warme Liz!

„Grundsätzlich“, sagte Sir James, „ist das ein gegenseitiger Sicherheitsvertrag. Ich kümmere mich um dich, du kümmerst dich um mich. Du schwörst mir Gefolgschaft, ich schwöre, dich zu beschützen. Verdammt einfach. Verdammt gute Regelung. Ich habe zweihundertsiebenundvierzig Männer, vierundsiebzig Frauen und ungefähr zweitausend Morgen Land. Wir machen ein Geschäft. Du gibst mir Energie und Loyalität. Ich gebe dir Sicherheit und Schutz. Was könnte besser durchdacht sein?“

„Überhaupt nichts“, sagte Greville taktvoll. „Überhaupt nichts.“

„Gut. Du bist also im Werbegeschäft... Wie sich das gehört, haben meine Leute ein wenig Angst vor mir. Das ist gut. Das ist sehr gut. Aber es ist wichtig, daß sie mich verstehen – und das soll deine Aufgabe werden ... Ich bin ein direkter Typ. Kein Taktiker. Dazu hatte ich nie Zeit. Auch das soll deine Aufgabe werden. Verständnis, Zuneigung, Taktik. Deine Abteilung. Die Leute sollen wissen, daß es zu ihrem Besten ist, wenn ich ihnen etwas befehle ... Also, wie hört sich das an für dich?"

„Eine echte Aufgabe", sagte Greville.

„Glaubst du, du schaffst das?"

„Ich hoffe es."

„Gut. Du wirst Reden schreiben, Zeitungen – solche Sachen eben. Weißt du, ich möchte meine Leute psychologisch auf einen Krieg vorbereiten."

Greville war schwach, alles tat ihm weh, und langsam fühlte er sich leer im Kopf. „Auf einen Krieg?" wiederholte er dumpf.

„Auf einen Krieg", wiederholte Sir James bestimmt. „Der uralte Kampf fand nie – wie Freund Marx uns das weismachen wollte – zwischen den Reichen und den Habenichtsen statt. Das war nur ein verdammt großes sozialistisch-kommunistisches Täuschungsmanöver. Der wahre Kampf ist der zwischen Ordnung und Anarchie. Ordnung, vertreten von den etablierten Autoritäten, und Anarchie, vertreten von langhaarigen Dekadenzlern, die von Gleichheit und all dem Quatsch schwätzen ... So ungefähr fünf Meilen entfernt ist ein ziemlich übler Haufen von Anarchos. Ihre Gegenwart ist, vornehm ausgedrückt, störend. Nicht nur, daß sie den paar Leibeigenen, die weglaufen, Asyl gewähren – in jeder Gesellschaft gibt es ein paar Unzufriedene – nein, sie versuchen auch noch, meine Stellung mit subversiver Propaganda zu untergraben. Da wir gerade davon sprechen, das wird auch zu deinem Aufgabenbereich gehören – Gegenpropaganda ... Wie auch immer, so wie ich das sehe, besteht der Trick darin, mit den Anarchos fertig zu werden, bevor sie zahlreicher als wir werden ... Meine Leute müssen also dazu gebracht werden, daß sie einsehen, was das für ein Sauhaufen von dekadenten Scheißkerlen ist. Kannst du mir folgen?"

Greville hatte Schmerzen im Kopf, in den Gliedmaßen und in der Kehle. Mehr als alles andere wollte er allein sein. „Die

Schlüssigkeit und Klarheit Ihrer Argumentation ist bewundernswert, Sir James", sagte er. „Sie dürfen damit rechnen, daß ich mein Bestes gebe."

Einen angstvollen Augenblick lang befürchtete er, daß er zu weit gegangen war und zu sehr übertrieben hatte. Er wußte sogar, daß er zu sehr übertrieben hatte. Sir James Oldknow jedoch nahm die Ironie nicht wahr.

„Ausgezeichnet", sagte er. „Ganz ausgezeichnet. Wir müssen zusehen, daß wir dich morgen aus dem Bett bekommen. Dann bekommst du die üblichen zwei Wochen Grundausbildung, und dann schwörst du den Lehenseid, und dann, mein Bester, dann bist du im Geschäft. Mach deine Sache gut, und du wirst mich nicht undankbar finden."

„Worum geht es in der Grundausbildung?"

„Ach, um eine ganze Menge Sachen", sagte Sir James ausweichend. „Militärische Organisation, unbewaffneter Nahkampf, der Gebrauch des Bogens."

„Ich verstehe... Mit einem Gewehr kann ich schon ganz gut umgehen."

Sir James Oldknow lachte. „Feuerwaffen", sagte er, „sind ganz streng für den Gebrauch der Prätorianergarde beschränkt... Du hast noch eine ganze Menge zu lernen, mein Bester. Ich hoffe, du machst etwas daraus, es ist nur zu deinem eigenen Vorteil."

25

Es dauerte neun Tage, bis es Greville gelang, Sir James Oldknow und seinem aufgefrischten Feudalsystem zu entkommen. Hätte es dort nicht zwei Männer gegeben – als Nosey und Big Tom bekannt –, so wäre er vielleicht gar nicht geflohen. Oder zumindest nicht, bis es zu spät war, denn er wurde von der Erinnerung an Liz geplagt. Der Gedanke, daß er sie nie wiedersehen würde, zehrte an seiner Energie und sogar an seiner Selbstachtung. Eine Zeitlang war er sich nicht klar darüber, ob er leben oder sterben wollte. Erinnerungen an die Chelsea-Brücke erhoben sich in seinem Kopf – nicht an den Tag, an dem er Liz vor den Hunden gerettet hatte, sondern an die Nacht, in der er Pauline getötet hatte.

Er hatte sie getötet, dachte er, weil er sich selbst töten wollte. Vielleicht hatte er Liz aus dem gleichen Grund und merkwürdigerweise auf eine ähnliche Art getötet. Vielleicht stellten beide Zwischenfälle seltsame kleine Witze der Geschichte dar. Vielleicht war die Tatsache oder die Möglichkeit, daß das Kind, das Liz in ihrem Bauch trug, nicht von ihm war, irgendwie eine Fortsetzung zu der Tatsache, daß andere Männer zwischen Paulines Beinen gelegen hatten. Und vielleicht waren Liz und Pauline die gleiche Person in einer anderen Welt.

Glücklicherweise blieb ihm für Grübelei nicht viel Zeit. Eigentlich blieb ihm für nichts viel Zeit. Sir James Oldknow hielt Wort. Obwohl er noch schwach war, wurde er am nächsten Morgen von Big Tom aus dem Bett gezerrt – er war der starke Mann, der am ersten Tag bei seiner Unterhaltung mit Sir James dabeigewesen war.

Es war kurz nach der Morgendämmerung, als Big Tom kam. Greville schlief noch unruhig. Big Tom hob ihn wie ein Kind aus dem Bett und stellte ihn auf die Füße. Dann warf er ihm seine Kleider an den Kopf.

„Der Squire sagt, daß du die Grundausbildung erhalten sollst“, verkündete er freudestrahlend. „Ich bin die Grundausbildung.“ Er lachte. „Wenn ich fertig bin mit dir, dann wirst du glauben, daß es auf der ganzen Welt nichts gibt, das gründlicher ist. Ich mache einen ganzen Kerl aus dir. Sogar ein Scheiß-Schreiberling muß auf seinen eigenen Beinen stehen können.“

Nachdem sich Greville angezogen hatte, wurde er aus dem Hause Brabyns herausgeführt. Sein Weg führte an zwei Holztoren in einem Drahtzaun vorbei, von dem er später erfahren sollte, daß er unter Strom stand, und zu einer Art Speisesaal, in dem ungefähr zwanzig Männer ihr Frühstück verzehrten.

Das Frühstück bestand aus Porridge, etwas ziemlich grauem

Brot, einer Scheibe Schinken und einem heißen Getränk, das offensichtlich Kaffee-Ersatz sein sollte, das aber wie eine Mischung aus angebranntem Toast und Wasser schmeckte. Greville wurden dafür zehn Minuten eingeräumt, und dann fing der Drill an. Mit den anderen Männern, die Big Tom zu einer Kampftruppe für den kommenden Krieg gegen die Anarchos zusammenschweißen wollte, mußte Greville die Qualen einer Nahkampfausbildung über sich ergehen lassen. Er war zu irgendwelchem Widerstand noch zu schwach. Nach ein paar Turnübungen folgten Bogenschießen und Messerkampf, und danach gab es noch mehr Übungen. Greville brach lange vor der Mittagspause zusammen. Big Tom ließ einen Eimer Wasser über ihn ausgießen, und dann wurde er in eine große Holzhütte getragen, auf deren Boden Strohmatratzen lagen. Dort ließen sie ihn liegen, damit er nachdenken und sich abtrocknen konnte. Er war für beides zu erschöpft. Er schlief naß ein und wachte naß und zitternd auf.

Es war fast dunkel, und jemand schüttelte ihn. Es war ein Mann, der sich als Nosey vorstellte.

„Wach auf, Kumpel", sagte Nosey. „Ich habe hier eine Ration Eintopf für dich. Sieh zu, daß du's runterkriegst. Bis morgen gibt es sonst nichts mehr."

Der Eintopf war in einer alten Konservendose. Er roch widerlich, aber Greville war plötzlich entsetzlich hungrig.

„Gekochte Katze", sagte Nosey. „Das ist besser als Hund – schmeckt eher wie Hase. Der Scheißkoch weiß bloß nicht, wie man mit ordentlichem Fleisch umgeht... Hör mal, ich habe auch eine Neuigkeit für dich. Sie lebt noch."

„Lebt noch?" wiederholte Greville ohne Ausdruck.

„Deine Frau, Kumpel. Der Squire hat sie in den Bau gesteckt – das ist der Platz, wo er die Frauen hält, die nichts für unsereins sind... Sie kriegt ja was Kleines, habe ich gehört. Da kommt also niemand dran, bis sie geworfen hat. Mit derlei Sachen nimmt es der Squire sehr genau."

Während der ungefähr zehn Minuten, die ihnen blieben, bis die restlichen Männer in die Quartiere zurückkamen, erfuhr Greville eine ganze Menge über den Squire und seine kleine Gemeinde, aber der Gedanke, der ihn voll und ganz beherrschte, war die Nachricht, daß Liz noch am Leben war. Er war wie ein Lebenselixier, das ihm wieder Lebenswillen in die Adern pumpte.

Als die anderen Männer kamen, ging Nosey in der Unterhaltung sofort auf Themen über, die auf jeden Fall sicher waren – Essen, Frauen und Big Tom. Es sah so aus, als seien Essen und Frauen strikt rationiert. Big Tom jedoch war in keiner Beziehung rationiert. Er war außerdem allseitig unbeliebt. Nicht verhaßt, nur unbeliebt. Obwohl er nämlich gegen alle Männer in der Kaserne gekämpft und sie besiegt hatte – das gehörte alles zur Grundausbildung –, war er doch vernünftig genug, sich im Sieg großzügig zu zeigen. Er respektierte Männer, die gut kämpfen konnten, und jeder, der Glück genug hatte, es ihm fast mit gleicher Münze zurückzuzahlen, konnte sicher auf eine Extraration Essen oder Sex zählen, die er ab und zu von Big Tom bekam. Big Tom konnte mit beiden Händen gleichzeitig je einen Zentnersack Korn heben. Er ließ jedem Rekruten die Wahl, entweder die Säcke zu heben oder gegen ihn zu kämpfen. Wenn sie sich für das Korn entschieden und es nicht heben konnten, prügelte er sie bis zur Bewußtlosigkeit. Big Tom war ein Ire, dessen Familie in der dritten Generation in Liverpool gelebt hatte. Außerdem war er ein gläubiger Katholik. Der Squire hatte ihm eine Frau gegeben, und er hatte ihr drei Kinder gemacht. Er ging jeden Sonntag mit ihr in die Kirche von Brabyns, wo der Squire, ebenfalls ein Katholik, als Freizeitpriester Gottesdienste abhielt.

Die Unterhaltung in der Kaserne war nur von kurzer Dauer, denn die Männer waren müde. Bald waren die beiden von Schnarchen und schwerem Atmen umgeben. Nosey aber blieb wach.

„He, Greville“, flüsterte er. „Glaubst du, du hältst es aus?“

„Was aushalten?“

„Diese Lehensscheiße hier. Da ist der Squire ganz versessen drauf. Er meint, wir müssen erst zurück, bevor wir wieder vorwärtskommen... Vielleicht hat er da nicht einmal so unrecht.

Zu seinen Buhmännern oder wie immer er sie nennt, möchte ich aber nicht gehören. Weißt du, er läßt sie brandmarken. Ein großes A mitten auf die Stirn. Die sind in den alten Ställen ... Das stellt er allerdings nur mit Leuten an, die echt Schwierigkeiten machen ... Meinst du, du hältst es hier aus?"

„Nein", sagte Greville. „Ich glaube nicht, daß ich es hier aushalte. Ich glaube, ich hole mir die Frau zurück und haue ab."

Nosey unterdrückte ein Lachen. „Da mußt du schon riesiges Glück haben. Verdammtes Glück, Kumpel. Der Squire hat sie ja vielleicht nicht alle, aber seinen Besitz hat er wirklich dichtgemacht ... Der letzte, der es versucht hat, ist gejagt worden wie ein Fuchs ... stilecht, mit allem Drum und Dran. Der Squire hält sich immer noch ein Rudel Jagdhunde. Kaum zu glauben, was – das ganze verdammte Land ist voller Hunde, und er hält sich Jagdhunde ... Die haben den Burschen, von dem ich dir gerade erzählt habe, ganz schön zugerichtet. Nur seine Schuhe sind übriggeblieben."

„Warum hast du mich denn dann gefragt, ob ich es aushalte, verdammt noch mal?" fragte Greville gereizt.

Nosey lachte in sich hinein. „Weil ich es auch nicht aushalte, Kumpel. Meine Alte war vielleicht nicht viel wert, aber in den Puff hätte er sie trotzdem nicht zu stecken brauchen."

Greville sagte nichts.

„Weißt du, warum er sie in den Puff gesteckt hat?" fragte Nosey rhetorisch. „Weil sie ihm seine stinkenden Dreckfüße nicht waschen wollte, deshalb ... Na ja, überschlaf's erst mal, Kumpel – und bei irgendeinem Bastard kannst du dich bedanken, daß du noch nicht tot bist."

„Ich überschlaf's", sagte Greville. „Vielen Dank für den Eintopf – und sonstiges."

„War mir ein Vergnügen", flüsterte Nosey. „Träume süß."

Merkwürdigerweise träumte Greville ganz außerordentlich süß. Er träumte von Liz. Sie war noch am Leben, und nur darauf kam es an.

Am nächsten Morgen, nach dem Früstück, das dem vom Vortag

glich wie ein Ei dem anderen, warteten wieder Big Tom und die Grundausbildung auf ihn. Ein Teil der Grundausbildung schien im Fällen von Bäumen zu bestehen, um eine Lichtung für das zu schaffen, was Big Tom den Verteidigungsrundkreis nannte. Nach und zwischen Zeiten mit der sieben Pfund schweren Axt und der Zweihandsäge gab es wieder Übungen mit dem Bogen. Greville kam mit dem Bogen nicht zurecht. Es verursachte ihm schmerzende Handgelenke. Die Pfeile landeten entweder zu kurz oder flogen viel zu weit. Seine Unfähigkeit schien Big Tom einen Riesenspaß zu machen.

„Kein Wunder, daß du weißes Haar hast“, röhrte er jovial. „Du denkst zuviel. Du bist so ein Scheiß-Intellektueller. Jetzt hör mal auf, den Bogen zu halten, als sei das eine Harfe. Leg den Pfeil ein, zieh die Schnur zurück – und laß uns ein bißchen Zeit, damit wir uns vor das Ziel stellen können. Da sind wir sicher.“

Die Männer antworteten auf Toms groben Humor mit Pawlowschen Reflexen. Bald war Greville die Zielscheibe für den Spott der gesamten Gruppe.

Er akzeptierte die Rolle mit Gleichmut. Er hatte das Gefühl, daß es nützlich sein könnte, den Ruf aufzubauen, er sei nicht in der Lage, irgend etwas fertigzubringen, wozu Geschick oder größere physische Anstrengung nötig war.

Der Tag verging ohne Zwischenfall. Als sie am Abend nach dem Essen in die Quartiere zurückkamen, war Greville erschöpft. Die meisten seiner Leidensgenossen waren jünger als er und hatten sich an die anstrengende Ausbildung schneller gewöhnt. Außerdem war von ihnen keiner in der letzten Zeit von eine Mine in die Luft gesprengt worden.

Greville hatte jedoch das Gefühl, daß er die Plagen und Mühen nicht ganz umsonst auf sich genommen hatte. Er hatte sich in dem Gebiet, das der Squire kontrollierte, schon recht gut orientiert, und solche Kenntnisse würden sich früher oder später als nützlich erweisen.

In dieser Nacht legte Nosey seine Matratze neben die von Greville. „Hast du schon irgendeine gute Idee?“ fragte er, als nicht mehr daran zu zweifeln war, daß die anderen alle eingeschlafen waren.

„Noch nicht", gab Greville zu.

„Mach dir darüber keine Gedanken, Kumpel." Nosey lachte grimmig. „Wir haben so viel Zeit, wie wir wollen. Zum Pläneschmieden bin ich nicht viel wert, da mußt du wohl den Kopf spielen. Wenn du dir aber erst mal überlegt hast, was zu tun ist, dann bin ich so gut wie jeder andere."

„Wir brauchen Gewehre", sagte Greville, „nicht Pfeil und Bogen."

Nosey lachte. „Da mußt du schon verdammtes Glück haben. Überleg dir was anderes, Kumpel.

Die einzige Kanone, an die wir je herankommen werden, ist die, die Big Tom umgeschnallt hat – es sei denn, der Squire entschließt sich, dir zu vertrauen, oder sie schicken uns los, damit wir die Anarchos fertigmachen."

Über seinen Überlegungen, wie er es schaffen könnte, an Big Toms Pistole heranzukommen – nicht daß es viel nützen würde, denn die anderen Männer in der Gruppe waren entweder zu verängstigt oder zu dumm und daher loyal –, schlief Greville ein. Manche waren schon ausgezeichnete Bogenschützen, und man konnte einen Bogenschützen zwar mit einem Gewehr in Schach halten, aber ein Revolver war für diesen Zweck völlig sinnlos.

Der nächste Tag war praktisch genauso wie der Tag zuvor. Der einzige Unterschied war der, daß Greville sechs von den Sträflingen des Squires dabei zusah, wie sie einen Pflug zogen, während er sich von einer Nahkampfübung erholte. Da der Squire eine ganze Reihe Pferde hatte, war ihm der Anblick rätselhaft, bis Nosey ihm erklärte, daß dies zu der Strafe gehörte. Die Sträflinge wurden von zwei Aufsehern mit Gewehren und Knüppeln bewacht – wahrscheinlich gehörten sie zu Sir James Oldknows Prätorianergarde. Greville sah fasziniert zu, wie sich die Männer anstrengten, um den Pflug durch den halbgefrorenen Boden zu zerren. Er hatte das Gefühl, als sei er um Jahrhunderte in der Zeit zurückversetzt und buchstäblich wieder im Mittelalter gelandet.

Ein Tag folgte dem anderen. Greville wurde körperlich und geistig härter. Nachts dachte er in den wenigen herrlichen Minuten, in denen er entspannt war, bevor der Schlaf kam, abwechselnd an Liz – er hatte schon herausbekommen, in welchem der Gebäude sie sich befand – und an Fluchtmethoden. Zuerst mußte er jedoch einen Weg finden, wie er sich mit ihr in Verbindung setzen konnte. Es wäre dumm, etwas anzufangen, wenn er sich seines Erfolgs nicht sicher war. Er hatte schließlich, wie Nosey gesagt hatte, so viel Zeit wie er wollte.

Wie sich zeigen sollte, hatte Nosey unrecht. Beiden blieb nur noch wenig Zeit; sicherlich nicht genug, um mit Liz eine Verbindung herzustellen.

Am achten Tag der Grundausbildung bekam Greville die Möglichkeit, sich entweder dafür zu entscheiden, die beiden Zentnersäcke Korn hochzuheben, oder gegen Big Tom zu kämpfen. Big Tom war auf seine eigene Art fair. Er hatte geduldig gewartet, bis Greville seiner Ansicht nach wieder ganz gesund war und sich erholt hatte. Dann wollte er seinen Spaß mit ihm haben.

Big Tom war viel größer und schwerer als Greville. Er entschloß sich für das Korn. Big Tom lachte laut. Er ließ die Säcke von zwei Männern holen, hob sie selbst auf und warf sie Greville vor die Füße. „Da hast du sie, mein Junge, und alle Heiligen mögen dir beistehen, wenn du die beiden Schätzchen nicht hochkriegst."

Greville hatte sich über dieses Problem schon Gedanken gemacht und glaubte, die Antwort gefunden zu haben. Er legte die beiden Säcke ungefähr zwei Fuß voneinander entfernt auf den Boden und schob das Korn in ihnen zum größten Teil an die beiden Enden der Säcke, so daß sie in der Mitte relativ leer waren. Dann kauerte er sich hin, legte fest einen Arm um jeden Sack und versuchte aufzustehen. Es gelang ihm, beide Säcke ungefähr einen Fuß vom Boden hochzuheben, bevor er voll auf das Gesicht fiel.

Manche aus der Gruppe, die zugesehen hatten, klatschten Beifall, weil sie der Meinung waren, daß er im Sinn der Herausforderung erfolgreich gewesen war. Big Tom aber war wütend. Bis jetzt war es noch niemand anders gelungen, beide

Säcke zur gleichen Zeit vom Boden hochzuheben. Er hatte das Gefühl, daß Greville ihn irgendwie betrogen hatte. Außerdem war er entschlossen, sich sein einfaches Vergnügen nicht nehmen zu lassen.

„Der Versuch war aller Ehren wert, mein Junge, aber geschafft hast du es doch nicht ganz." Dann hob er die beiden Säcke bis in Schulterhöhe, um zu zeigen, was er meinte. „Also wirst du jetzt versohlt, weil du zu schlau sein wolltest."

Darauf hob er Greville hoch, als sei er ein Kind, um ihn mit dem Gesicht nach unten schwer auf sein ausgestrecktes Knie fallen zu lassen, das ihn im Magen traf.

Big Tom aber ließ ihn nicht los, und während Greville würgend und nach Luft schnappend auf seinem Knie lag, schlug Big Tom ihm erniedrigend und schwer mit seiner flachen Hand auf den Hintern.

Diese Aktion dauerte nicht lange. Sie war nur eine Demonstration von überwältigender Überlegenheit.

Während des restlichen Nachmittags war Greville schweigsam und unterwürfig. Er zeigte das Verhalten eines sowohl physisch als auch psychisch geschlagenen Mannes, und deshalb nahm ihn Big Tom auch nicht wie üblich auf den Arm. Er schien sich sogar Mühe zu geben, Greville keine anstrengenden Aufgaben zukommen zu lassen. Das war seine Art zu zeigen, daß die Auseinandersetzung vorbei und vergessen war und daß Greville jetzt, da er seinen Platz kannte, in Big Toms glückliche Familie aufgenommen werden konnte. Es war merkwürdig, aber einige von den anderen Männern machten ebenfalls einen gedrückten Eindruck. Manche von ihnen hatten das Gefühl, daß Big Tom zu weit gegangen war. Sie nahmen an, daß Greville schon ziemlich alt war, weil er weißes Haar hatte, und es kam ihnen so vor, als hätte Big Tom dieses Alter für sich ausgenutzt.

An diesem Abend kamen in der Kaserne einige Männer, deren Namen Greville nicht einmal kannte, bei ihm vorbei, um ein paar Worte mit ihm zu sprechen. Niemand erwähnte den Zwischenfall mit den Kornsäcken, aber gerade dadurch, daß sie das Thema vermieden, machten sie daraus einen unausgesprochenen Gegenstand für unausgesprochenes Mitleid.

„Mach dir nichts daraus“, sagte Nosey, der auf seiner Matratze saß. „Soweit ich das übersehe, hat sich der große Scheißkerl keinen Gefallen getan. Er hat nur die Leute gegen sich aufgebracht und Freunde verloren.“

„Ich weine mir auch deshalb nicht die Augen aus, Nosey“, bemerkte Greville gleichmütig. Er sah sich in der düsteren Beleuchtung seine Stiefel an. Es waren gute, feste Armeestiefel mit Nägeln in den dicken Ledersohlen. „So was kommt vor.“

„Hast du immer noch vor, abzuhauen?“

„Wenn die Zeit dazu kommt.“ Greville hatte keine Ahnung, wann die Zeit dazu kommen würde. Er war zu müde, um Pläne zu machen. Er hoffte nur, daß sich eine Gelegenheit bieten würde, wenn er Big Toms Grundausbildung überstanden hatte und er der Propagandachef des Squires werden würde.

Greville hatte dabei jedoch nicht mit seiner Spontaneität, seinen Impulsen und Gefühlen gerechnet. Wenn ihn jemand gefragt hätte, warum er in der Kaserne vor dem Einschlafen seine Stiefel untersuchte, hätte er keine befriedigende Antwort geben können. Aber etwas tief in ihm wußte Bescheid, und etwas tief in ihm wartete nur auf eine Gelegenheit.

Sie kam kurz vor dem Mittag des neunten Tags. Ein weiterer neuer Rekrut war zu der Gruppe gestoßen – ein großer, kräftiger Junge von ungefähr achtzehn Jahren. Big Tom hatte seine Aufmerksamkeit von Greville auf den Jungen verlegt, der von seiner Tätigkeit als Schweinehirt gelangweilt gewesen war und den Leichtsinn besessen hatte, sich als Freiwilliger für die Spezialausbildung zu melden. Er bereute diesen Entschluß bereits, denn Big Tom hatte ihn vor die übliche Wahl gestellt, und er hatte sich für den Kampf entschlossen. Nun lag er zerschunden und blutüberströmt auf dem Boden und war voller Selbstmitleid.

Obwohl der Kampf sehr kurz gewesen war, hatte Greville ihn genau beobachtet. Er hatte bemerkt, daß Big Tom den Sturmangriff mochte und die Sache so schnell wie möglich zu ihrem Ende bringen wollte. Er war ein aggressiver Kämpfer, dessen einziger Instinkt – zu seinem Glück von großer Kraft unterstützt – es war, loszustürmen und zu zerstören.

Greville suchte sich seine Position sorgfältig aus. Er stand auf einer leichten Bodenerhebung. Dann, als Big Tom sich seines leichten Siegs brüstete, sagte Greville mit lauter Stimme: „Niemand als ein großsprecherischer, fetter Idiot würde sich eines Siegs über alte Männer oder Jungen brüsten."

Big Tom starrte ihn verblüfft an. „Sag das noch mal, mein Jungchen", sagte er mit rauher Stimme. „Du mußt das Leben sehr satt haben."

„Leg die Waffe ab", sagte Greville und sah herausfordernd auf Big Toms Revolver, „und du verlierst die Hälfte von deinem Mut. Iren aus Liverpool haben in einem fairen Kampf noch nie viel getaugt."

Big Tom nahm den Revolver aus der Halfter. Einen Augenblick dachte Greville, er sei zu weit gegangen. Einen Augenblick dachte er, daß er für seinen verbalen Angriff eine Kugel einfangen würde.

Big Tom jedoch legte den Revolver sorgfältig ins Gras. „Daß mir da bloß niemand drangeht", warnte er die Gruppe, die nun wortlos und voller Staunen Greville anstarrte. „Niemand geht da dran. Ich brauche nur dreißig Sekunden, um diesem Herrn mit der scharfen Zunge das Rückgrat zu brechen – genug Zeit für ihn, daß er seinen Frieden mit Gott machen kann."

Greville rührte sich nicht. „Deine Mutter muß eine dumme alte Kuh gewesen sein", sagte er ermutigend. „Du hast die Sorte Gesicht."

Big Tom raste mit einem Wutschrei los. Er kam wie ein Panzer den kleinen Hügel hoch auf Greville zugerannt, der regungslos stehenblieb, bis Big Tom weniger als drei Yards von ihm entfernt war. Dann sprang Greville in die Luft, zog seine Beine an sich, drehte sich halb zur Seite und streckte beide Beine gleichzeitig, als seien sie gebogene Stahlfedern.

Beide Stiefel trafen Big Tom mitten ins Gesicht. Er flog nach hinten und fiel mit einem dumpfen Schlag flach auf den Rücken. Er bewegte sich nicht.

Greville stand auf, sah, daß Nosey den Revolver in der Hand hatte, und ging zu Big Tom hinüber, um ihn zu untersuchen. Einer oder zwei von den Männern folgten ihm. Die übrigen schienen von der Geschwindigkeit, mit der sich das Ganze abgespielt hatte, wie betäubt.

Big Toms Gesicht war völlig zerschlagen, aber darüber brauchte er sich keine Gedanken mehr zu machen. Er war tot. Er war bei seinem Sturz auf einen ziemlich großen Stein gefallen, der ihm den Schädel zerschmettert hatte.

Jemand hob Big Toms Kopf, und dann gab es wütendes Gemurmel, aber Greville hörte Noseys Stimme.

„Der erste Typ, der hier etwas versucht, kriegt eine Kugel in den Bauch. Ich habe nur sechs, also bleiben eine ganze Menge von euch übrig. Wer aber will zu den sechs gehören?"

Niemand gab Antwort. Greville spürte, wie plötzlich eine eiskalte Ruhe über ihn kam. Es lief nicht so, wie er es geplant hatte. Er hatte warten wollen, aber es hatte jetzt keinen Sinn mehr zu warten. Er hatte warten wollen, bis er Liz holen konnte – aber jetzt würde er sie zurücklassen müssen. Für eine Zeitlang... Sein Gehirn fing an, wie ein Computer zu arbeiten.

„Gib mir die Kanone, Nosey", sagte er.

Nosey reichte sie ihm vorsichtig hinüber.

„Jetzt zerbrich alle Bogen. Wir wollen nicht..."

Jemand rannte los. Greville schoß ihn in den Rücken. „Wir wollen nicht, daß uns jemand nachschießt, wenn wir uns verziehen, oder?" sagte er ungerührt.

Zwei Tote innerhalb von weniger als fünf Minuten reichten völlig aus, um zwanzig Männer zu demoralisieren. Sie starrten Greville wie hypnotisiert an, als würde er einen Zauberstab in der Hand halten.

Nosey brauchte unglaublich lange dazu, zwanzig Bogen zu zerbrechen.

„Was jetzt, Kumpel?" fragte er.

„Jetzt“, sagte Greville, „nimmst du die Bogenschnüre und fesselst den Herrschaften hier die Hände.“

Dazu brauchte er noch länger. Ein Mann packte Nosey, während er mit der Schnur beschäftigt war, und versuchte, ihn wie einen Schild zu gebrauchen. Nosey aber war so schlau, sich auf den Boden fallen zu lassen, und Greville gelang es, dem Angreifer durch die Schulter zu schießen. Damit blieben ihnen noch vier Kugeln.

Greville sah über die Felder zu dem Haus hinüber, das weniger als vierhundert Yards entfernt war. Er dachte, daß man bald nach ihrer Flucht Alarm schlagen würde. Vor ihnen lag in ungefähr der gleichen Entfernung der Waldrand, mit dem der Wald von Brabyns begann. Der Wald war ungefähr eine halbe Meile breit, wie er aus Unterhaltungen mit Nosey erfahren hatte. Auf der anderen Seite lag wieder offenes Gelände, und dahinter lag das Dorf Nieder-Brabyns, in dem die Leute wohnten, die der Squire Anarchisten nannte.

Nosey zumindest hatte sich von dem Schock und der Geschwindigkeit der Ereignisse erholt. „Jedermann bestens verpackt, Kumpel“, berichtete er grinsend. „Das klappt ja alles vorzüglich.“

„Jetzt“, sagte Greville und sah die Reihe der Männer an, die ihn mit hinter dem Rücken gefesselten Händen dumpf anstarrten, „jetzt spielen wir alle Häschen in der Grube und legen uns hin.“

Niemand rührte sich. Also bekam der am nächsten stehende Mann eine Kugel ins Bein. Er fiel hin. Die anderen legten sich hin.

„Und jetzt?“ sagte Nosey. „Du hast uns ja ganz schön in die Scheiße hereingeritten, stimmt's?“

Zum erstenmal lächelte Greville. „Ich denke, es ist an der Zeit, daß wir uns den Anarchos anschließen“, sagte er.

26

Als sie hinter sich die Hunde hörten, überlegte sich Greville, daß ihre Chancen besser stehen würden, wenn sie sich trennten. Die Hunde hatten wahrscheinlich ihre Spur aufgenommen. Sie würden zweifellos nur einer Spur folgen, aber selbst, wenn die Meute sich teilte und die Hunde damit beiden folgten, wäre die Chance zu überleben sicher für beide besser.

Nosey war nicht besonders in Form, aber auch Greville ging es da nicht anders. Er wußte, daß sie am Anfang zu schnell gerannt waren. Sie mußten jetzt insgesamt ungefähr drei Meilen geschafft haben, und der Wald von Brabyns lag weit hinter ihnen. Das war der einfachste Teil ihrer Flucht gewesen.

Seitdem waren sie durch halbgefrorenen Schlamm und über einen trügerischen Teppich aus totem Gras und Unkraut über ein Terrain gestolpert, das einmal guter Ackerboden gewesen war. Nun rannten sie keuchend eine lange und sanfte Anhöhe hoch. Sie konnten das aufgeregte Bellen der Hunde hinter sich hören. Sie waren erschöpft.

Das Dorf Nieder-Brabyns konnte nicht mehr weit sein, aber es war erheblich weiter von ihnen entfernt als die Hunde. Greville blieb stehen und sah sich Noseys gequältes Gesicht an.

„Bleib mal eine Minute stehen!" Der Genuß, nicht mehr dazu gezwungen zu sein, ein Bein vor das andere setzen zu müssen, war so groß, daß Greville nicht glaubte, daß er in der Lage sein würde, wieder loszulaufen.

„Mit uns ist es aus, Kumpel", stöhnte Nosey. „Das sind zu viele. Diese Sauköter haben vier Beine. Wir haben nur zwei."

„Deshalb müssen wir uns trennen", keuchte Greville. „Dann haben sie was zum Überlegen ... Du gehst dort lang. Ich gehe hier lang. Eine halbe Meile rennen wir getrennt. Dann kommen wir in das Dorf. Hier, nimm den Revolver."

Nosey hatte noch etwas Kampfgeist übrig. „Behalte ihn. Du brauchst ihn genauso wie ich."

„Zum Streiten haben wir jetzt keine Zeit. Nimm die blöde Kanone. Ich habe es sowieso satt, sie zu tragen... Und – viel Glück, Nosey."

Nosey nahm den Revolver und streckte seine andere Hand aus. „Dir ebenfalls das beste englische Glück, Kumpel. Wir schaffen es zwar nicht, aber scheiß drauf." Er zwang sich ein Grinsen ab. „Allein schon wegen Big Tom war es die Sache wert. Mach's gut."

„Wir schaffen es", sagte Greville. „Auf geht's."

Greville schickte an seine Beine ein gedachtes Dringlichkeitstelegramm. Er starrte verblüfft an sich hinunter, als sich eines von ihnen vor das andere setzte. Die Bewegung entwickelte sich zu einem ungelenken Gehen, und daraus wurde ein stolperndes Laufen. Er sah sich nicht um, was vielleicht ein Glück für ihn war, denn Nosey rührte sich nicht. Er sank nur dankbar in dem Gras zusammen und streckte seine müden Beine aus. Dann schaute er sich den Revolver an. Drei Patronen. Das hieß: zwei für die Hunde...

Greville hatte mehr als drei Viertel einer Meile hinter sich gebracht, als er die Schüsse hörte. Mechanisch zählte er mit. Einer... eine lange Pause... zwei... eine längere Pause... drei...

Greville rannte weiter. Er war einfach zu müde, um an Nosey zu denken. Es war ihm klar, daß er, wenn er anhielt, dieses Mal nicht würde weiterrennen können. Also rannte er weiter. Er hatte den Gipfel des Hügels erreicht und rannte nun auf der anderen Seite hinab, und deshalb hörte es sich an, als seien die Hunde etwas weiter weg. Er sah nach vorn und strengte sich an, Nieder-Brabyns zu erspähen. Er meinte in der Entfernung etwas zu sehen, was wie ein Dorf aussah, aber immer wieder schienen ihm Nebelfetzen die Aussicht zu stören.

Er fragte sich dumpf, warum diese Nebelfetzen wohl rot gefärbt waren und warum mitten darin immer wieder kleine Blitze zuckten. Aber er rannte weiter. Es blieb ihm sonst nichts übrig.

Kurze Zeit später begann er zu stürzen. Dieses Gefühl erfüllte ihn mit Angst, da er aus einer großen Höhe herunterzufallen schien. Es erfüllte ihn außerdem mit Angst, daß die Versuchung, dort liegenzubleiben, wo er lag, riesengroß war. Die Energie, die notwendig war, um aufzustehen, schien die menschliche Leistungsfähigkeit zu übersteigen. Trotzdem gelang es ihm aufzustehen. Zuerst fluchte er, dann stöhnte er, und zum Schluß wimmerte er.

Die Welt wurde schwarz. Er hatte keine Ahnung, wohin er ging, und er wußte nicht einmal, wo er herkam. Er wußte nur, daß er weiter mußte.

Schließlich blieb für irgendwelche Bewegungen keine Kraft mehr. Er fiel über etwas, das ihm in beide Beine zu schneiden schien. Als er hinfiel, meinte er Kirchenglocken zu hören, nein, nicht Kirchenglocken, kleine Glöckchen. Merkwürdigerweise fiel ihm James Elroy Flecker ein:

Wenn die langen Karwanen, die über jene Eb'ne ziehn,
Mit kühnem Schritt und dem Geläut von Glocken
Sich nicht für Ruhm mehr oder Gold aufmachen,
Den Trost der palmumkränzten Brunnen nicht mehr suchen . . .

Und dann dachte er an palmumkränzte Brunnen und an eine heiße Sonne, die von einem azurblauen Himmel ihre Energie verstrahlte. Er dachte an verschwitzte Kamele und an verschwitzte Männer mit dunklen, faltigen Gesichtern. Er dachte an Palmen und Wasser und Musik, und er dachte an das Samarkand, das es nur in den Gedanken der Menschen gab.

Die Vision war wunderbar schön, zu schön, um sie aufzugeben. Er war jedoch zu müde, um an ihr festzuhalten. Das Geräusch der silbernen Glöckchen verklang. Die Sonne verdunkelte sich. Aus der Oase wurden glänzende schwarze Tümpel. Alles, was zum Schluß übrigblieb, war die Nacht . . .

Als Greville endlich die Augen öffnete, fand er sich in einem Liegestuhl. Das erste, was er sah, war ein Holzfeuer, das in einem offenen Herd knisterte und flackerte. Das zweite, was er sah, war eine Gruppe von Leuten – zwei Männer und eine Frau. Das dritte, was er sah, war ein nackter Frauenkörper. Keine Beine. Keine Arme. Nur Brüste, schwer wie überreife Melonen, und ein Bauch, der so glatt und rund war, daß er sicher die gesamte Fruchtbarkeit des Alls enthielt. Er war aus Stein gehauen. Hinter dem Torso stand ein zweiter Steinklotz, grob und unbestimmt behauen, in dem zwei Löcher waren. Dahinter stand ein Gegenstand aus Eisen. Vielleicht war es ein verdrehtes Skelett, vielleicht war es aber auch ein verdrehtes Bettgestell, vielleicht war es sogar ein komischer Käfig für einen merkwürdig mutierten Papagei. Das Ding hatte etwas an sich, das Greville zum Lachen brachte.

Er lachte.

Einer von den Männern sprach. „Also so was. Noch ein elender Philister. Ich habe eben einfach kein Glück ... Wenn du schon hier bei der Party dabei bist, Bruder, erzählst du uns wohl besser, wer dich eingeladen hat."

27

Nachdem Greville seine Geschichte erzählt hatte, sank er in seinen Liegestuhl zurück und starrte hypnotisiert in das Feuer. Er nahm dankbar immer wieder kleine Schlucke von dem Glas, das sie ihm gegeben hatten – eine ordentliche Portion guten Scotch. Nachdem er einmal angefangen hatte zu reden, bemerkte er zu seiner Verblüffung, daß es schwierig war, wieder aufzuhören. Er hatte ihnen nicht nur von den militärischen Plänen von Sir James Oldknow berichtet, sondern auch von Liz und Francis und zum Schluß von dem Haus in Ambergreave und sogar von Pauline. Er hatte ziemlich lange erzählt, und schließlich stellte er überrascht fest, daß es praktisch auf eine öffentliche Beichte hinauslief. Zum Schluß wurde ihm klar, daß er einfach versucht hatte, sich selbst zu rechtfertigen – wofür allerdings und bei wem, davon hatte er keine Ahnung. Er fühlte sich leer und schwindlig. Der Scotch und die Wärme des Zimmers hatten die Schmerzen in seinen Beinen und

Armen gemildert und sie in ein fast köstliches Klopfen verwandelt. Er war sich eigentlich nicht so recht klar darüber, ob er träumte oder gerade aus einem Traum erwacht war.

Zumindest war er noch am Leben ... Ich fühle, also bin ich ...

Die drei Leute sahen ihn gespannt an. Die beiden Männer – der eine wettergegerbt und massiv wie ein Fels, der andere groß und eckig – standen vor ihm. Die Frau, mit einer vollen Figur, attraktiv verblaßt und in den Mittvierzigern, saß Greville gegenüber in einem Stuhl.

„Wir sind eigentlich nicht wirklich Anarchisten, weißt du", sagte sie. „Das meint der Squire nur, weil er zweidimensional denkt. Wir sind eigentlich nichts als Spinner, Misfits und Penner. Wir sind ungefähr hundertfünfzig, und wir haben uns einfach aus Sicherheitsgründen zusammengetan ... Ich heiße übrigens Meg. Der große Herr da drüben, der so intellektuell aussieht, das ist Joseph. Er hält sich für einen Historiker. Der wackere Individualist ist Paul. Das ist hier sein Atelier. Die Skulptur, die dich anscheinend so amüsiert hat, stammt von ihm."

„Wir sind eine profane Dreieinigkeit", bemerkte Paul trocken. „Meg lebt mit uns beiden zusammen. So halten wir unsere Kraft in der Familie."

Joseph sagte: „Sie versuchen nur, dich durcheinanderzubringen. In Wirklichkeit sind wir so was wie ein gewachsenes Triumvirat. Wir waren von Anfang an dabei, und die Entscheidungsgewalt ist irgendwie an uns hängengeblieben. Eigentlich klappt es ganz gut. Wir haben nämlich nur ein grundsätzliches Gesetz: Versuche so wenig Schaden wie möglich anzurichten. Ich fürchte, das kommt auf eine ziemlich negative Philosophie hinaus, aber komischerweise scheint es zu funktionieren."

„Unsinn", bemerkte Paul. „Wir haben hier eine Gemeinschaft, die sich einfach deshalb hält, weil die meisten Leute noch nicht zu verrückt sind, um zu sehen, wo ihre eigenen Interessen liegen. Uns ist es scheißegal, ob jemand schwul oder Schotte ist. Uns ist es scheißegal, ob jemand sexbesessen oder schizophren ist, solange er seine Arbeit macht und nicht das Mobiliar zerschlägt. Wir haben hier zwei Propheten, einen Messias und eine fette Spiritualistin. Wir haben wahnsinnige Mechaniker und phallische Bildhauer – das bin ich. Wir haben Nutten – davon allerdings verdammt wenige, fürchte ich – und sogar Heilige, wenn jemand da wäre, der sie heiligsprechen würde. Sie sind aber alle noch so vernünftig, sich einander nicht auf die Füße zu treten. Dich haben wir mehr tot als lebendig an einer Maginot-Linie aus Telefondrähten aufgelesen, die ein Neger mit einem schwarzen Herzen namens Alexander der Große entworfen hat. Wir sind so total verrückt, daß wir jeden, der noch normal ist – wenn es so jemanden je gegeben hat – für völlig bescheuert halten würden. Machst du also mit oder nicht? Wenn nicht, dann kriegst du was zu essen, und wir schmeißen dich in der allerhöflichsten Manier aus dem Dorf raus. Wenn du mitmachen willst, dann sagst du zwar zu niemandem Sir, aber du machst genau das, was du gesagt kriegst, bis du dich auskennst. Was willst du also?"

Greville mochte Paul. Er mochte seine aggressive Ehrlichkeit. Er hatte das Gefühl, daß dies hier die Art Gemeinschaft sein könnte, in der er für sich einen Platz finden könnte. Bevor er sich aber über seine Zukunft Gedanken machen konnte, war noch ein Problem zu lösen.

„Also, was willst du, verdammt noch mal?" fragte Paul.

Greville sah ihn an. „Zunächst einmal will ich Liz."

Paul seufzte. „Wie romantisch! Sir James Oldkknow hat sie für die Zucht vorgesehen. Was willst du denn machen – hingehen und ihn höflich bitten, sie mit Aussteuer und Babysachen hierherzuschicken?"

„Ich hatte gedacht, ihr helft mir vielleicht."

„Na, so was! Und wir sollen uns also in Stücke hauen lassen, bloß weil du die Frau verloren hast? Da mußt du dir schon was anderes überlegen."

Greville wurde langsam wütend. „Wenn ihr lange genug auf eurem Arsch sitzen bleibt, dann werdet ihr eines Tages feststellen, daß ihr gerade freiwillig Leibeigene geworden seid."

„Das bezweifle ich", sagte Meg. „Alexander, unser kleiner

Negerfreund, ist so verrückt – also, der ist glatt zwei Bataillone wert. Wenn Sir James Oldknow uns seinem Reich einverleiben will, dann wird er das bereuen."

„Da wir gerade davon sprechen", sagte Joseph, „Sir James war bereits so freundlich, uns eine Abordnung zu schicken. Sie sind eine halbe Stunde nach dir gekommen. Sir James läßt sagen, daß er dich zurückhaben will. Außerdem sagte er, du hättest dich ziemlich danebenbenommen, aber das will er dir verzeihen. Liz bekommt allerdings nichts zu essen, bis du wieder da bist..."

„Was wollt ihr denn machen?" fragte Greville.

„Nichts", sagte Meg ruhig. „Das ist nicht unser Problem. Wie Paul schon sagte, haben wir keine Lust, unseren Hals für Leute zu riskieren, die wir noch nicht einmal gesehen haben."

Einen Augenblick lang sagte Greville nichts. „Könnt ihr mir Waffen geben?" fragte er schließlich.

Paul lachte. „Sir Lancelot schwingt sich wieder auf sein Roß! Was glaubst du denn, was du groß machen kannst?"

„Nicht viel", sagte Greville einfach. „Aber versuchen kann ich es... Also, gebt ihr mir Waffen?"

„Das müssen wir mit Alexander besprechen", sagte Joseph. „Er hat ein recht reichhaltiges Arsenal zusammengestellt, und ich denke schon, daß sich da was machen läßt." Er lächelte Greville dünn zu. „Ich hoffe, du weißt nicht, was du tust... Übrigens, und nur des Protokolls wegen: Du wirst das, was du brauchst, stehlen müssen und uns heimlich und bei Nacht verlassen."

Greville gelang es, sich ein Lächeln abzuringen. „Merkwürdigerweise", sagte er, „wollte ich ganz genau das machen."

28

Die Nacht war kalt, aber sie hatten Greville zwei Pullover und eine dicke Cordhose gegeben. Es hatten sich sogar zwei Freiwillige gefunden, die mit ihm gehen wollten – zweifellos in der Hoffnung, dabei Frauen für sich selbst zu erwischen. Paul aber hatte sich dagegen ausgesprochen. Er hatte trocken darauf hingewiesen, daß Sir James Oldknow einen völlig legitimen Grund wie auf dem Tablett serviert bekäme, gegen sie zu Feld zu ziehen, wenn noch andere Leichen als die von Greville gefunden würden. Das einzige Gefühl von Einigkeit, das unter seiner gemischten Gefolgschaft möglich war, würde durch tatsächlichen oder versuchten Frauenraub voll zur Entfaltung kommen.

Greville war also völlig auf sich selbst gestellt. Alexander, der Neger, ein Napoleon in Kleinformat, der darauf bestand, sich General der Anarchisten zu nennen, hatte sich als sehr freundlich erwiesen. Er überließ Greville eine uralte, aber funktionierende Sten-Maschinenpistole, sechs Magazine, zwei Handgranaten, ein Messer und eine Selbstmordpille. Die Pille hatte Greville zwar nicht sonderlich interessiert, aber Alexander hatte darauf bestanden. Seiner Meinung nach gehörte sie dazu.

Als Greville sich auf den Weg durch die fünf Meilen Niemandsland machte, die die beiden Dörfer trennten, war er dankbar, daß kein Mond schien und die Nacht recht neblig war. Er war jedoch nicht übermäßig optimistisch, was seine Mission betraf. Es war ihm klar, daß er mehr brauchte als eine dunkle Nacht und das Element der Überraschung. Er brauchte etwa zehn gute Leute und ungefähr zehn Wunder in direkter Reihenfolge.

Es war ihm klar, daß kaum Hoffnung bestand, auch nur in die Nähe von Liz zu kommen. Sir James hatte sie wahrscheinlich sowieso aus dem Bau verlegt. Greville dachte jedoch, daß vielleicht noch die entfernte Möglichkeit bestand, bis auf Schußweite an Sir James Oldknow heranzukommen, wenn er genug Ablenkung schaffte und allgemein genug Krach machte. Und falls er Liz nicht herausholen konnte, bestand so doch zumindest die Möglichkeit, es ihm Auge um Auge, Zahn um Zahn heimzuzahlen...

Alexander hatte Greville selbst durch die Maginot-Linie aus Telefondrähten, wie Paul sie nannte, begleitet. Sie bestand tatsächlich aus gespannten Telefondrähten. Leere Konservendosen waren daran aufgehängt, und sie waren an Holzpfählen befestigt, die ungefähr Kniehöhe hatten. Zwischen den Drähten waren in willkürlichen Abständen kleine Fallgruben gegraben worden, so daß jede Streitmacht, die eine nächtliche Invasion versuchen sollte, dabei viel Krach machen und sich dabei wahrscheinlich eine Menge verstauchter Knöchel einhandeln würde. Die Maginot-Linie hatte Greville am selben Morgen zu Fall gebracht.

Bevor Alexander in das Dorf zurückging, gab er Greville einen letzten Rat. „Also, Junge“, flüsterte er, „denk daran, daß du dich bei deinem Unternehmen nicht zu beeilen brauchst. Nimm dir Zeit – du hast die ganze Nacht vor dir. Lauf ein Stück, bleib dann stehen und hör genau hin, als wärst du ein riesiges Mikrophon. Falls sich etwas rührt, benutze dein Messer, wie ich es dir gezeigt habe, und laß dem armen Schwein keine Möglichkeit zurückzuschlagen. *Bon soir*, alter Junge, *bonne chance*, und *bon* verdammten *appetit.*“

Alexander verschwand mit unterdrücktem Gelächter in der Dunkelheit, und Greville war allein.

Wie der Neger gesagt hatte, blieb ihm viel Zeit, aber Greville war ungeduldig, die Sache so oder so zu ihrem Ende zu bringen. Er sagte sich selbst grimmig: Wenn du tot bist, dann brauchst du dir wenigstens keine Gedanken mehr darüber zu machen, ob du Angst hast oder verletzt wirst.

Er hastete daher mit einer Geschwindigkeit und einem Mangel an Vorsicht durch die Winternacht, die Alexander dazu gebracht hätten, in Verzweiflung die Hände zum Himmel zu erheben. Eine Zeitlang ließ ihn jedoch das Glück nicht im Stich. Er erreichte den Wald von Brabyns nach ungefähr einer halben Stunde ohne Zwischenfall.

Er erreichte außerdem das Ende seines Ein-Mann-Angriffs auf das Lehenssystem, denn der Wald von Brabyns war, wie er bald entdeckte, voller Männer.

Zuerst dachte er, es handle sich um Sir James Oldknows Leute und seine Privatarmee werde für einen Überraschungsangriff auf die Anarchisten versammelt. Dafür waren es jedoch zu viele, und im Licht von verschiedenen Feuern, die wahrscheinlich zum

Aufwärmen oder Kochen angezündet worden waren, entdeckte er einen noch überzeugenderen Grund, warum es sich nicht um Sir James Oldknows Leute handeln konnte. Jeder der Männer trug eine Mönchskutte.

Der Anblick war verrückt, phantastisch, absurd – und schrecklich. Jeder der ‚Mönche' war irgendwie bewaffnet. Viele hatten Gewehre oder Schrotflinten, aber die meisten trugen Speere oder Bögen.

Greville wunderte sich, daß sie ihre Anwesenheit so offen zeigten. Auf der anderen Seite, überlegte er, gab es keinen Grund, warum sie das nicht tun sollten. Die Frevelbrüder waren zu zahlreich, um von einer umherstreifenden Bande von Plünderern angegriffen zu werden.

Ihre Anwesenheit löste eine Flut von Fragen aus. Warum waren sie hier? Was hatten sie vor? Würden sie sich nach Süden wenden und das Lehenswesen auslöschen? Oder würden sie nach Norden ziehen und ihre Aufmerksamkeit den Anarchisten widmen?

Grevilles erster Impuls war, umzukehren und zu versuchen, Alexander zu warnen. Es war aber gut möglich, daß die Frevelbrüder das nähere Dorf Ober-Brabyns angreifen würden, während er dies tat. Er konnte nur warten und es selbst herausfinden.

Er mußte nicht lange warten.

Als er sich vorsichtig an den Wald von Brabyns heranschlich, wurden die Feuer langsam eines nach dem anderen ausgelöscht.

Dann lief er zu seiner Riesenüberraschung buchstäblich in einen der Frevelbrüder hinein – wahrscheinlich war er als Wachtposten aufgestellt worden. Sie fielen beide um. Noch während Greville fiel, erinnerte er sich an den letzten Rat Alexanders. Das Messer schien ihm wie von selbst in die Hand zu springen. Er stach einmal zu, traf aber nichts als die Erde. Er stach noch einmal mit dem gleichen Ergebnis zu.

Der Mann, gegen den er gelaufen war, hatte offensichtlich bessere Augen, denn es gelang ihm, sich auf Greville zu werfen. Greville aber hatte noch das Messer. Alexander hatte ihm gesagt, er solle entweder auf die Kehle oder unter die Rippen zielen und nach oben stechen. Er hatte jedoch keine Ahnung, wo die Kehle seines Gegners und wo oben war. Er stieß nur immer wieder mit seinem Messer zu, wenn sich dazu eine Gelegenheit bot. Er erwartete Schreie, aber es kamen keine Schreie. Er stach unkontrolliert immer wieder mit dem Messer zu, als der Mann schon lange tot war.

Schließlich rollte Greville die Leiche von sich herunter und stand auf. Jetzt waren keine Feuer mehr zu sehen. Jetzt gab es nur noch die pechschwarze Nacht und das Geräusch von vielen Männern in Bewegung.

Sie bewegten sich auf ihn zu, und das mußte bedeuten, daß sie sich für Nieder-Brabyns entschlossen hatten.

Greville legte sich wieder neben den Mann, den er gerade getötet hatte, ohne nachzudenken. Auf seinen Händen und in seinem Gesicht spürte er warme Feuchtigkeit. Salzige Flüssigkeit lief ihm in den Mund. Er wußte nicht, ob es sein Blut war oder das des Toten. Es war ihm gleich.

Auf beiden Seiten gingen Reihen von Männern nicht mehr als drei Yards entfernt an ihm vorbei. Er hörte Stimmen und dann und wann Gelächter. Er wartete, bis es nichts mehr zu hören gab.

Dann stand er auf und ging hinter den Frevelbrüdern her zurück. Er dachte an Francis und die Zerstörung, die sie in Ambergreave angerichtet hatten. Er fühlte sich physisch und psychisch betäubt.

Theoretisch müßte Alexanders Maginot-Linie vor den Angreifern warnen. Wenn sie das aber nicht tat? Wenn die Frevelbrüder sie sich bei Tag angesehen und ihre Umgehung geplant hatten? Oder was war, wenn die Wachen Alexanders nicht so wachsam waren, wie sie das sein sollten? Wenn diese Bande von sadistischen Psychopathen erst einmal das Dorf erreichte, dann würde sie mit dem Anarchismus kurzen Prozeß machen und die gleiche Spur der Verzweiflung wie in Ambergreave zurücklassen.

Greville nahm seine Sten von der Schulter. Seiner Schätzung nach war er ungefähr fünfzig Yards hinter der Nachhut. Er schätzte außerdem, daß es noch ungefähr zehn Minuten dauern würde, bis die Frevelbrüder die Drähte und Konservendosen erreicht hatten.

Das würde ohne Zweifel das Signal werden, daß der Tanz begonnen hatte.

Die Frevelbrüder waren jedoch schon weit näher, als Greville geschätzt hatte. Ungefähr zweihundert Yards vor sich hörte er das Geräusch, das er vor weniger als zwölf Stunden als das Geläut von Silberglöckchen interpretiert hatte.

Er ging schneller. Jetzt brauchte er sich um Stille nicht mehr zu kümmern. Nach ungefähr zehn Sekunden rannte er genau in die Nachhut hinein.

Und dann passierte alles auf einmal.

Greville leerte das erste Magazin in die Dunkelheit vor sich. Schreie und Gebrüll sagten ihm, daß er Ziele getroffen hatte. Zur gleichen Zeit wurde irgendwo in dem Dorf ein kleiner Scheinwerfer angeschaltet. Sein Strahl huschte über die Telefondrähte und beleuchtete die Reihen der vorrückenden Männer.

Greville ließ sich zu Boden fallen, riß das leere Magazin aus der Maschinenpistole und schob ein volles ein. Dann erhob er sich auf ein Knie und nahm die dunklen Gestalten unter Feuer, die versuchten, zum Klang der Konservendosen mit den Drähten fertig zu werden.

Fünfzehn oder zwanzig Männer fielen um, als seien sie mit einer Sense umgemäht worden. Die übrigen konnten offensichtlich nicht verstehen, daß sie von hinten beschossen wurden. Sie stürmten mit wilden Schreien vorwärts und schienen darauf zu brennen, endlich mit den Verteidigern in direkten Kontakt zu kommen.

Greville wechselte wieder das Magazin und begann, eine zweite Reihe von vorrückenden Männern unter Beschuß zu nehmen. Zur gleichen Zeit begannen die Brüder selbst zu schießen. Dann folgte ein gleißend heller Lichtblitz und dann noch einer, und darauf folgte ein förmliches Trommelfeuer von Lichtern.

Greville stand momentan geblendet zwischen den Frevelbrüdern. Pfeile zischten durch die Luft. Gewehre und leichte Maschinengewehre fingen an zu ballern. Chaos herrschte.

Plötzlich spürte er einen wuchtigen Schlag gegen die Schulter und dann noch einen gegen sein Bein. Er drehte sich wie ein Kreisel um seine Achse und schoß dabei blind mit der Sten weiter. Dann schien sich der ganze Lärm von ihm zu entfernen. Eine seltsame Müdigkeit überfiel ihn, und er beschloß, sich hinzusetzen. Die Müdigkeit ließ nicht nach, und so beschloß er, sich hinzulegen.

Er wußte es zwar nicht, aber sein Finger war noch immer fest um den Abzug der Maschinenpistole verkrampft. Er lag auf dem Rücken und schoß blind auf die versteckten Sterne, bis sein Magazin leer war.

Die Erschütterung hörte auf, und er wußte, daß er sich um nichts mehr Gedanken zu machen brauchte.

Er dachte verschwommen, daß er einen harten Tag hinter sich hatte und daß es jetzt an der Zeit sei, sich zum Schlafen zu legen.

29

Greville schlug die Augen auf. Er lag in einem bequemen Bett zwischen sauberen, süß riechenden Bettüchern. Der Staub, der in einem Sonnenstrahl tanzte, faszinierte ihn. Die Bewegungen, die die Staubkörner vollführten, waren mühelos und folgten dem Zufall.

Wie kleine Sterne, dachte er träge, die in einem Miniaturkosmos von einem Nichts ins nächste Nichts tanzten.

Er spürte einen unbestimmten Schmerz, der sich über die gesamte linke Seite seines Körpers zu erstrecken schien, aber gegen die überwältigende Müdigkeit, die sich wie ein Vorhang vor sein Bewußtsein senkte, kam der Schmerz nicht an.

Hinter dem Sonnenstrahl, halb im Schatten versteckt, konnte er das Gesicht einer Frau erkennen. Sie sah Liz ein wenig ähnlich, aber Liz konnte es ja wohl offensichtlich nicht sein. Die Anstrengung der Konzentration wurde zuviel für ihn.

„Hallo“, murmelte er. „Du bist jemand anders, nicht wahr?“

Dann seufzte er tief und schlief wieder ein.

Sechs Stunden später, als aus dem Sonnenlicht Zwielicht

geworden war, wachte er schweißgebadet auf und schrie: „Liz! Liz! Oh, Liz!“

Jemand steckte eine Öllampe an, und da war Liz. Sie stand bei seinem Bett, hielt ihm die Hand, wischte ihm den Schweiß von der Stirn, und er sah sie an und hätte schwören können, daß sie wirklich da war.

„Da siehst du es, was mit dir passiert, wenn ich nicht bei dir bin und auf dich aufpasse“, sagte Liz. „Du hast dich ganz schön in die Scheiße hineingeritten, findest du nicht auch?“

„Ich dachte ... Ich dachte ...“, plapperte er. „Verdammt noch mal, was ist eigentlich hier los?“

Er versuchte sich aufzusetzen, und die Anstrengung brachte ihn zum Stöhnen. Riesige Messer aus Schmerz stachen ihm in die Muskeln seiner Schulter. Er brach schluchzend zusammen.

„Hier“, sagte Liz. „Trink das. Es sind keine Schmerzmittel mehr übrig.“

Der Cognac schwappte über sein Kinn, aber der größte Teil fand seinen Weg in seine Kehle. Das brennende Gefühl war herrlich. Das Zimmer wurde dunkel, und vor seinen Augen erschien ein schöner dunkler Wirbel. Er brauchte nur ganz genau in seine Mitte hineinzuspringen.

„Schlaf jetzt“, befahl ihm Liz. „Du hast dein Glück sowieso schon zu sehr strapaziert. Wenn du wieder aufwachst, bin ich hier.“

Er schlief wieder ein und wachte vor der Morgendämmerung auf. Durstig, aber kühl. Die Schmerzen waren nicht mehr da.

Liz war noch da. Die Lampe brannte noch.

„Meine Liebste“, sagte Greville. „Ach, meine Liebste!“

Liz lächelte ihm zu. „Du bist also immer noch im Delirium, was?“ Sie lehnte sich über das Bett und küßte ihn auf den Mund. „Falsche Fünfziger tauchen immer wieder auf, wußtest du das nicht?“ flüsterte sie.

„Jetzt schlaf wieder, bis es Tag ist.“

„Ich will was zu trinken.“

„Cognac?“

„Nein, Wasser.“

Liz gab ihm ein Glas.

„Du mußt jemand anders sein. Der Mann, den ich gekannt habe, hätte das nicht angerührt."

Greville trank gierig und schloß wieder die Augen.

Der Morgen kam. Er öffnete seine Augen, und noch immer war Liz da. Sie hatte sich in dem Lehnstuhl zusammengerollt und war eingeschlafen.

Während das Licht der Lampe mit dem stärker werdenden Tageslicht den Kampf verlor, sah Greville sie sich genau an. Ihre Nase glänzte, und ihr Mund hatte sich geöffnet. Sie trug ein Kleid aus stumpfem braunem Tuch, das ihr paßte wie ein Kartoffelsack.

Greville fühlte sich wie ein König.

Er wollte nichts sagen, weil er sie nicht aufwecken wollte. Wenn er ein frommer Mann gewesen wäre, hätte er jetzt gesagt: „Ich danke dir, Gott, für die Wunder, die du an mir vollbracht hast."

Er war jedoch kein frommer Mann. Er war einfach nur froh, daß er noch am Leben war und daß Liz in dieses Leben wieder eingeschlossen war. Er schaute auf die Rundung ihres Bauchs. Unter dem Kartoffelsack, unter der Haut war sein absolutes Testament – eine eifrige kleine Zellkolonie, die eines Tages die Kühnheit besitzen würde, sich menschlich zu nennen.

Was machte es schon, wer der Vater war? Das konnte nur ein Vater in einem engen biologischen Sinn sein. Wie die albernen Tatsachen auch aussahen, wer auch für die Durchführung des Akts verantwortlich gewesen war, das Kind würde doch Greville und Liz gehören. Am Anfang, so dachte er halb zynisch, würde das nicht mehr sein als ein winziger blauäugiger Computer, den er und Liz programmieren mußten. Vielleicht könnten sie daraus etwas machen, das in den Nachthimmel hochsah und zu Tränen gerührt war, oder vielleicht würde daraus ein Caligula des einundzwanzigsten Jahrhunderts werden. Was jedoch auch immer daraus würde, ihnen allein würde es gehören, denn sie würden aus dem Lehm eine Statue bauen, die tanzen und sich an den Illusionen des Lebens erfreuen würde ...

Er versank wieder in Träumen. Er erwachte erst ziemlich spät am Tag. Dieses Mal waren außer Liz noch mehr Leute in dem Zimmer. Meg und Joseph.

„Herzlichen Glückwunsch", sagte Meg. „Wirkliche Bedenken hatten wir eigentlich nicht, beide Wunden sind glatte Durchschüsse. Trotzdem herzlichen Glückwunsch. Noch eine Woche oder so, und du springst wieder mit uns herum."

„Wie, zum Teufel, habt ihr Liz hierhergeschafft?"

„Wir haben sie gekauft", sagte Joseph. „Das schien uns der einfachste Weg zu sein. Nachdem die Frevelbrüder sich verzogen hatten, waren wir nicht mehr in der Lage, sie mit Gewalt zu holen – selbst wenn wir das gewollt hätten." Er lächelte dünn. „Unsere Besucher haben uns den Preis selbst mitgebracht. Wenn ich mich richtig erinnere, waren das zehn Gewehre und zweihundert Schuß Munition."

Greville war kurze Zeit still. „Die Gewehre werden sie gegen euch einsetzen", sagte er schließlich. „Früher oder später kommt Sir James Oldknow mit seiner Wachbrigade und der hauseigenen Kavallerie hier angebraust."

Joseph zuckte die Achseln. „Wir hoffen nur, daß es eher später als früher sein wird. Wir haben ihn eingeladen, damit er sich das anschauen konnte, was aus den Frevelbrüdern geworden ist, nur damit er klarsieht. Ich glaube, wir haben zum Schluß hundertvierzehn Tote gezählt ... Er war entsprechend beeindruckt."

„Das hält nicht lange vor", meinte Greville. „Ich bezweifle, daß irgend etwas außer seinem eigenen Größenwahn den Squire richtig beeindrucken kann."

„Das ist es, wofür wir dich vorgesehen haben", sagte Meg. „Oder vielmehr, wofür du dich hoffentlich einsetzen wirst. Wir haben ungefähr fünfzehn Prozent von unseren Leuten verloren, darunter auch Paul und Alexander. Da du ein so aggressiver Typ bist, hatten wir gedacht, daß du dort weitermachen könntest, wo Alexander, möge er in Frieden ruhen, unser netter Kleiner, aufgehört hat."

Greville lächelte ihr müde zu. „Ich bin nicht ganz so sicher, daß ich für euren Geschmack die Gemeinschaft ernst genug nehme", sagte er. „Ich bin noch nicht einmal sicher, daß ich an die Demokratie glaube."

Meg schnaubte. „Wenn das alles ist! Wer will schon Demokratie? In einem Verein von Bekloppten kann man mit Demokratie sowieso nichts anfangen. Was wir brauchen, sind gütige Despoten."

„Was er braucht", sagte Liz betont, „ist ein wenig Ruhe und Frieden. Gebt ihm doch erst einmal die Möglichkeit, sich wieder zu erholen, bevor ihr ihm mit Unsinn den Kopf vollschwätzt."

„Da hast du völlig recht, meine Liebe", sagte Joseph streng. Er drehte sich Greville zu. „Morgen kommen wir dich wieder besuchen. Ich fürchte fast, wir brauchen jemanden wie dich. Jetzt aber genug davon. Ich lasse dir was zum Essen hochbringen. Dein Verband ist schon gewechselt, und ich denke, was du sonst noch brauchst, darum kann sich Liz kümmern... Egal jetzt, erst mal vielen Dank für deine Hilfe. Du bist die beste Investition, die wir uns seit langem geleistet haben."

Als Meg und Joseph gegangen waren, sagte Liz mit einem leisen Lächeln: „Was die da gesagt haben, daß ich mich darum kümmern soll, wenn du etwas brauchst, das habe ich gern gehört. Brauchst du etwas?"

„Komm ins Bett, und ich zeige es dir."

„Heute nicht, vielen Dank", gab sie zurück. „Auf einmal baust du ab, bevor ich soweit bin."

Bald darauf klopfte es schüchtern an die Tür, und ein Kind, ein ungefähr zehnjähriges Mädchen, brachte ein Tablett mit einer Flasche Rotwein, zwei Gläsern und zwei dampfenden Tellern.

„Wild und gemischtes Gemüse", verkündete das Kind voller Ehrfurcht. „Meg hat gesagt, ihr sollt es alles essen... Sie hat aber auch gesagt, wenn ihr was übriglaßt, dann kriege ich es."

Greville sah sie wohlwollend an. „Ich bin fast sicher, daß noch etwas übrigbleibt, eine ganze Menge sogar. Bleib hier sitzen, dann merkst du es bald."

Das Kind setzte sich an den Fuß des Betts und sah gierig zu, wie Greville und Liz aßen. Es blieb tatsächlich eine ganze Menge übrig.

Sie waren beide nicht sonderlich hungrig. Sie waren viel zu aufgeregt darüber, daß sie wieder zusammen waren.

Als sie zu Ende gegessen hatten, war es schon fast wieder dunkel. Liz steckte die Öllampe an. Greville behielt die Weinflasche und die Gläser und schickte das Kind weg, das mit einigen großen Scheiben Wild aus dem Zimmer rannte.

„Chateau-neuf du Pape", las er ungläubig auf dem Etikett. „Wo zum Teufel haben sie denn die her?" Er goß Liz und sich noch ein Glas ein. „Irgendwelche guten Nummern geschoben in der letzten Zeit?" fragte er beiläufig.

„Mein Liebster, was den Squire anbetroffen hat, war ich nur ein trächtiges Muttertier. Drei Mahlzeiten am Tag – bis du dich danebenbenommen hast – und nichts zu tun. Der Wohlfahrtsstaat. Ich habe mich noch nie so gelangweilt."

„Komm ins Bett", sagte Greville und atmete erleichtert auf. „Ich kann zwar absolut nichts machen, aber ich will dich nahe bei mir haben."

„Amen", sagte Liz. Sie zog ihr Kleid aus und zeigte ihren runden Bauch. „Bist du darüber hinweg?"

„Ich bin darüber hinweg."

Sie lächelte. „Ich glaube, ich war noch verrückter als gewöhnlich... Das wird unser Kind, nicht wahr?"

„Das wird unser Kind", sagte Greville bestimmt.

Es war für die beiden sehr schwierig, sich zu berühren, ohne daß Greville dabei gewisse Schmerzen auf sich nehmen mußte. Nach einiger Zeit lernten sie es jedoch. Liz lag an seiner rechten Seite, und ihre Beine berührten sich von der Hüfte bis zu den Zehen. Für Greville war das wie ein Segen. Er wollte zwar wach bleiben, um die Situation zu genießen, aber bald war er fest eingeschlafen.

Als sie am nächsten Morgen aufwachten, hatten sie beide steife Knochen – Greville von seinen Verwundungen und Liz, weil sie es kaum gewagt hatte, sich zu bewegen. Sie küßten sich in dem grauen Morgenlicht. Sie küßten sich und murmelten sich Worte zu, die unsinnig und zugleich bedeutend waren, Worte, die für jemanden, der ihnen gelauscht hätte, nichts bedeutet hätten, Worte, deren einziger Wert darin bestand, daß mit ihnen dem Vergnügen Ausdruck verliehen wurde ...

Schließlich sagte Greville: „Ich habe nachgedacht."

„Warum? Ich bin sicher, daß dir das momentan nicht sehr gut tut."

Er tätschelte sie voller Zuneigung. „Wahrscheinlich wegen des Klumpens da in deinem Bauch ... Wir müssen irgendwo leben, meinst du nicht auch?"

„Ja."

„Wir müssen zusehen, daß wir so sicher wie irgend möglich leben."

„Kann schon sein."

„Dann", sagte Greville, „könnten wir uns eigentlich auch dieser Hoffnungsgemeinde anschließen – aber nur unter unseren Bedingungen."

„Prima", sagte Liz fröhlich. „Was sind unsere Bedingungen?"

„Lächerlich", sagte Greville. „Absolute Diktatur, als freundliche und vernünftige Zusammenarbeit verkleidet ... Das klappt natürlich nie, aber ich habe zumindest noch eine Trumpfkarte im Ärmel ... Überall fehlen Frauen. Ich glaube, ich weiß, wie ich an ungefähr dreißig kommen kann."

„Wo?" fragte Liz mit aufgerissenen Augen. „Auf der anderen Seite", fügte sie nachdenklich hinzu, „bin ich nicht sicher, ob ich es wissen will."

„Das Kloster vom Heiligen Herzen", sagte Greville. „Und jetzt sieh mal zu, daß ich einigermaßen passabel aussehe, damit ich mit Meg und Joseph richtig verhandeln kann."

Meg und Joseph erschienen kurz nach dem Frühstück.

Liz lag noch nackt im Bett, aber das schien keinen der Besucher zu stören oder peinlich zu berühren.

„Ich hoffe, ihr habt gut geschlafen", sagte Joseph.

Greville sah Liz an und lächelte. „Einigermaßen, wenn man alles bedenkt."

„Hast du über unseren Vorschlag schon nachgedacht?" fragte Meg.

„Das habe ich. Ich halte euch jetzt eine kleine Rede, und dann kommt es auf euch an."

„Na los", forderte Joseph ihn auf. „Reden sind bis jetzt noch nicht rationiert."

„Na gut, meine geht so: Ihr Leute wollt eine Gemeinschaft zusammenbekommen, die funktioniert und überleben wird. Wie die Dinge zur Zeit stehen, habt ihr keine Chance. Die Frevelbrüder habt ihr gerade noch überlebt. Euer nächstes Problem ist Sir James Oldknow mit einer Trompetenfanfare. Danach – wenn ihr wieder überleben solltet – kommt etwas oder jemand anderes. Wenn es nicht Leute sind, dann sind es Ratten oder Hunde oder sonst etwas in der Art. Ihr seid zu ungedeckt. Ihr seid zu frei, zu lässig. Ihr werdet nicht mehr. Eigentlich ist es so, daß ihr nur verlieren könnt, ganz egal, was passiert ... Übertreibe ich die Lage?"

„Möglich", sagte Joseph, „aber nicht so, daß man es bemerkt."

„Also gut. Wenn ihr eine Gemeinschaft aufbauen wollt, die bestehen kann und sich ausbreitet, dann müßt ihr zum Grundsätzlichen zurückkehren. Ihr müßt euch ein Stück Land suchen, das euch paßt, und ihr müßt darauf vorbereitet sein, es gegen jeden Angriff zu verteidigen – Menschen, Tiere oder Pflanzen. Dann benötigt ihr neue Rekruten. Ihr müßt in der Lage sein, euch auszubreiten, weil ihr euch ausbreiten müßt ... Ihr könntet es natürlich mit einer Insel versuchen – so was wie die Isle of Man oder Guernsey oder sogar die Isle of Wight. Inseln sind aber zur gleichen Zeit zu groß und zu klein. Zu groß, wenn ihr anfangt, und zu klein, wenn ihr euch ausbreiten wollt. Nur eins ist sicher: Ihr könnt nicht ewig hier mitten in England hocken bleiben und darauf hoffen, daß es schon irgendwie werden wird."

„Bis jetzt", sagte Meg, „hast du nur unser Problem umrissen. Wie sieht es mit der Lösung aus?"

In Grevilles Schulter begann sich ein Klopfen einzustellen, das er aber ignorierte. „Die Lösung ist, daß ihr ein Stück Land finden müßt, das ihr verteidigen könnt, auf dem ihr euch ausbreiten könnt und von dem ihr euch zurückziehen könnt. Dann könnt ihr euch daranmachen, neue Rekruten zu suchen, und die findet ihr nicht, indem ihr Leute zu Kaffee und Kuchen einladet. Ihr findet Rekruten, indem ihr die nächste dekadente Kommune angreift – dekadent in dem Sinne, daß sie kein Ziel hat. Kurz gesagt, ihr klaut euch Leute. Ihr garantiert ihnen Nahrung und ein bestimmtes Maß an Freiheit, und sie geben euch dafür ein bestimmtes Maß an ‚Zusammenarbeit' – in beiden Fällen nicht mehr als unbedingt notwendig. Im Lauf der Zeit wird sich das Ausmaß von Zusammenarbeit, die notwendig ist, verringern – hoffen wir wenigstens. Auf jeden Fall muß die Parole Expansion heißen. Nur so könnt ihr wachsen. Auf jede andere Art seid ihr verloren."

„Das ist ja alles ganz gut und schön", sagte Joseph und rümpfte dabei die Nase, „wenn man eine neue Gesellschaft gründen will."

„Was soll man denn sonst gründen?" fragte Greville ruhig. „Wir haben schon genug Chaos, daß es uns für die nächsten tausend Jahre reicht. Liz hat ihr Kind in sich. Ich möchte gern glauben können, daß es so etwas wie eine erträgliche Zukunft vor sich hat. Ich möchte gern daran glauben,daß es nicht dazu gezwungen sein wird, den größten Teil seines Lebens damit zu verbringen, dem Tod durch Ratten, Katzen, Hunden oder Menschen auszuweichen. Ich möchte gern daran glauben, daß es eine Chance zum Leben haben wird."

Meg wurde ungeduldig. „Vornehmes Gerede", sagte sie eiskalt. „Du schwebst noch in den Wolken. Komm herunter auf die Erde und erzähle uns, worum es eigentlich geht. Erzähle uns, was du eigentlich machen willst."

„Ich möchte, daß ihr mir für ein Jahr absolute Machtbefugnisse erteilt. Wenn ihr das nicht wollt, dann laßt mir die Ruhe, bis es mir wieder besser geht. Dann verschwinden Liz und ich von hier, nachdem wir uns bei euch schön bedankt haben."

„Absolute Macht", zitierte Joseph, „korrumpiert absolut."

„Ich bin schon korrumpiert."

„Erzähl hier keinen Scheiß", fuhr Meg ihn an. „Was würdest du machen?"

Greville lächelte. „Zuerst einmal würde ich Kräfte sammeln.

Dann würde ich mich darum kümmern, daß wir genug Frauen zusammenbekommen, so daß unser biologisches Überleben einigermaßen gesichert ist. Dann würde ich eine Massenauswanderung starten. Ich würde warten, bis das Wetter wieder schön ist, und dann würde ich die ganze Gemeinde in den äußersten Zipfel von Cornwall führen. Es ist natürlich möglich, daß dort schon jemand ist, aber in diesem Fall würde ich sie entweder unterwerfen oder sie dazu bringen, sich uns anzuschließen. Wenn sie allerdings uns besiegen sollten, wäre das Problem sowieso gelöst... Wenn wir aber stärker sind oder wenn dort niemand ist, dann könnten wir anfangen aufzubauen. Wir könnten mit zwei Quadratmeilen Territorium anfangen – mit dem Rücken zur See und so weiter. Wir würden alles Viehzeug, das wir nicht wollen, rauswerfen und Zäune aufstellen – oder Sperren oder Gräben, egal was, wenn es nur die anderen fernhält. Wenn wir dann größer werden, holen wir uns jedes Jahr ein Stück mehr Territorium." Er lachte. „In zwei Generationen, wer weiß, dann sind wir vielleicht schon in Devon. In zehn Generationen – vorausgesetzt, wir erwischen nicht noch mal eine Dosis Strahlung von der Sonne – könnten wir gut schon so weit sein, daß wir allgemeine Wahlen abhalten und das Parlament mit Leuten füllen können, die keinen echten Schaden anrichten können... Also, sagt mir jetzt, ob ich zu weit gegangen bin oder verrückt."

„Verrückt bist du schon", sagte Meg. „Aber das sind wir alle... Du hast da eben gesagt, du würdest dich um Frauen kümmern, glaube ich. Frauen haben wir dringend nötig."

„Wenn nicht etwas Schlimmes passiert ist", sagte Greville, „und das können wir natürlich nicht ausschließen, gibt es da einen bemerkenswerten Mann namens Pater Jack, der in dem Kloster vom Heiligen Herzen in Newmarket ungefähr dreißig Frauen hat... Ich glaube, wenn wir ihm die Sache richtig vortragen, dann schließt er sich uns an, aber das können wir erst wissen, wenn wir jemanden hinschicken, der ihm unsere Vorstellungen vorträgt... Ich glaube, daß er sich uns anschließen wird, weil auf Dauer ein Mann dreißig verdammte Weiber nicht aushält. Pater Jack ist schon ein Typ, sage ich euch. Er hat uns einmal das Leben gerettet – auf rein kommerzieller Basis natürlich."

Greville war erschöpft. Er war über sich selbst verblüfft. Er war verblüfft über seinen unbegründeten Optimismus, sein glattes Gerede und seine unvernünftigen Voraussetzungen. Er war sogar verblüfft darüber, daß Meg und Joseph ihn hatten zu Ende sprechen lassen. Am meisten war er darüber verblüfft, daß sie nicht lachten.

Sein Plan war verrückt, nicht durchführbar und zum Scheitern verurteilt. Er war nichts als die Träume eines kranken Mannes, die Träume eines Mannes, der von der Idee, bald Vater zu werden, so tief berührt war, daß er damit beschäftigt war, aus Tagträumen und Fieber ein neues Jerusalem zu bauen.

Sie waren lange still.

„Es ist so verrückt, daß es sogar klappen könnte", murmelte Joseph fast zu sich selbst.

„Er ist dumm und gefährlich genug, daß er es zum Klappen bringen könnte", sagte Meg grimmig. Sie drehte sich Greville zu. „Ich nehme an, wir sollen dich auch noch zum Kaiser machen."

Greville lächelte. „Nein. Ich habe mir gerade eine hübsche demokratische Sicherung überlegt. Wir werden eine Monarchie haben, aber keinen König. Ich bin einfach der General des Königs ... Wenn ihr jemals einen König finden solltet, dann kann er mich hinauswerfen."

„Wo, sagtest du gleich wieder, ist dieses Kloster vom was weiß ich?"

„Newmarket."

„Und du glaubst, Pater Jack macht mit?"

„Wenn nicht, dann können wir uns ja seine Frauen immer noch holen oder ausleihen ... Aber der macht schon mit."

„Weißt du was", sagte Meg nachdenklich, „ich glaube langsam, daß irgendeine Richtung immer noch besser ist als gar keine ... Wie würdest du denn die Verhandlung mit Pater Jack eröffnen?"

„Ich würde ihm einen Brief schreiben."

„Wir brauchen also nur noch", sagte Joseph trocken, „Glauben und einen Briefträger ... Greville, du bist ein Narr. Ein absoluter Narr. Auf der anderen Seite ist die Geschichte von Narren gemacht worden ... Ich fürchte sehr stark, wir werden aus dir doch noch des Königs General machen müssen."

Liz beteiligte sich zum erstenmal an der Unterhaltung. Sie warf die Bettücher zurück und starrte sich verblüfft auf den Bauch. „Es geht schneller", rief sie. „Ich habe ein Gefühl, als hätte ich ein Eichhörnchen mit einem langen buschigen Schwanz verschluckt."

30

Es war Frühling – ein wilder, berauschender Frühling, der nach einem milden und nassen Februar gekommen war und das Land mit einem Teppich aus Gras überzogen hatte. Die Bäume waren mit dicken Knospen übersät, und das fast einen Monat früher, als sie das für gewöhnlich waren.

Greville fuhr mit drei weiteren schwerbewaffneten Männern in einem Jeep auf einer Straße, deren Zustand und deren Schlaglöcher Greville erhebliche Gedanken machten, denn Liz, die etwa hundert Yards hinter ihm mit einem Teil der Frauen in einem Lastwagen fuhr, war im letzten Monat ihrer Schwangerschaft. Das Baby konnte jetzt jeden Augenblick kommen. Er hoffte jedoch nicht, daß es auf der Straße nach Newmarket kommen würde. Die gesamte Gruppe – hundertzwanzig Leute – würden in dem Kloster vom Heiligen Herzen ein paar Tage lang Rast machen, bevor sie sich weiter in Richtung Cornwall auf den Weg machten. Das wäre die ideale Zeit für Liz, um ihr Kind zu bekommen. Sie könnte sich sogar etwas erholen, bevor sie sich an den letzten Teil ihrer Reise machten.

Der Jeep hielt an, und die Fahrzeugkolonne dahinter hielt ebenfalls an, wie sie das bisher auf dem gesamten Weg von Leicestershire ungefähr jede halbe Meile getan hatte. Bald waren die beiden Motorradfahrer, die als Vorhut vorausgeschickt worden waren, wieder in Sichtweite und winkten sie weiter. Sie sagten ihnen damit, daß die nächste halbe Meile frei und befahrbar war.

Der Jeep ruckte wieder nach vorn und fuhr mit der geruhsamen Geschwindigkeit von fünfzehn Meilen in der Stunde weiter. Die seltsame Ansammlung von Autos, Lieferwagen, Lastwagen und Wohnmobilen hinter ihm hielt sorgfältig die reguläre Konvoi-Distanz von fünfzig Yards ein.

Greville dachte an die vergangenen Monate zurück und war noch immer verblüfft von der Geschwindigkeit, mit der seine Ideen von Meg und Joseph und der Gruppe von Leuten, die sie repräsentierten, akzeptiert worden waren. Noch mehr überrascht war er von der Geschwindigkeit und Leichtigkeit, mit der er den Titel und die Rolle des ‚Generals des Königs' angenommen hatte. Er hatte zunächst sein Amt leichtgenommen und es nicht für mehr als ein Mittel gehalten, das Notwendige durchzusetzen. Der Titel selbst war zunächst nicht mehr als ein Witz gewesen, der aus einer Augenblickseingebung heraus erfunden worden war. Der Witz hatte jedoch eine verborgene Feinheit, und der Titel war hängengeblieben. Er hatte jeden amüsiert. Er hatte einen notwendigen Brennpunkt für das allgemein verbreitete Gefühl für die Absurdität der Situation geliefert.

Allein ein König konnte den General des Königs absetzen, aber es gab keinen König. Wenn die Gruppe jemals die Herrschaft Grevilles satt haben sollte, waren sie gezwungen, einen noch höheren Herrscher zu ernennen, der ihn absetzen konnte. Im Augenblick waren sie jedoch zufrieden. Greville hatte ihnen mehr angeboten als persönliches Überleben: Er hatte ihnen ein Ziel und eine Richtung gebracht. Es war eigentlich merkwürdig, überlegte er, daß auch Transies etwas brauchten, woran sie glauben konnten, eine Vorstellung von einer Zukunft, die sie erbauen konnten.

Der Witz, überlegte sich Greville, richtete sich gegen ihn selbst. Er hätte nie geglaubt, daß er wirklich Führerqualitäten haben könnte. Er hätte nie geglaubt, daß er die Verantwortung für eine vollständige Gemeinschaft übernehmen könnte. Und doch saß er hier in dem Jeep, ein weißhaariger, wenn auch noch recht jugendlicher Moses, der einen kleinen Stamm von verrückten und gläubigen Menschen in das gelobte Land's End führte.

Land's End... Die Endgültigkeit des Namens selbst war symbolisch, denn wenn man einen neuen Anfang machen wollte, welchen besseren Platz gab es dafür als Land's End?

Greville bewegte seinen Arm und spürte in seiner Schulter einen dumpfen Schmerz. Die Wunde war ausgezeichnet geheilt, aber er spürte sie immer vor einem Regen. Er sah zum Himmel hoch – ein blauer Himmel mit ein paar kleinen weißen Wölkchen –, aber er wußte, daß es bald regnen würde. Die Schulter belog ihn nicht.

Wieder hielt der Jeep an. Einer von den Motorradfahrern, ein Junge von vielleicht achtzehn Jahren, kam zu ihm zurückgebraust, hielt mit einem kühnen Schwung und quietschenden Bremsen bei ihm an und grüßte Greville militärisch.

„Das Kloster liegt eine knappe Meile vor uns, Sir." Er grinste. „Wir hatten schon Kontakt mit ihrer Wache... Sagenhafte Frauen!"

„Fahr zurück und sag Pater Jack, daß wir in zehn Minuten bei ihm sind", sagte Greville. „Und sag ihm, über Essen und Quartier braucht er sich keine Gedanken zu machen. Wir brauchen nur ein bißchen Platz."

„Jawohl, Sir." Der Junge grüßte wieder und klatschte mit der flachen Hand an das Gewehr, das er um die Schulter trug. Dann brauste er wieder davon.

Eigentlich war es komisch, dachte Greville, wie viele von den Jüngeren plötzlich eine Schwäche für militärische Umgangsformen entdeckt hatten. Sie standen bei der leisesten Aufforderung sofort in Grundstellung. Sie grüßten wie verrückt, und sie schienen miteinander darin zu wetteifern, in der Gunst des Generals des Königs zu steigen.

Er hoffte, daß dies kein Omen war. Er hatte nicht die Absicht, eine Militärdiktatur zu gründen.

Armer Joseph! Arme Meg! In der letzten Zeit schien sich niemand mehr so recht um sie zu kümmern, und wie haßten sie die Tüchtigkeit und Disziplin, die unter Greville wieder eingekehrt war. Vielleicht sahen sie in ihm einen Anachronismus – eine Art von faschistischem Dinosaurier, der nicht sterben wollte.

Und doch gab sich Greville große Mühe, wenn er öffentlich mit ihnen sprach, besonders höflich zu sein. Er wollte es jeden wissen lassen, daß der General des Königs nur geduldet wurde. Merkwürdigerweise überzeugte dies niemanden. Die Meinung schien vorzuherrschen, daß Meg und Joseph – die Überreste eines wirkungslosen Triumvirats – nur geduldet wurden, und es amüsierte Greville, ihnen das Gefühl zu geben, sie würden noch als Ratgeber gebraucht.

Der Jeep fuhr wieder. Das Kloster vom Heiligen Herzen lag nur zwei- oder dreihundert Yards vor ihnen.

Greville begann sich zu entspannen. Der erste Teil der Reise war ohne ein einziges Opfer geschafft. Das war nach seinem Gefühl ein bedeutender Erfolg. Was aber noch wichtiger war – Liz war unterwegs noch nicht niedergekommen. Das war ein noch bedeutenderer Erfolg.

Der Jeep hielt vor dem Tor des Klosters an. Greville sah sich um. Er stellte befriedigt fest, daß der Jeep von zwei Gruppen von Pater Jacks jungen Damen gedeckt wurde, die mit Gewehren, Pistolen und Maschinenpistolen bewaffnet waren. Im Hintergrund konnte er noch eine Bazooka-Mannschaft erkennen.

Pater Jack selbst, unverändert und noch immer mit dem langen schwarzen Priesterrock bekleidet, kam aus dem Kloster, um sie zu begrüßen. „Bitte um Entschuldigung für das Begrüßungskomitee, aber man darf eben keine unnötigen Risiken eingehen... Ich hoffe, du hast eine gute Reise hinter dir, mein Sohn."

„Viel besser als erwartet", sagte Greville. „Wie viele Frauen hast du eigentlich hier? Mein Bote hat etwas von fünfunddreißig gesagt."

Pater Jack seufzte. „Im Januar ging es uns sehr schlecht. Ein unangenehmer Monat. Jetzt sind es nur noch siebenundzwanzig... Wie viele Männer habt ihr denn?"

„Dreiundachtzig."

„Mann, Mann", sagte Pater Jack. „Haben die aber ein Glück,

meine Mädchen... Es ist dir natürlich klar, daß das ganze Unternehmen der schiere Wahnsinn ist."

„Sicher. Das Leben selbst ist zum schieren Wahnsinn geworden. Was haben wir schon zu verlieren?"

Pater Jack lächelte. „Bei dir weiß ich es nicht, aber ich persönlich habe eine ganze Menge zu verlieren – freut mich, das zu sagen... Im Interesse deiner geistigen Gesundheit kann ich nur für dich hoffen, daß du nie die Verantwortung für eine Gruppe von Frauen übernehmen mußt."

In diesem Augenblick kam ein kleiner Junge zu dem Jeep gerannt. „Bitte, Herr General", sagte er atemlos. „Es ist Liz. Ich soll ausrichten, es geht los. Sie meint, das Baby kommt bald. Sie haben gesagt, ich soll es ausrichten."

Pater Jack strahlte. „Na, so was! Ein gutes Omen. Ich brauche wohl nicht zu erwähnen, daß wir hier einen Kreißsaal haben. Die Mädchen sind bisweilen doch etwas abenteuerlustig. Du solltest deine werte Gefährtin vielleicht besser hereinbringen."

Greville hatte wieder Schmerzen in der Schulter.

Er sah zum Himmel.

Es fing an zu regnen.

EPILOG

7. Juli 2025. Kurz nach der Morgendämmerung.

Ein Diener kam mit einem Tablett in das Zelt des GK der Armee der Westlichen Republik. Der Diener hustete diskret und stellte das Tablett neben den weißhaarigen alten Mann in dem Schlafsack.

Greville war wach, stellte sich aber noch schlafend. Er dachte, der Diener würde vielleicht wieder weggehen. Er hätte sich gern noch ein paar Minuten für seine privaten Gedanken gegönnt.

Der Mann aber stand nur da, hustete und machte höfliche Geräusche, in der Hoffnung, daß es ihm gelingen würde, seinen Herrn zu wecken, ohne daß es direkt diesen Anschein gehabt hätte.

Greville seufzte. Der Mann hatte natürlich keine Schuld. Sein Befehl lautete: jeden Morgen fünfzehn Minuten nach der Dämmerung Tee zu servieren.

Der Mann hustete wieder, lauter. Greville richtete sich auf.

„Guten Morgen, GK. Ich hoffe, Sie haben gut geschlafen."

„Gut genug. Wie ist das Wetter?"

„Wir werden heute wieder schönes Wetter haben. Ein wenig Frühnebel, aber wenn Sie das Frühstück verzehrt haben, ist der auch weg. Darf ich eingießen, Sir?"

„Ja."

Greville sah zu, wie sich der dampfende Tee in die Tasse ergoß. Er würde wunderbar schmecken. Er schmeckte immer wunderbar. Er hatte sich an den Luxus noch immer nicht gewöhnt. Es war erst ein Jahr her, seit der mutige und abenteuerlustige Kapitän seinen Segler bis nach Ceylon gesegelt und die erste Ladung Tee seit dreißig Jahren zurückgebracht hatte.

Bis jetzt, dachte Greville und nippte an dem köstlichen Getränk, war Tee den Reichen und Mächtigen vorbehalten. Aber bald würden andere Schiffe dem ersten folgen, und dann würde es wieder Tee zum Frühstück für alle geben, und das würde bedeuten, daß dort droben wieder ein Gott saß und die Welt in Ordnung war.

„Noch eine Tasse, GK?“

„Nein, danke. Die hier reicht mir.“

Der Diener lächelte, stellte Teller und Tasse wieder auf das Tablett und ging aus dem Zelt. Greville korrigierte seine Liste der Teetrinker auf die Reichen, die Mächtigen – und ihre Diener. Er wußte, daß sie den Topf leeren und danach eine Prise Soda auf die Teeblätter werfen würden, damit sie noch eine Kanne voll hergaben, bevor sie weggeworfen wurden.

Er kletterte aus dem Schlafsack und streckte sich. Dann fing er an, sich langsam, vorsichtig und methodisch anzuziehen. Er überlegte sich, daß er im Alter von siebenundsechzig Jahren alles langsam, vorsichtig und methodisch machte. Es war kein Alter, in dem man sich plötzliche Bewegungen noch ohne weiteres erlauben konnte, und es war auch kein Alter, in dem man schnelle Entscheidungen traf... Oder sie verstand, nachdem man sie getroffen hatte...

Er trat aus dem Zelt und sog die Morgenluft tief ein. Der Posten präsentierte das Gewehr und schlug dabei so hart gegen den Kolben, daß Greville zusammenzuckte. Die Hände des Mannes mußten vor Schmerz brennen, aber er starrte ohne Ausdruck nach vorn.

„Platz für den GK!“ brüllte er, der Zeremonie folgend, obwohl in Grevilles unmittelbarer Umgebung niemand war, der ihn in seinem Weg hätte behindern können.

„Guten Morgen“, sagte Greville.

„Morgen, Sir!“ brüllte der Posten, als würde er sich an eine Menge richten.

„Wegtreten.“

Der Posten schlug wieder gegen sein Gewehr und führte auffällig das Ritual des Wegtretens durch.

Greville war allein. Hätte er aber nur geniest, dann wären von irgendwoher sofort sechs Mann herbeigesprungen, um den GK vor einem Verhängnis zu schützen.

Er war an der Spitze einer Truppe von zweihundert Mann den

ganzen Weg von Truro nach London marschiert, und er wußte noch immer nicht, warum.

Er hatte natürlich Gründe gehabt. Er mußte Gründe haben – sonst hätte Pater Jack, der erste Präsident der Republik, nie und nimmer seinen offiziellen Segen dazu gegeben. Greville wäre zwar trotzdem gegangen, aber aus politischen Gründen mußten der GK und der Präsident in völliger Harmonie auftreten.

Die Gründe, die er Pater Jack genannt hatte, waren eigentlich recht stichhaltig gewesen: Es war notwendig, jetzt – da die Republik aufblühte – herauszubekommen, wie es im Land aussah, die Möglichkeiten für weitere Rekrutierungen auszuloten, verschiedene wissenschaftliche und technische Instrumente zu suchen, die momentan mit den der Republik zur Verfügung stehenden Hilfsmitteln noch nicht hergestellt werden konnten, und um andere organisierte Kommunen zu finden, mit denen die Republik Beziehungen anknüpfen konnte, von denen sie beide profitieren würden.

Pater Jack war jedoch nicht leicht hinters Licht zu führen.

„Greville, mein Sohn“, hatte er gesagt. „Wir haben fast siebentausend Bürger, eine gesunde Wirtschaft, und ob die schlauen Burschen von der Universität von Truro ein Elektronenmikroskop oder was auch immer brauchen oder nicht, das ist mir völlig egal. Wie ich das sehe, brauchen sie erst einmal frische Windeln ... Wenn dein Herz aber an diesem Ausflug hängt, dann werde ich dir wohl meinen offiziellen Segen dazu geben müssen, und in diesem Fall ist es tatsächlich besser, wenn du einen schönen offiziellen Grund hast. Für mich ist das bedeutungslos, aber der Wählerrat soll halt damit glücklich werden. Daß du dich aber ja nicht umbringen läßt – das ist am wichtigsten.“

Und so kam es, daß Grevilles Marschkolonne nach einem lockeren Marsch durch Südengland nun am Südufer der Themse im ehemaligen schönen Battersea-Park ihr Lager aufgeschlagen hatte.

Heute würden sie in die Überreste des alten London einmarschieren, aber das war für Greville nicht so wichtig. Das einzige, was für ihn zählte, war im Augenblick, daß er auf dem Weg zu einem sentimentalen Rendezvous war.

Es war fast zehn Jahre her, seit Liz gestorben war. Sie hatte ihm zwei Söhne und eine Tochter geschenkt. Sie waren alle darauf vorbereitet gewesen, nun zusammen zehn oder zwanzig Jahre Zufriedenheit und relativen Frieden zu erleben, aber dann hatte sie Gebärmutterkrebs bekommen. Als es zu schlimm geworden war, hatte Greville ihr selbst den Gnadenschuß gegeben. So hatte Liz es gewollt.

Zwei Söhne und eine Tochter. Conrad, neunundzwanzig, und ein – wie es hieß – brillanter Biologe. Greville war sich nie ganz sicher gewesen, ob Conrad wirklich sein Sohn war, und er hatte ihn deshalb mehr als die anderen geliebt. Dann war da Jason, dreiundzwanzig, ein geborener Unruhestifter, der der Überzeugung war, daß jeder, der je gelebt hatte, verrückt gewesen war – mit Ausnahme von Stalin und Mao Tse-tung. Nach Jason kam Jane, neunzehn, die wahrscheinlich die schönste Frau der Republik war. Jane war eine geborene Schauspielerin, wie sich das in dem ständig überfüllten Theater von Truro zeigte. Sie sah Liz nicht im geringsten ähnlich. Sie sah auch Greville nicht im geringsten ähnlich.

Jason allerdings, der sah Liz ähnlich – was vielleicht der Grund war, aus dem Greville sich nicht in der Lage sah, seine Hinrichtung anzuordnen, als er den Aufstand anführte. Ungefähr dreihundert Bürger waren umgekommen, bevor die Revolte zu Ende war. Die Todesstrafe war offensichtlich eine Notwendigkeit und unausweichlich.

Pater Jack hatte die Lage jedoch zum Schluß mit seinem Urteil gerettet, durch das Jason auf Lebenszeit verbannt wurde. Sie hatten Jason nach Irland geschafft.

Greville schaute sich die Reste des Battersea-Parks im Morgenlicht an. Da war nichts mehr als ein Stück Wildnis – urtümlich, als würde der Mensch zum erstenmal seinen Fuß darauf setzen ...

„GK, möchten Sie jetzt Ihr Frühstück?“

Greville wurde durch die Ankunft eines strammen jungen

Manns mit einem Stern auf der Schulter aus seiner Versunkenheit gerissen.

„Ich glaube, ich will heute überhaupt kein Frühstück, vielen Dank."

„Aber GK, der Präsident selbst hat uns angewiesen..."

„Der Präsident ist überängstlich", sagte Greville. „Wegtreten."

„Jawohl, Sir."

„Einen Augenblick noch." Greville kam plötzlich ein Gedanke. „Waren die Späher schon auf der anderen Seite?"

„Jawohl, GK."

„Haben sie Kontakt hergestellt?"

„Nein, Sir."

„Darf ich daraus schließen, daß die Brücke frei und offen ist?"

„Jawohl, Sir."

„Gut, ich denke, ich mache einen kleinen Spaziergang. Geben Sie mir zwei Männer und sagen Sie meinem Stellvertreter, daß ich in einer halben Stunde wieder zurück bin."

„Aber GK", protestierte der junge Mann hilflos, „wir haben vom Präsidenten ausdrücklich Befehl, es nicht zuzulassen, daß Sie..."

„Der Präsident kann mich am Arsch lecken", unterbrach Greville ihn ungerührt. „Auf die allerfreundlichste Weise selbstverständlich. Also, tun Sie jetzt, was ich Ihnen gesagt habe."

„Jawohl, GK", sagte der junge Mann unglücklich. „Bestätigen Sie mir das schriftlich?"

„Wenn Sie sich jetzt nicht bald in Bewegung setzen, bestätige ich Ihren Arsch."

Der Leutnant verschwand fast buchstäblich. An seine Stelle traten zwei Soldaten aus der Leibgarde Grevilles. Sie waren mit automatischen Gewehren und Handgranaten bewaffnet.

„Ihr geht in einem Abstand von zwanzig Schritten hinter mir her. Ich will von eurer Anwesenheit nichts merken, es sei denn, es geht um Leben und Tod."

„Jawohl, GK", sagten sie gleichzeitig.

Greville redete sich ein, er sei ganz allein. Er ging mit schnellen

Schritten aus dem Battersea-Park zu der Straße, die zur Chelsea-Brücke führte.

Ich möchte gern einmal wissen, überlegte er sich, wie viele von ihnen wissen, wofür das GK steht? Wahrscheinlich halten sie es für einen mystischen Titel, der aus uralten Zeiten stammt. Ein paar von den Älteren wissen es wahrscheinlich, aber von den jüngeren niemand. Für die ist GK nichts als eine Beschwörungsformel, ein Wort, das alles und nichts bedeutet. Noch nicht einmal Witze können sie darüber machen... Die Schwierigkeit mit den Leuten heutzutage ist es, daß sie alles zu ernst nehmen. Verdammt noch mal, ist denn kein ordentlicher Transie mehr übriggeblieben?

Er lachte laut über den Gedanken. Die Männer, die ihm folgten, fingerten nervös an ihren Gewehren herum. Sie hatten den GK schon lange nicht mehr lachen gehört, und sie konnten sich nicht darüber klarwerden, ob das ein gutes oder ein schlechtes Zeichen war.

Der Morgennebel hatte sich schon verflüchtigt. Greville stand auf der mit Gras und Moos überwachsenen Straße und schaute auf die Chelsea-Brücke, die zwanzig Yards vor ihm lag. Dann drehte er sich zu den beiden Männer um, die ihm gefolgt waren.

„Ihr bleibt hier stehen. Ich mache einen kurzen Spaziergang über die Brücke. In ein paar Minuten bin ich wieder zurück."

„Sir, ich bitte um Redeerlaubnis."

„Erteilt." In Grevilles Stimme klang ein Ärger mit, der für den Mann, der gerade gesprochen hatte, Übles bedeutete.

„Sir, wir sollen Sie eigentlich beschützen", sprach er verzweifelt weiter. „Wenn wir hierbleiben, können wir unsere Pflicht nicht erfüllen."

„Auf der Brücke braucht ihr mich nicht zu beschützen, und auf die andere Seite gehe ich nicht."

Greville drehte sich um, um weiteren Argumenten auszuweichen.

Also wirklich! Sie behandelten ihn, als sei er ein kleines Kind. Mit der Disziplin hier würde er etwas unternehmen müssen. Er konnte sich heutzutage kaum bewegen, ohne über einen Idioten zu stolpern, der bis an die Zähne bewaffnet war und es gut mit ihm meinte.

Er ging langsam auf die Brücke.

Er sah über die Seite hinunter.

Er war voll von kindlichem Vergnügen.

Die Themse war blau.

Ein blauer Fluß! In den letzten zwanzig Jahren hatte er viele blaue Flüsse gesehen, aber er hatte irgendwie nie erwartet, daß auch die Themse wieder blau werden könnte. Was sollte sie aber andererseits sonst machen, wenn sie fast vierzig Jahre lang von jeglicher industrieller Verschmutzung frei war?

Er war verblüfft und verzaubert.

Greville wandte seine Aufmerksamkeit der Brücke zu. Sie war am Verrotten.

Die Tragekabel waren mit Rost überzogen, und die Vertikalkabel ebenso. Er bezweifelte sehr stark, daß sie noch weitere zehn Jahre halten würde...

Eine Stimme, vertraut, aber unerkannt, kam aus dem Nichts und flüsterte ihm ins Ohr: *„Liebe jemanden... Baue etwas auf.“*

Dann plötzlich stürzte die Vergangenheit über ihm zusammen.

Er erinnerte sich an diese Nacht mit Pauline. Die Katze, die er überfahren hatte, und dann die wachsende Spannung zwischen ihnen, die dann in dem Unfall gipfelte. Er erinnerte sich an Liz, wie sie im trüben Licht der Dämmerung dagestanden hatte – ein Mädchen in einem verwaschenen blauen Hemd und einer Männerhose, die ihr zwei Nummern zu groß war. Er erinnerte sich an die Hunde...

Am deutlichsten jedoch erinnerte er sich an zwei Gesichter. Paulines Gesicht, tot und schön, Liz' Gesicht, lebendig und unschuldig, blaß und zerschunden.

Das war alles so sehr lange her. So unendlich lange her. Pauline gehörte in eine andere Welt, aber Liz gehörte nur in eine andere Zeit.

Und doch... Und doch gehörten sie in jene andere Welt.

So viel war geschehen...

So viel Merkwürdiges und Entsetzliches. So viel Warmes und Intimes . . .

Nun wurde eine neue Welt geboren – eine Welt, in der die Älteren, die Transies, mit einer Mischung aus Belustigung und Zuneigung und Angst behandelt wurden, während die jüngeren Leute, fest von ihrer geistigen Gesundheit und allgemeinen Robustheit überzeugt, mit Träumen von neuen Kulturen, neuen Weltreichen, neuen Systemen, neuen goldenen Zeitaltern beschäftigt waren.

All dies, dachte Greville, war auf eine traurige Art lustig. All dies war wie Tschaikowskys Ouvertüre zu „1812", voller Pomp und Getöse, aber ohne Bedeutung.

Ich bin ein alter Mann, dachte er. Ich habe siebenundsechzig Jahre lang gelebt, und jetzt bin ich ein Greis. Wie es aussieht, habe ich zweihundert Männer nach London geführt, nur damit ich dort ein Rendezvous mit meinen Erinnerungen einhalten kann. Man sollte mich erschießen . . .

Als die Kugel ihn traf, dachte er, daß dies wohl der beste Witz aller Zeiten sei. Er konnte nicht so recht daran glauben, aber sehr komisch war es trotzdem. Er sah sich den Fleck an, der sich rot auf seiner schönen Uniform ausbreitete, und er war verblüfft davon.

Die erste Kugel traf ihn im Magen.

Die zweite Kugel zerschmetterte ihm das Handgelenk.

Die dritte Kugel brach ihm ein Bein.

Er fiel zu Boden.

Er hörte das Geräusch von automatischen Gewehren, als seine beiden Wachen zu ihm rannten und dabei blind über die Brücke schossen. Sie erreichten ihn nicht, denn auch der Feind hatte automatische Gewehre.

Greville war noch immer bei Bewußtsein. Er lag zusammengesunken neben dem Metallgeländer und starrte auf die Beulen in dem Eisen. Das genau war der Platz.

Er dachte an Pauline. Er dachte an Liz. Die beiden Gesichter verschwammen ineinander, und er konnte sie nicht mehr unterscheiden.

„Liebe jemanden... Baue etwas auf“, flüsterte jene vertraute Stimme, die er noch immer nicht erkannte.

„Ich habe gewußt, was Liebe bedeutet“, sagte er laut. Der Gedanke überraschte ihn. Er schmerzte ihn außerdem – mehr als die Kugeln.

„Verdammt noch mal, ich habe gewußt, was Liebe bedeutet!“

Auf beiden Seiten der Brücke passierte etwas.

Grevilles Kolonne hatte ihren von Pferden gezogenen Panzer herbeigeschleppt. Die Pferde wurden abgespannt, und der Panzer röhrte aus eigener Kraft weiter und verbrauchte die kostbaren vier Gallonen Diesel, die er noch enthielt. In der Zwischenzeit hatte am anderen Ende der Brücke eine Bazooka-Mannschaft Stellung bezogen. Der erste Schuß ließ den Turm von dem Panzer wegfliegen, aber er fuhr weiter. Die Panzerbesatzung war fest entschlossen, ihren geliebten GK um jeden Preis zu erreichen.

Der zweite Schuß verfehlte sein Ziel und traf eines der tragenden Seile der Brücke. Es riß wie ein Bindfaden. Die Brücke schwankte und begann sich dann gefährlich zur Seite zu neigen, aber der Panzer fuhr unbeirrt weiter.

Greville fühlte sich völlig glücklich. Drei Kugeln hatten ihn getroffen, aber er fühlte sich völlig glücklich... oder vielleicht war ‚zufrieden‘ das richtige Wort. London war noch am Leben.

„Wir haben eine neue Kultur zum Laufen gebracht, Pauline“, plapperte er. „Wir sind wieder am Anfang. Jeder will jeden umbringen. Eigentlich ist das ganz schön aufregend.“

Das zweite Seil brach, und nun ruhte die Brücke gefährlich schräg auf einem einzigen Träger. Der Panzer fuhr weiter, und die Bazooka schoß weiter.

Greville sah noch einmal in Paulines totes Gesicht. Es löste sich auf. Dann sah er Liz. „Tut mir leid“, murmelte sie. „Ich bin nur zum Bumsen gut.“ Greville hob eine Hand, um sie zu berühren. Nun kam der Schmerz, und das Sprechen fiel ihm schwer. „Ich habe dir das nie wirklich gesagt“, flüsterte er. „Dafür hat es keine Worte gegeben. Du hast mir viel mehr gegeben als Bumsen. Sogar viel mehr als Liebe. Was du mir gegeben hast, war...“

Ein reißendes Geräusch durchschnitt die Luft. Einen Augenblick lang hing die Brücke wie zerknitterte Pappe herunter. Dann fiel sie in den Fluß und nahm Greville und den Panzer mit.

Das blaue Wasser der Themse schäumte und färbte sich, wurde grau und dann dunkelbraun, aber kurz darauf klärte es sich wieder. Trümmer und eine Leiche, von der Luft, die sich in ihren Kleidern gefangen hatte, an der Oberfläche gehalten, trieben langsam flußabwärts unter den Brücken, die in der Stadt noch standen, hindurch und in das offene Meer.

Es war ein herrlicher Sommermorgen, der einen langen, heißen Tag versprach.

Nachwort

Edmund Cooper, ein britischer SF-Autor, 1926 geboren und in Manchester aufgewachsen, kam über einige Umwege zum Schreiben. Er verließ die Schule mit 15, schlug sich als Arbeiter und Seemann durch, lernte dann eine vier Jahre ältere Lehrerin kennen – er war 16 –, die er als Neunzehnjähriger heiratete. Sie veranlaßte ihn, seine abgebrochene Schulausbildung wiederaufzunehmen und selbst Lehrer zu werden. Die Tätigkeit als Lehrer mißfiel ihm aber bald, und er begann eine Karriere als Autor. Zunächst arbeitete er als Industriejournalist, später wandte er sich der Belletristik zu. Seine erste SF-Story erschien 1954 in dem britischen Magazin *Authentic,* und 1958 kam sein erster SF-Roman, *Deadly Image (Aufstand der Roboter),* heraus. In der Folge waren es Romane wie *Transit (Die Welt der zwei Monde), Seed of Light (Die Söhne des Alls), A Far Sunset (Unter den Strahlen von Altair), Five to Twelve (Das Regime der Frauen), The Cloud Walker (Der Wolkengänger), All Fool's Day (Stiefkinder der Sonne)* und *Who Needs Men? (Freiwild Mann,* als Moewig-SF-Taschenbuch in Vorbereitung), die ihm eine Position unter den bekanntesten britischen SF-Autoren verschafften. Cooper arbeitet gelegentlich für das Fernsehen und verfaßt seit einigen Jahren SF-Rezensionen für die *Sunday Times.* Der 1957 gedrehte MGM-Film *The Invisible Boy, (SOS-Raumschiff),* in dem der aus einem der bekanntesten SF-Filme der fünfziger Jahre, *The Forbidden Planet (Alarm im Weltall)* bekannte Roboter „Robbie“ erneut eingesetzt wurde. Richard Avery, Coopers Protagonist in *Transit,* diente ihm als Pseudonym bei der Veröffentlichung von vier *Space Opera*-Romanen.

Typisch für Cooper sind männliche Protagonisten, die sich als dominierende Figuren gegenüber ihrer Umwelt behaupten. Diese Protagonisten der einzelnen Romane ähneln einander stark, was vom Autor erklärtermaßen auch beabsichtigt ist: Der Protagonist

ist jeweils Edmund Cooper selbst, mit der einen oder anderen Maske selbstverständlich. Frauen spielen in Coopers Romanen in erster Linie die Rolle der Bettgefährtin, ebenfalls erklärtermaßen. Denn Mr. Cooper hat in diesem Punkt sehr rigorose Auffasssungen, die ihm vor allem von amerikanischen Kritikern vielfach den Vorwurf eingetragen haben, ein *male chauvinist pig* zu sein. So meinte Edmund Cooper in einem Interview, es sei schließlich erwiesen, daß die Frau ein kleineres Gehirn habe als der Mann, und ein größerer Computer sei nun einmal leistungsfähiger als ein kleiner. Mit dem Hinweis auf angeblich fehlende gute weibliche Mathematiker, Wissenschaftler und Komponisten weist er den Frauen ihren Platz zu: „Sie sollen ins Haus zurückkehren, um die Hausarbeit zu verrichten und Kinder zu produzieren." Obwohl er diesen Wunsch nicht zum Gesetz erheben kann, ist er dennoch guter Dinge: „Laßt die Frauen nur mit den Männern konkurrieren", meint er, „sie werden bald einsehen müssen, daß sie unterlegen sind."

Diese, gelinde gesagt, fragwürdigen Ansichten zur Emanzipation der Frau sollen an dieser Stelle nicht weiter kommentiert werden. Ihre Darstellung schien mir immerhin zum besseren Verständnis des Autors nötig.

Jedenfalls muß man Mr. Cooper zubilligen, daß er ein ehrlicher Mann ist und frei heraus sagt, was er denkt. So bekannte er sich in einem von James Goddard geführten und in *Science Fiction Monthly Vol. 2, No. 4* veröffentlichten Interview nicht nur zu den oben zitierten Ansichten über Frauen, sondern gestand zum Beispiel auch, daß er Atheist ist. Die christliche Kirche, so Cooper, habe mehr Menschen getötet, als dies in den beiden Weltkriegen zusammen der Fall gewesen sei. Und der Papst sei ein „bloody fool", schlimmer als Dschingis Khan, Atilla und Adolf Hitler.

Sich selbst sieht Cooper als eine Art Kassandra, einen frustrierten Weltuntergangspropheten, der mögliche Gefahren für die Menschheit aufzeigen will. Politisch sieht er sich als liberalen Demokraten, der darauf hofft, daß sich das liberale Element gegen autoritär-faschistische Strömungen durchsetzt.

Seine Definition von Science Fiction ist enger als die seiner meisten Kollegen: Für ihn ist bereits Fantasy, was durch einen Kunstgriff gegenwärtige wissenschaftliche Erkenntnis außer Kraft setzt, etwa die Vorstellung, daß es überlichtschnelle Raumfahrt geben könnte.

In der Science Fiction schätzt er die Romane *Non-Stop (Fahrt ohne Ende) und Cryptozoic (Kryptozoikum)* von Brian W. Aldiss, *Foundation (Der Tausendjahresplan)* und die Roboter-Stories von Isaac Asimov, *A Canticle for Leibowitz (Lobgesang auf Leibowitz)* von Walter M. Miller, *Level 7 (Das Ultimatum)* von Mordecai Roshwald und natürlich *Earth Abides (Leben ohne Ende)* von George R. Stewart. Letzterer, einer der eindrucksvollsten SF-Katastrophenromane, hat Cooper zweifellos stark beeinflußt, wie unter anderem der vorliegende Roman *All Fool's Day (Stiefkinder der Sonne)* zeigt. Interessant ist auch ein Vergleich mit dem thematisch sehr ähnlichen Titel *Some Will Not Die (Einige werden überleben,* Moewig-SF-Taschenbuch 35/7) von Algis Budrys. Anders als Budrys' Protagonisten geht Coopers Greville erst gegen Ende des Romans daran, eine neue Zivilisation aufzubauen. Denn bei Cooper hat nicht ein zufälliger Querschnitt der Bevölkerung die Katastrophe überlebt: Es sind ausschließlich „Transnormale", die von den „Schönwetterselbstmorden" nicht betroffen wurden. Sie scheinen zunächst denkbar untauglich, das Chaos in den Griff zu bekommen, schaffen es schließlich aber doch. Cooper, der seine Stoffe vor allem unter dem Aspekt aussucht, daß er sich mit einem bestimmten Thema auseinandersetzen möchte, gesteht ein, daß er in diesem Fall, nach neunzehn Monaten Arbeit an diesem Roman, am Ende nicht schlauer war als vorher. Er wollte für sich sich selbst herausfinden, was hinter Begriffen wie „geistig normal" und „geistig anomal" steckt. Am Ende hatte er dieses Thema „ein wenig vertieft", wie er hofft, aber eine Antwort hatte er nicht gefunden. Gelungen ist ihm allerdings ein sehr dramatischer und spannender SF-Katastrophenroman.

Hans Joachim Alpers